U0437069

字
文 烛 未
　 　 来
TopBook

云不定盛衰空

鱼玄机 传

浅樽酌海 ——著

陕西新华出版
陕西人民出版社

图书在版编目（CIP）数据

云不定，盛衰空：鱼玄机传 / 浅樽酌海著.
西安：陕西人民出版社，2025. -- ISBN 978-7-224
-15568-6
Ⅰ. I247.5
中国国家版本馆 CIP 数据核字第 2024VD6228 号

出 品 人：赵小峰
总 策 划：关　宁
出版统筹：韩　琳
策划编辑：王　凌
责任编辑：王　倩　张启阳
封面设计：侣哲峰

云不定，盛衰空：鱼玄机传
YUN BUDING, SHENGSHUAI KONG: YUXUANJI ZHUAN

作　　者	浅樽酌海
出版发行	陕西人民出版社
	（西安市北大街 147 号　邮编：710003）
印　　刷	陕西金和印务有限公司
开　　本	889mm×1194mm　32 开
印　　张	9.625
字　　数	132 千字
版　　次	2025 年 1 月第 1 版　2025 年 1 月第 1 次印刷
书　　号	ISBN978-7-224-15568-6
定　　价	69.80 元

如有印装质量问题，请与本社联系调换。电话：029-87205094

前言

人的命运是由哪些因素造就的?这是我在写作《云不定,盛衰空:鱼玄机传》过程中一直思考的问题。

鱼玄机生活在唐代,我们通常认为那是一个开放包容的时代,其实一切都只是相对于其他封建王朝而言。鱼玄机出身"倡家"(据《三水小牍》),本名鱼幼微,按唐律,她天生属于"贱籍"。唐代社会给予鱼幼微的发展通道只有两条:一是继承倡家事业,延续贱籍身份;二是遇到一个愿意帮助她脱离贱籍的男子,成为普通的"良民",然后做那个男子的妾——唐律规定,贱籍出身者即使脱籍为良民,也只能做妾。现代人的人生可以拥有无限可能,鱼幼微的前路在她出生那一刻就已经看得见终点。

现代人重视教育,读书可以作为实现人生理想的通道;鱼幼微必定也曾刻苦学习,否则她不可能留下数十首风格鲜明的诗作。她能够以道观作为人生最后的舞台,吸引众多士人倾心追慕,其文化修养不可小觑。

只是鱼幼微苦读诗书不是为了实现远大的抱负——未必不想,实在不能,她仅仅是想在极其有限的选择里,尽量走上自己更喜欢的那条路。

鱼幼微一度如愿以偿,与士子李亿相爱、结合,摆脱贱籍。然而李亿始终无法给她妻子的名分,甚至无法保障她的人格尊严。李亿另娶门当户对的妻子,致使鱼幼微处于尴尬、屈辱的境地。正室夫人不能容忍鱼幼微的存在,李亿最终背弃爱的誓约,站在了夫人一边。鱼幼微梦想破灭,被迫改写命运,由"鱼幼微"变身女道士鱼玄机。他们三人之间发生过哪些故事?李亿为什么变心?原因完全在于外部环境吗?

还有温庭筠,传说他和鱼玄机是知己,温庭筠认识鱼玄机在李亿之前,对鱼玄机早生情愫。可温庭筠似乎从未尝试与鱼玄机相扶相携,共度一生。从他后来纳青楼女柔卿为妾来看,鱼玄机"倡家女"的出身并不是障碍。为什么温庭筠接纳柔卿,而未能携手鱼玄机?是否与双方的主观认识有关?

进入道观是鱼玄机迫不得已的选择。但是在唐代,"女道士"——"女冠"拥有相对自由、开阔的生活空间。对于情感热烈奔放的诗人来说,女冠生涯只怕是如鱼得水,远比做别人的小妾惬意。这不仅体现在人际交往、谈情说爱上,最重要的应该是道家活动、社会交际能为女冠们带来经济的独立。鱼玄机入道后,由原先依附于李亿生活,发展到自己可以养得起侍婢绿翘,颇能说明这一问题。

然而道观却成了鱼玄机双手染血的地方,也筑起了她的断头台。其间究竟发生了什么错综复杂的纠葛,导致鱼玄机的命运再度急转直下?

在试图解释这个问题之前,或许可以关注一个看似与鱼玄机案离题万里的领域:唐代公主的生活。从早年平阳公主、太平公主积极参与军政事务、大方抛头露面,到中唐郜国公主因结交外臣、涉足朝政而遭到惩处;从初唐、盛唐多位公主携子女再婚、三婚,到晚唐禁止已生育子嗣的公主改嫁;从前期玉真公主与文人雅士频传绯闻而不被追究,到后期襄阳公主因婚外恋情、行为张扬遭到幽禁……各种微妙而严酷的变化都在表明,唐代公主的人生自由度渐渐收紧。那么,民间女子的处境也就可想而知了。

在晚唐女性社会地位降低的大背景下,鱼玄机能够独树一帜吗?她如同蚍蜉撼大树一般地奋争,是不是导致一代才女悲剧结局的根本因素?

当个人力量不可能改变大环境时,是顺势而为、徐图进取,还是逆风飞行、决不妥协?言及此,我想起自己描摹过的另一位唐代女性——长孙皇后。如果说长孙皇后是前一种处世风格的典范,本书的主人公鱼玄机就是后一种人生态度的代表,她度过了怎样精彩、曲折又令人扼腕叹息的一生?

所有问题,本书都尝试做出解答。

浅樽酌海
2024 年 10 月

目录

引子 | 茶、苍蝇和血 ... 001

第一篇
倡家之女的童年

狱中忆从头：生于『会昌中兴』 ... 013

大中之治初期：倡家女儿的教育 ... 022

一战成名 ... 030

地震 ... 036

立志 ... 045

第二篇
忘年交

初识温庭筠：夜来风雨送梨花 ... 057

亦师亦友：应为价高人不问 ... 065

暧昧 ... 073

第三篇 情孽

一见钟情	
萍聚	085
生离？死别？——折尽春风杨柳烟	094
牵挂：海岳晏咸通	103
完婚	112
太原入幕：举头空羡榜中名	120
晋水壶关在梦中	128
齐人之福	137
鸠占鹊巢：庭闲鹊语乱春愁	145
闺怨：忆君心似西江水	154
决裂：何必恨王昌？	163
	172

自由与孤独

第四篇 昙花一现：如何做得双成？

多情损少年 … 203

无路接烟波 … 193

… 183

第五篇 觅知音

物是人非 … 215

红叶未扫待知音 … 222

何事玉郎扣柴关 … 230

同向银床恨早秋 … 241

不羡牵牛织女家 … 250

人生苦短须尽欢 … 259

第六篇 幻灭

忽喜扣门传语至 … 265

莫倦蓬门时一访 … 273

女为悦己者容 … 281

幻灭：留不住，去不悲 … 289

引子
茶、苍蝇和血

公元868年，唐懿宗（李漼）咸通九年，熏暖的春风吹进了长安咸宜观。这所据传为唐玄宗之女咸宜公主所建的道观地处亲仁坊，在长安城这个四四方方的大棋盘中，位于东南方。

咸宜观女道士鱼玄机正在居室接待一位男性客人——不必诧异，男人公然进出女道士的房间，饮酒作乐，在当时人们的眼中，实在是司空见惯。诗人许浑曾经写下一首《宿咸宜观》："羽袖飘飘杳夜风，翠幢归殿玉坛空。步虚声尽天未晓，露压桃花月满宫。"彰明昭著地宣告：女道士居住、修行的咸宜观，原来也是郎君们可以正大光明留宿的地方。鱼玄机的男性客人就是以修习导引术、吐纳术为名，堂而皇之地出入咸宜观，公开和鱼玄机交往的。

客人姓任，出身庐江任氏，与唐朝开国功臣、管国公任瑰同宗。任姓客人在家族中排行第十三，世人依习俗叫他"十三郎"。因他淡泊名利，一直没有出仕，鱼玄机一半出于礼貌，一半则是戏谑，称他"任处士"。他曾捐资兴建资福寺，鱼玄机应邀题诗纪事，题为《题任处士创资福寺》，诗曰："幽人创奇境，游客驻行程。粉壁空留字，莲宫未有名。凿池泉自出，开径草重生。百尺金轮阁，当川豁眼明。"十三郎倒背如流。不过，十三郎与鱼玄机的关系在很长一段时间里一直原地踏步，没有取得十三郎所渴求的"实质性进展"。一日，鱼玄机忽然请十三郎做她的代表，派家奴给某个"无赖"送去绝交信……由此，双方关系突飞猛进，鱼玄机默认十三郎为新的恋人。

在唐朝，道教与世俗生活紧密相连，人们热衷于修炼丹药和养生术，探索长生不老、修行成仙之道。李唐皇帝自称是道教创始人老子的后人，早在唐高祖李渊武德八年（625），就下诏把道教列为儒、释、道三教之先。高宗李治追尊老子为太上玄元皇帝，把老子的著作《道德经》列为上经，是科举考试必考科目。道教由此被赋予超乎寻常的地位。甚至金枝玉叶如李唐的公主们，也有不少入道为女观者。因此，如鱼玄机这样的道士，也被世人尊称为"炼师"。公主们独身修仙的背后，是摆脱婚姻束缚后自由奔放、纵情声色的逍遥生活。民间女子披戴入道，虽然是追随公主们的足迹，但也是在追寻一种超然于俗世礼教之外的生活方式。

女道士鱼玄机年方二十六岁，花一样的年华，外表娇柔，内心孤高，和她交往的人谁也不敢当面造次。十三郎对她甚至敬畏有加，可也因此加深了对她的迷恋。感情就是这样千滋百味，酸甜苦辣，各有所爱，不需要旁人理解。

酒酣耳热，十三郎忽然产生一种异样的感觉。自两人确立恋爱关系以来，这是他首次进入鱼玄机的房间。距离上一次以普通朋友身份造访已有一段不短的时间，今天这间居室似乎有什么地方不对劲。

可是，他还来不及细想，就微微蹙起了眉头——刚才喝多了帝都名酒"郎官清"，有些内急。这种尴尬的不适感很快把之前飘飞在脑海中的那种奇怪感觉覆盖得干干净净。

十三郎抱歉地对鱼玄机说明情况。女道士毫不介意，嫣然一笑，轻轻扬起时兴的倒八字黛眉，请"任处士"自便。

十三郎离开鱼玄机的房间后，就拔步一溜小跑，奔向厕所。

咸宜观的厕所位于后花园。十三郎刚到厕所的柴门外面，一股不可言表的异味扑鼻而来。

那时的厕所由四面夯土墙修建而成，里面只有一个蹲位，蹲坑前端斜插一块长瓦片为阻挡，防止污物溅出。厕所门旁有一方孔，正对蹲位，方便如厕者瞭望室外的动静。

果然，先来者嚷了起来："这位郎君，有人！"

十三郎慌忙跑开。膀胱已经鼓胀欲裂，无可奈何，只得冲到一个有老槐树掩护的不起眼的角落，痛痛快快地解决起问题来。

前一夜的春雨揉落了少许娇嫩的树叶，足下这块青苔地额外铺上了些许碎绿。

十三郎听见一阵嗡嗡嗡的噪音，定睛一看，竟是苍蝇，多达几十只，密密匝匝，吸血似的叮咬一块地表。

他恶心至极，挥动襕袍袖子驱赶苍蝇。苍蝇却格外留恋这块弹丸之地，驱之复返，如是再三。

早年，唐朝人无分男女，日常都爱穿吸收了胡服元素的窄袖上衣，紧俏伶俐。但在经历由胡人将领安禄山、史思明发动的安史之乱以后，人们对胡人的态度从兼容并蓄转为警惕防范。在唐文宗的倡导下，越来越多的女子把短窄服装压到箱底，转而崇尚大袖衫裙。同时，男子所穿的襕袍也有所加长，袍袖也在一定程度上变宽变松。

平时，十三郎不大认同这股时尚风潮的转变，觉得还是窄袖袍服干脆利落。但在此刻，他觉得大袖也有好处。

也就在同一时刻，他意识到一个问题：苍蝇为什么对青苔感兴趣？

他整理好衣服，低头仔细察看。青苔地好像被铁锹之类的工具挖过，隐隐可见一种板结发硬的东西，呈深色的斑点状。

是血。

十三郎心头一震，脚上所穿的乌皮六合靴禁不住打滑。转念又想，鱼玄机今天设宴款待他，大概是杀鸡宰鱼滴落的血迹吧？

他回到鱼玄机的住所。邛崃窑出产的瓷茶铫里，昨晚接的雨水已经烧热了。

女道士轻展细若柔荑的素手,打开包裹茶饼的硬黄纸。茶饼,自然是按茶圣陆羽所著《茶经》的教导烤过的。

女道士将茶饼敲成一个个小块,置于长条形的瓷质碾钵中,精工细磨,把茶块碾成粗细适中的茶颗粒,再把这些茶颗粒倒进竹制圆箩进行筛分,去芜取精,最后将精华部分投进茶铫,加入橘皮、葱、姜、枣、薄荷、茱萸,一起熬煮。

当水面腾起微淡的烟雾,冒出"鱼目"状气泡,并发出轻微的咕噜声时,便是茶汤的"一沸"了。

鱼玄机用一把长柄瓷勺舀了一点茶汤,尝了一口,杏目中秋波微漾,两颊酒窝里点染的胭脂满意地张扬开来,她对十三郎轻言细语:"可以加盐了。"

这个女子柔和的话音中蕴含一股铿锵的内力,不容客人质疑。

十三郎会心一笑,凝视着鱼玄机灵巧而优美的煮茶动作,一眼也不舍得眨,把后花园那堆令人作呕的苍蝇和血迹忘到了九霄云外。

冰炭不言,冷热自明。进食这样加了盐的饮品不啻酌金馔玉,是鱼玄机慷慨大方的待客之道。

由于安史之乱的打击,自唐肃宗乾元元年(758)始,中央政府为了改善财政状况,一改唐朝前期宽松的盐业政策,颁行《榷盐法》,实行盐业专卖制度。随着政策的收紧,长安的盐价竟然高达四百文一斗,相当于玄宗时代的四十倍。很多贫民买不起盐,乃至长期吃不上盐,过着困苦的生活。普通百姓可不会轻易用宝贵的食盐煮茶享用呢!

两人四目相望,对坐品茗谈天。咸通九年的大事件和鲜美的茶汤一起在舌尖悠闲地漫过。

"炼师可曾听闻至尊诏赐前宰相杨藏之自尽?他于今岁三月十五日死于欢州(今越南荣市)。"十三郎问。

鱼玄机低眉谛视手中的秘色瓷盏,茶汤里浮出杨收(字藏之)的人影——那是一位身高六尺二寸、疏眉秀目的俊逸男子。热气蒸腾上来,杨收的身影倏然不见。

"啊……有所耳闻。"鱼玄机敷衍地回答。

他们所说的杨收是当世著名的美男子和才子,曾经与彼时天子的亲信宦官杨玄价联宗,得到杨玄价鼎力支持,于咸通四年(863)拜为同平章事。又因平定南疆立下大功,升任尚书右仆射。春风得意之际,谁能预料彩云易散、昙花一现,不过五年工夫,杨收就殒命边陲。

"……徒留一个攀附权阉、有辱斯文的把柄给后人当作笑谈……"十三郎没有注意到鱼玄机低落的情绪,谈兴甚浓。

"如今天子宠幸宦官,杨藏之想要有所作为,就必须同宦官交好,也是情非得已。"鱼玄机把秘色瓷盏搁置在食床上,打住了话题。

关于杨收的命运浮沉,以及他和鱼玄机的交集,那是另一个故事。鱼玄机不想对十三郎多说。

宴饮、"修道"结束后，十三郎依依不舍地告别了咸宜观。鱼玄机照例不会曲意挽留。

十三郎携奴婢骑马回家。即使是帝都，因为是北方城市，道路也大半是土路。一群鲜衣怒马的五陵少年疾驰而过，扬起阵阵尘埃，加之道旁是市政排水沟，怪味浓郁。十三郎不得不掩住鼻子。

酒意渐渐发散，头脑慢慢恢复了清醒。排水沟的气味令他忆起咸宜观的厕所，进而联想到老槐树下那个苍蝇麇集、血痕斑斑的角落。他把今天在咸宜观的经历讲给身边的家奴益财听，也包括厕所见闻。

回到家，他便忘了这件事。

只是说者无心，听者有意。此时的十三郎无从知晓，他的发现将给自己所倾慕的女道士带来怎样的麻烦。

益财不是任家的家生子，只因父母为生活所迫，在他还是一个半大孩子时，把他卖给任家为奴。所以益财虽然堕入贱籍，但还有一位兄长是清白良民，如今在京兆府担任一员小小的街卒。

十三郎探访鱼玄机的第二天，益财告了个假，回家看望兄长。兄弟俩就着"鱼胙"和"豉"，喝着廉价的绿蚁酒，天南海北地闲扯。益财顺口把十三郎在咸宜观的见闻当作谈资说了出来。街卒一听，火冒三丈："我辛辛苦苦积攒下一些'会昌开元'钱，求见她一回，她就是不见！招待别人倒是殷勤周到！"

益财差点把咽下去的酒喷了出来，只不好说出"阿兄夜郎自大、不自量力,井底之蛙,不知天高地厚"之类的话。

当然,首先要承认,街卒对"会昌开元"钱感到自豪也是有些道理的。由于铜矿产量长期不足,市面流通不足值铜钱乃至伪钱之风屡禁不止。唐武宗会昌年间(841—846),展开轰轰烈烈的灭佛运动,熔化寺庙的铜像、钟皿,政府才有了充足的铜料,开铸质优价实的"会昌开元"钱,暂时缓解了铜钱短缺的问题,但终究不能治本。如今,那段好时光已经过去二十多年,街卒有能力积蓄一批真材实料的"会昌开元"钱,也算有点本事。

问题在于,鱼玄机哪里是一把"会昌开元"钱就能打动的?街卒把她等同于平康坊里下等青楼刚出道的小娘子,就是大错特错了。

益财强忍笑意告辞。他走后,街卒越想越气。几口井水灌下去,脑海里陡然裂开一道豁亮的缝,那里飞出一群苍蝇、几星血迹,以及一个梳双鬟髻的侍婢,名叫"绿翘"。

他回忆起上次去咸宜观纠缠的情景。当时恰好有另一位客人在鱼玄机室内。他可怜巴巴地站在庭院中,听到那位客人问女道士:"炼师,你的婢女绿翘因何不见?"

"她啊……"女道士曼声糯语,声音拖得很长,"前些日子,一个月来缠绵不休的春雨停歇,她逃跑了。"

客人出主意:"某可代炼师报官,张贴告示,缉拿逃婢。"

女道士娇笑着婉言谢绝:"多谢郎君怜爱。只是无须劳动大驾。那婢子想必背着我有了情郎,跟随那人私奔了……"鱼玄机表示,一百三十多年前,唐中宗李显恩准数千宫女出宫观灯,宫女趁机逃亡者竟达十之五六。中宗尚且付诸一笑,听之任之,何况于她?逃奴自有逃奴的结果,她愿意成人之美。当初那点买婢之资可算什么?不要也罢……

鱼玄机室内少了绿翘也正是十三郎一度感觉异常的原因。街卒不知道这一点,也不关心鱼玄机的说法是否属实。重点在于,这是一个给鱼玄机制造麻烦的好机会。此时不报仇泄愤,更待何时?街卒一跃而起,跑到京兆府告了一状,指控鱼玄机涉嫌杀婢埋尸。

第一篇

倡家之女的童年

> 八座镇雄军,歌谣满路新。汾川三月雨,晋水百花春。
>
> ——《寄刘尚书》·鱼玄机

世界朦胧，影影绰绰走出一个小女孩，在京畿鄠杜的土路旁蹒跚学步，粉雕玉琢的小脸上洋溢着天真无邪的笑容。

那是幼年的自己。那时，她的名字叫作"鱼幼微"。

狱中忆从头：生于『会昌中兴』

街卒带路，京兆府的胥吏、仵作浩浩荡荡杀进咸宜观，在厕所附近的老槐树下挖地三尺。街卒挂着一脸狐假虎威的阴笑，欣赏鱼玄机略显惶惑的神情，挖苦道："炼师平日心高气傲，在衙司面前也像老鼠见了猫啊！"

他说错了。引起鱼玄机惊慌的原因不只是"在衙司面前"这么简单。

老槐树下挖出一具女尸。

女尸身上鞭痕累累，皮开肉绽，粘满发黑板结的血迹。

经旁人辨认，女尸正是鱼玄机的侍婢——绿翘。

此前，鱼玄机一直声称绿翘逃跑了。

假如鱼玄机之前只是怀疑绿翘出逃，还可以辩解可能是别人趁鱼玄机外出，潜入此地，杀害绿翘，埋尸树下；但鱼玄机从来都是一口咬定绿翘逃跑。这就有问题了。

京兆尹温璋脸色铁青，提起宣城紫毫笔，饱蘸上党碧松烟墨，在益州白麻纸上书写起来。俄顷，案几上飘起八个大字——"做贼心虚，淆惑视听"，沉甸甸地落在鱼玄机的面门上。

女冠鱼玄机以杀婢罪嫌被捕入狱，一时成为坊间热议的话题。不过，鱼玄机本人却在短暂的慌乱之后恢复了平静，坦然承认笞杀绿翘的事实："那一日，我到邻院做客，临行前嘱咐那婢子，若有客人来访，就禀告客人我在何处。不料，那婢子居然引诱客人做下苟且之事。待我回院，她还骗我，说客人听说我不在，就没有下马，径直回去了。我看她鬓发蓬松、眼神散乱、双颊潮红，就窥破了真相。一气之下，我剥掉她的衣服，鞭笞数百。本意只是教训绿翘，不想竟致其殒命……我一时惊恐，便将她埋在老槐树下，对外谎称其逃遁。我有失手之过，于今追思，愧悔之至……"衙司认为她有所隐瞒，但无论如何盘诘，她都笑而不语，不肯多言，竟是对这场牢狱之灾颇为坦然。

鱼玄机如此淡定自若，原因有三：

第一，她面临的处罚并不严重。《唐律疏议·斗讼律》规定，"诸奴婢有罪，其主不请官司而杀者，杖一百。无罪而杀者，徒一年。"例如唐德宗时期杭州刺史房复孺的妻子崔氏一夜之间杖杀两名奴婢，藏尸雪中。案发后也只是判罚夫妻离异，房复孺贬官连州司马。风头一过，房复孺就重新出任辰州刺史，并获准与崔氏复婚。同理，绿翘也是奴婢，无罪而被杀，主人鱼玄机最多只需服一年徒刑。何况京城中和鱼玄机交好的士人、官员为数不少，他们都会为她求情，便极有可能缩短刑期或免于处罚。

第二是由于悯囚制度在一定程度上保护女子。鱼玄机可以减免戒具，有纸笔可用，负责近身监管的也不是男性狱吏，而是同为女性的官婢。鱼玄机不会受到无良男子的骚扰，身体上也不至于吃太大的苦。

第三个原因，则是"经历"。鱼玄机虽只有二十六岁，但已饱经沧桑，比坐监狱更加屈辱的折磨也不是没有承受过……

但是鱼玄机被收监后，每到夜间独处，也难免心烦意乱。不为其他，只恨自己那个广阔无垠的天空萎缩成一窗脸盆大小的风口。对于这种狭小、非自由生活的恐惧，也是她当初决意隐瞒绿翘之死的根本动机。现在不得不面对现实，还需要时间适应。

清风顽强地从缝隙里钻进来，撩开女子的衣襟；幽窗把明月筛进室内，银光溶溶地铺了一地。

风与月，就是外面那个大千世界派来的使者，沟通昨夕与今夕。鱼玄机抚今思昔，喃喃吟咏出一首新作：

焚香登玉坛，端简礼金阙。

明月照幽隙，清风开短襟。

绮陌春望远，瑶徽春兴多。

殷勤不得语，红泪一双流……

她的双目不知不觉湿润了。世界朦胧，影影绰绰走出一个小女孩，在京畿鄠杜的土路旁蹒跚学步，粉雕玉琢的小脸上洋溢着天真无邪的笑容。

那是幼年的自己。那时，她的名字叫作"鱼幼微"。

翻开发黄的老年历，让时光倒流回二十六年前。唐武宗会昌三年（843），某日，京畿鄠杜一户倡家诞生了一个漂亮的女婴。父母为她取名"鱼幼微"，字"蕙兰"。

时值"会昌中兴"，是唐朝在安史之乱后的第二个中兴时代。大唐立国二百多年，早期的贞观之治、永徽之治、开元盛世……那些伟大而光荣的岁月已成为传说。对于生活在"后安史之乱"时代的人们来说，安史之乱以前的历史好比故乡的圆月，最大、最亮、最美。然而，故乡是回不去的故乡，那月亮也只能在记忆中回味，再也照不进当下的生活。

普通唐朝百姓大多把生活的希望寄托于天命的眷顾。幸运地赶上"中兴"时代，对于改善现实生活才是真正有意义的。鱼幼微的家人也不能免俗。

"后安史之乱"时代的第一个中兴时期是唐宪宗元和年间（806—820），史称"元和中兴"。那时，鱼幼微的父母也还没有出生。宪宗的功绩，包括营田养兵、减轻江淮赋税、增加盐铁收入、荡平多路藩镇势力……鱼幼微的父母也只听老人们说过。而眼下的"会昌中兴"却是实实在在的好天良夜，花朝月夕。

倡家以色艺娱人，维持生计。鱼家养有三个娘子，因地处名胜景区鄠杜，常年贵客盈门，夜夜笙歌。父母对幼微的关心照顾并不多，放任她在前庭后院随意乱窜，养成她无拘无束、大胆外向的性格。

客人们经常高谈阔论。幼微早慧，记忆力和理解力很强，还在懵懵懂懂的年纪，就听过当朝的种种见闻和议论，记住了鱼家一些老主顾所亲历的故事。

一次一位客人谈及，在鱼幼微出生那一年，当今天子逼退仇士良，剪除宦官势力，重用"李党"首领李德裕为相，加强相权，强化皇权，重新整合各派系政治力量。仇士良不识时务，只是自己致仕隐退，把五个儿子留在宦海中。他本人倒是寿终正寝，可是转年，他的长子、内常侍仇从广就因醉酒疯癫、言行失态而被天子敕令杖杀。又有宦官揭发仇士良过去的罪行。法司在仇家查获几千具甲仗，坐实僭越谋逆之罪，全家籍没为官奴。最近，这位鱼家的客人说起在唐文宗章陵偶遇仇从广的妻女，不由得感叹："那母女俩被罚削发为尼，看守章陵，处境凄凉。想当年仇士良处尊居显，全家是何等的赫赫扬扬？今昔对比，令人感慨万千……"

鱼幼微童言无忌，脱口问道："听说宫里的给使（宦官，又称"中使""宦者"）都不能有后代，为什么仇士良有五个儿子呀？"

众人一时鸦雀无声，继而哄堂大笑。幼微听见身后有客人神神秘秘地说:"小孩子哪里懂得?我朝不少宦官都娶妻,有儿有女,有说是收养,有说是阉割不净。哈哈哈……"

和宦官成婚、有子这种怪事一样,家里的客人同样千奇百怪。鱼幼微百无禁忌,做过许多让父母头疼的事。譬如某天来了一个发型怪异的男子,头发长不过两寸,远不够梳髻。幼微如同看见珍稀动物,指着客人的短发,惊讶得合不拢嘴:"您的头发怎么了?"

母亲走过来,抬手抓住她的上唇和下巴,像盖箱箧盖子一样,硬生生地把她的小嘴合拢,向那人致歉:"孩子不懂事,还望郎君见谅。"

客人脸颊微微泛红,有些难为情,嗫嚅道:"唉唉,不怪孩子。我还俗不久,尚在养发……"

幼微由此得知,"会昌灭佛"正在如火如荼地进行,这场运动共拆毁了四千余所寺庙及四万余座招提、兰若,没收了数千万顷寺院田产,勒令二十六万余名僧尼还俗,遣散了十五万名寺院奴婢为良民。鱼家这位短发客人就是一位刚刚还俗的僧人。

有时,鱼家还会来一些发音生涩、奇装异服的外乡人。一次是在会昌六年(846)正月间。幼微带领一帮小伙伴围观这些外乡人的着装打扮、言行举止,一路叽叽喳喳跟着这些远道而来的客人步入鱼家的小院,气得人家哭笑不得。幼微父母出来驱散孩子们,警告幼微:"不许无礼,他们是进京朝拜大唐天子的室韦使者!"

父母的口气里透着骄傲。幼微察觉到，不止父母，鄠杜的乡亲们都为室韦使者的到来倍感荣耀。

"这是为什么呀？"幼微的好奇心很重，刨根问底。

父母告诉她，会昌天子对内削弱藩镇、加强中央集权，对外击溃回鹘汗国，威震漠北，重新慑服黠戛斯、契丹、奚、室韦等游牧民族。今年正月遣使入朝的不只是室韦，还有南诏、契丹、牂牁、昆明、渤海等国。这是大唐重振天威的象征，子民能不自豪吗？

令人震惊的事件也在上演。某天，母亲领着一位娘子去长安城内的贵家侍宴，带幼微同行。这是幼微平生第一次见识膏粱锦绣的帝都。闲暇时分，母亲抱着幼微逛西市，先在东北角的果子行买了果子吃，再转赴西南角的布行，打算买点舒州纻布。途经平准署，正赶上法司设刑场，开刀问斩几个死囚。

稚嫩的幼微惊恐万状，搂着母亲的脖子大哭。母亲捂住幼微的眼睛，嘴里安慰女儿，自己却像其他围观百姓一样，怀着既害怕又渴望刺激的矛盾心情，引颈期待死囚人头落地的瞬间。

突然，幼微听见母亲的惊叫声："啊！是他、他！"原来死囚当中竟有母亲的熟客。

"娘子认识他吗？"旁人搭话，"这几个都是贪官。有的受贿三十一匹绢，有的贪污一千零一钱。当今圣人一心澄清吏治，为官者凡贪赃达三十匹绢或千钱者，一律处以极刑！谁叫他们贪那么多？你说你贪个二十九匹、九百九十九钱，也能保住项上人头啊！本来圣人是软硬兼施，一手厉行严刑峻法，一手增加官员俸禄，保障俸禄按时发放，还帮清贫的官员偿还因进京赶考、赴任欠下的债务，真是仁至义尽。可这些人依旧贪赃枉法，那就休怪国法无情了。啧啧啧……"

那天，母女俩失魂落魄地回家。幼微年纪小，一觉醒来就忘记了昨天的事。三月的鄠杜草木葱茏，花团锦簇，暖风在蔚蓝的天幕上画出朵朵白云。太阳照常升起。幼微顺理成章地认为，今天也将如过往的每一天那样，在轻歌曼舞、吹竹调丝中度过。但现实出人意料，发生了一件大事。

里正不请自来，神情肃穆地向鱼家的全体成年人传达这件大事，又挨家挨户通知其他乡亲。幼微看见，父母和娘子们的脸色骤然沉了下去，立即闭门谢客。顷刻间，平日热热闹闹的鱼家变得冰清水冷。

这一天是会昌六年三月二十三，天子驾崩。大行皇帝庙号"武宗"，尊谥为"至道昭肃孝皇帝"。武宗的叔父宪宗第十三子李忱即皇帝位。

遭逢剧变，前路充满不可预测性，民心不安。大人们栖栖惶惶，只有幼微的母亲还关心一件与武宗驾崩紧密相关的新闻：武宗病危时，气息奄奄地与宠妃王才人诀别。王才人回奏："陛下千秋万岁后，妾愿殉葬。"武宗这才微露欢喜之色，不再说话。王才人把自己的财物分赠给众宫人。武宗驾崩后，她果真在幄下悬梁自尽了。众嫔妃往日嫉妒王才人专宠，如今却都为她的义节而感动。新天子追赠王才人为"贤妃",以示旌表。

幼微母亲感叹王才人痴情,父亲却漠不关心,听得有些不耐烦。家里陷入短暂的沉默。

的确,他们此时最应当关心的恐怕是这个问题——新即位的圣人会继续效法大行皇帝中兴大唐,还是步唐穆宗的后尘?当年,唐宪宗驾崩,留下"元和中兴"的好底子,继位的穆宗李恒却喜好宴乐、畋游,疏于治国理政。但愿新天子不要学他的样儿,败掉"会昌中兴"辛辛苦苦积累的家底。

鱼幼微察觉到,自己生活的世界变了。她对母亲说起的王才人的"痴情"兴趣盎然。初次听说这个词,感觉很新鲜。

"什么是'痴情'?人为什么要'痴情'?"鱼幼微在心里一遍一遍地琢磨这两个问题。然而,在今后一段悠长的光阴里,她都未能找到确切的答案。

大中之治初期：倡家女儿的教育

氓之蚩蚩，抱布贸丝。

匪来贸丝，来即我谋。

送子涉淇，至于顿丘。

匪我愆期，子无良媒。

将子无怒，秋以为期……

虚岁五岁的孩童流畅地背诵《诗经·国风·卫风》之《氓》篇，本来是一件很神奇的事。但这一幕发生在鄠杜家喻户晓的神童鱼幼微身上，人们却是见惯不惊。

只是这首倾诉弃妇之怨的诗歌经由娇嫩稚气的童音吟诵出来——一个纯真烂漫的小女孩面带无忧无虑的微笑，一边在家门口玩耍，一边指责薄情寡义负心郎，那情景看起来真是非常滑稽。而且，还有些不吉利。至少邻家大婶这样认为，对幼微的母亲提出警告:"好似不祥之兆!"

母亲不以为然。倡家女儿身属贱籍杂户,前途如何取决于将来能否遇到一位如意郎君,并得到对方长久的喜爱。而郎君们到倡家来取乐,图的是什么?

端庄贤淑、宜室宜家?有正室娘子就够了。

如花似玉、婀娜多姿?下等青楼娘子乃至流寓暗娼也有。可是这种单纯以色事人者,结局只有"色衰爱渝"一条不归路。

舞裙歌扇、弄管调弦?早在元和十一年(816),白居易已用一首乐府诗《琵琶行》点透了乐伎的归宿:纵然曾经"五陵年少争缠头,一曲红绡不知数",一朝朱颜辞镜,便是"门前冷落鞍马稀,老大嫁作商人妇"。可曾见有哪个家世显赫的"五陵少年"愿意纳她为妾或者置为别宅妇,恩养她一生呢?末了,商人"重利轻别离",独自外出行商,把她扔在家里独守空房——不对,连房子也买不起,甚至舍不得租一间房!只是一个以船为家、居无定所的小商贩。"去来江口守空船,绕船月明江水寒",少女时代"名属教坊第一部"的前乐伎不得不孤守空船,飘零在寒冷的江水上,和一样寂寞的月轮同病相怜,"夜深忽梦少年事,梦啼妆泪红阑干"。这位乐伎还能偶遇白居易,惺惺相惜,被写入不朽名篇。假设鱼幼微走上乐伎的道路,连白居易也无缘结识。

所以,幼微应当以谁为榜样?必须像长安城内平康坊的上等青楼娘子那样,通晓诗书,见多识广,与腰金衣紫的达官贵人、满腹经纶的文人士子谈笑风生,既能吟风弄月,又能谈经论史。贵客们将礼貌地以表字"蕙兰"称呼鱼幼微。唯其如此,才有可能受到这些上流社会男子的真心尊重,引为红颜知己,进而谋得稳定的收入来源,这才是"终身有靠"。

因此,鱼幼微的父母按照平康坊上等青楼娘子的标准培养女儿。当时通行的女教之书如《列女传》《女诫》《女孝经》《女论语》……都是培养中上等人家妻妾的教科书,这些书不能满足幼微的需要。比如《女孝经》,是本朝开元年间朝散郎侯莫陈邈夫人郑氏写给侄女的教诲,缘起侄女受册为玄宗之子永王李璘的正妃。幼微做梦是可以的,做王妃是万万不能的,所以不能只读《女孝经》。明智的做法是从《毛诗》开始启蒙,精研诗赋文章,渐次泛览群经,博涉诸史,才是正确的方向。

在读书这个问题上,鱼幼微很幸运,赶上了好时光。早些年,民间仍是手抄本大行其道,只在唐太宗颁行文德皇后遗作《女则》、玄奘法师印制普贤菩萨像时才大量使用印刷术,平时普通百姓很难得到书籍。受益于"后安史之乱"时代雕版印刷术的发展和普及,在幼微成长的年代,书籍不再是稀缺资源。不仅如此,她还庆幸自己的兴趣与父母选定的读书方向基本一致——那些女教之书,她真是一本也读不下去。

所以,别说《国风·卫风·氓》,就是露骨描写男女幽期密约的《国风·邶风·静女》,鱼幼微也要照背不误!

静女其姝,俟我于城隅。

爱而不见，搔首踟蹰。

静女其娈，贻我彤管。

彤管有炜，说怿女美。

自牧归荑，洵美且异。

匪女之为美，美人之贻。

父母走出来，欣慰地看着她念念有词的模样，决定今天不开业，带小蕙兰进长安城游玩，吃些帝都特产，作为她勤奋好学的奖励。毕竟贪玩、好吃才是孩子的本性啊！

今年，新天子改元"大中"，是为"大中元年"（847），万象更新之始。长安城内车水马龙，熙熙攘攘，行人摩肩接踵。父母紧紧地牵着鱼幼微的小手，不敢有片刻分离。人人皆知岭南贩卖人口猖獗，曾经惊动唐宪宗下诏严办。实际上，尽管有轻则三年徒刑、重则绞刑的威慑，这种罪行也并未在全国范围内绝迹。厄运降临在别家孩子身上都是故事，一旦落到自家头上就是承受不起的事故，不容半点马虎大意。

途经胜业坊宏济寺，正好有一位僧人步出山门，双手合十，与僧众依依惜别："贫僧于文宗开成三年（838）随遣唐使渡海，入唐为请益僧。历经十载苦修，于今缘法已到，只等入秋，东归故国……"

此人正是来自日本的圆仁法师。鱼幼微听家里的客人谈起过他的事迹。会昌灭佛期间，身在大唐的天竺、日本僧人也被强令还俗。圆仁法师和武宗朝名相李德裕相识。据猜测，正是由于李德裕的保护,衙司才没有逼迫法师离开寺院。近来,新天子鉴于废佛目的已达到,为凝聚人心,诏令恢复佛寺。虽然佛寺的修复由僧人自行出资,进一步消耗了佛门的财力,但虔心向佛、不肯还俗的僧侣好歹可以结束东躲西藏的苦难日子,能正大光明地出行了。也正因此,圆仁法师决定在今年秋天回国。

幼微心有所感,扬声喊出今早背熟的一首诗:"积水不可极,安知沧海东。九州何处远,万里若乘空。向国唯看日,归帆但信风。鳌身映天黑,鱼眼射波红。乡树扶桑外,主人孤岛中。别离方异域,音信若为通。"

唐朝人爱诗,普通百姓也愿意用价格不菲的茶和酒去换一卷雕版印刷的白居易诗集,荆州有位叫葛清的人甚至把白居易的诗文遍全身。所以,鱼幼微高亢清越的诵诗声自然吸引了众人的视线。人们循声看过来,又惊又喜——小小女童居然能触景生情,活学活用王维的《送秘书晁监还日本国》了!当即有一位开小食肆的市民问鱼幼微能背多少诗,如果能背出他指定的三首诗,就请她全家免费品尝"甘露羹"。

幼微果断答应接受挑战。她知道"甘露羹"是一种养发的补品,唐玄宗曾经赐给宰相李林甫食用。

食肆店主先考问幼微:去年,白居易去世了,当今天子即位后物色新的宰相,因心目中的最佳人选白居易已逝世八个月,深以为憾,含悲写下一首《吊白居易》。女童能否背诵这首御制悼亡诗?

幼微立即声情并茂地背诵:"缀玉联珠六十年,谁教冥路作诗仙。浮云不系名居易,造化无为字乐天。童子解吟长恨曲,胡儿能唱琵琶篇。文章已满行人耳,一度思卿一怆然。"

食肆店主再出考题:白居易好友牛僧孺作有一首唱和白居易、刘禹锡的岁诗,题为《乐天梦得有岁夜诗聊以奉和》,女童能背诵吗?鱼幼微又一次顺畅地背出:"'惜岁岁今尽,少年应不知。凄凉数流辈,欢喜见孙儿。暗减一身力,潜添满鬓丝。莫愁花笑老,花自几多时。'——我还知道,牛少师著有笔记小说《玄怪录》!"牛僧孺官至"太子少师",所以被称为"牛少师"。

好事的路人来了兴趣,插嘴逗幼微:"你会背牛少师的诗,那么,牛少师的对头——李卫公的诗,你会背吗?"

李卫公即李德裕,封爵"卫国公",与牛僧孺互为政敌。自唐宪宗元和朝起,牛、李两派官僚围绕人才选拔、藩镇及对外政策等焦点问题展开争斗,为争夺大政方针和人事任命主导权,持续相争四十年,史称"牛李党争"。著名诗人李商隐就是被党争旋涡吞噬了政治生命,半生郁郁不得志。武宗会昌四年(844),"李党"领袖李德裕当权,问牛僧孺"交结叛镇"之罪,把他贬为循州长史。846年,武宗驾崩,新天子登基,一朝天子一朝臣,李德裕罢相,"李党"在新天子的强力打压下土崩瓦解,牛僧孺才得以复职。民间原以为风水轮流转,轮到"牛党"东山再起。不料牛僧孺竟于848年年初驾鹤西去,

"牛党"群龙无首,加之此前斗得元气大伤,已名存实亡,"牛李党争"宣告终结。这也是百姓敢于公开嘲谑牛、李关系的原因。

鱼幼微读过李德裕好几首诗作,该背哪一首呢?她扑闪着睫毛长长的大眼睛,小脑筋疾速转动起来。

她在家听父母对客人们说起,平民百姓看不到朝堂上的党争,处庙堂之高的牛党、李党离民众的日常生活其实很遥远。倡家男女,贱如蝼蚁,比椎髻布衣的平民还要等而下之,只求高枕安卧、丰衣足食,与家人平安相守。因此,父母认为,牛、李二党即便斗得乌烟瘴气,也都有贤臣良相上台,匡时济世,没有妨碍"元和中兴""会昌中兴",还改善了百姓的生存环境。鱼幼微心想,尽管李德裕倒台了,也不能抹杀他的努力和功绩,就背诵他记述自己早出晚归、操劳国事的《长安秋夜》,以表敬意吧!

内宫传诏问戎机,载笔金銮夜始归。

万户千门皆寂寂,月中清露点朝衣。

食肆店主感叹:"你背诵《长安秋夜》诗,好像有不计较党争的过失、感怀李卫公功德之意。设若病国殃民的元凶不是朝堂党争,那会是什么呢?不知你可曾诵读过相关的诗文?"

幼微马上回答:"从巨逆安禄山、史思明肇衅算起,那些喜欢大动干戈的藩镇武将才是元凶。"

"田园寥落干戈后,骨肉流离道路中"——幼微从白居易《望月感怀》诗中看到战乱造成的灾难,明白征夫们的家属为什么要在杜甫《兵车行》里"牵衣顿足拦道哭，哭声直上干云霄"。父母说过，这一切悲剧的始作俑者就是地方藩镇。在幼微这个年龄，社会认知很大程度受父母影响。她当众把《兵车行》《望月感怀》各背一遍。

在场有旅人对食肆店主颇有微词，说宪宗朝宰相武元衡力主削藩，地方藩镇派刺客潜入长安，将他刺杀在帝都街头，店主诱导一个小孩子批评藩镇，不是存心害她吗？

店主反唇相讥："您不是长安人。"

鱼幼微随着众人一起发出善意的轻笑。不评论国事、不鄙视地方，还是长安人吗？广义的长安人，包括鱼家这样的京畿人，以生活在天子脚下、朝堂门口为荣。这个朝廷、这个庙堂似乎隔绝在里坊百姓的日常生活之外，彼此相安，宛然一种和睦共荣的绝佳关系。人们一方面对朝廷有天然的亲近感，仿佛背后有天子和朝廷撑腰，草芥小民得以在外地官民面前保有一份居高临下的优越感；另一方面，他们指点江山，热衷于传播、讨论政务小道消息和皇室、贵家八卦。这也是"长安人"自认为优于外地官民的重要因素。

只是，高高在上的庙堂果真不会妨碍鱼幼微个体的命运吗？历史迟早会展露它的峥嵘。

一战成名

鱼幼微全家在宏济寺附近食肆享用了"甘露羹",又顺便去胜业坊内一家百年老铺买招牌胡饼。

幼微骑在父亲脖子上,吃得津津有味,边嚼边背诵王维的一首诗:"莫以今时宠,宁忘昔日恩。看花满眼泪,不共楚王言。"饼渣落了父亲满头满肩。

父亲慌忙制止:"别在饼铺门口背这首诗,人家说不定会生气的。"

母亲揶揄道:"你自诩上知天文、下知地理,连这个都不懂?饼铺主人先祖的那段往事,还有摩诘居士的这首《息夫人》,正是饼铺的活招牌。就是要唱得街知巷闻才好。"

饼铺主人会意地一笑。女童鱼幼微唱出了饼铺一段悲喜交加的传奇故事。主人问鱼幼微是否知晓其中的典故?鄠杜神童今天在胜业坊一战成名，饼铺主人想试她一试。

幼微如同小大人一般郑重其事地讲述："一百多年前，玄宗开元（713—741）全盛时期，宁王贵盛无比，喜好女色，拥有数十名色艺双绝的家伎。在宁王宅的左侧，有一户人家以做胡饼为生，女主人生得纤白明媚。某天，宁王骑马路过，眼波偶然一转，发现了美丽的女主人，一见倾心，便赠予她丈夫一大笔钱财，把美人接回宅邸，倍加宠爱。饼师慑于宁王的权势，只得委曲求全。一年后，宁王问美人还思念饼师吗？美人默然不语。宁王见状，举办了一场宴会，邀请十余名当时远近闻名的文人雅士与会。席间，宁王召饼师来到宴会现场，与前妻见面。美人凝视前夫，泪流满面，不能自已。在场宾客唏嘘感慨。宁王命各位文士即景赋诗，记录这个场面。王摩诘率先写成这首《息夫人》。其余宾客都不敢续作。宁王对饼师娘子也并非真心挚爱，只是悦其姿容。时日一长，宁王对她就淡了，于是做个顺水人情，放她回家，成全饼师夫妻团圆。宁王是玄宗的嫡长兄，财帛不可胜数，因此做人慷慨，不要求饼师退还赠礼。饼师夫妇善用宁王的馈赠，苦心经营，奠定'忆妻'饼铺百年基业，子孙传承至今。"

她不但完整叙述故事的来龙去脉，还加入自己的解读。众人瞠目结舌，对女孩的天分赞不绝口。也有路人表示忧虑："一个幼女过早知觉男女之情，究竟是好是坏？"

也有人窃窃私语："那有什么关系？我倒是为这孩子惋惜，

偏偏生在倡家……"

这话被幼微听见了。她愤愤不平,大声驳斥:"倡家又怎样?我耶耶、阿娘爱我,我会读书、写字,还懂诗!"

那时候,稚气的幼微认为,这是一个诗的国度;诗,总能解决很多问题。就像刚才,诗帮她为全家人赢得"甘露羹"一样。

"这小女娃好厉害,脾气还不小。俗话说,三岁看老……"在"神童"之外,幼微又给路人留下了另一个印象——暴躁。

他们并不知道,日后,鱼幼微敏锐、丰沛的情感将在笺纸上酣畅澎湃地奔涌流淌,并构成她个人命运的重要部分。

自新天子敕令恢复佛寺和鱼幼微长安城之行开始,大中朝在人们疑虑的目光中扬帆启航,随后在纷至沓来的惊喜中推进着第一年的航程。

但鱼幼微最大的感受是"惊",不是"喜"!原因在于,从五月起,她和小伙伴们在路边玩耍时,吃了不知多少次土!不错,就是货真价实的黄土!

各驿站接力,驿吏、驿卒用竹竿挑着写有战事捷报的"露布"将喜讯从边疆传入京城,沿途高呼:"大捷!"这样的情景接连不断地出现。每当报捷"露布"路过鄠杜,驿站的马蹄一定踢蹬得尘土飞扬。小小的鱼幼微淹没在灰黄的尘雾中。等到尘埃落定,她全身上下也只剩眼白是白色的了。

至于他们奔走相告的好消息,诸如"五月,幽州节度使张仲武奉至尊敕令出征,大破北部奚族及山奚,夺得大批牲畜……""至尊又诏令河东节度使王宰率领代北诸军出兵,在盐州大破吐蕃、党项及回纥余部联军……"之类,幼微也感到振奋。

当年秋凉时节,圆仁法师果然携带佛教经书七百九十四卷及佛像、仪轨、法器等离京,由登州(今山东蓬莱)乘遣唐使船回国。

鱼幼微获悉这条消息,心中怅然。她伫立在渭水边,眺望东方,默默地祝福法师一路平安。

圆仁法师回国后,撰成《入唐求法巡礼行记》一书。此书历经千余年风霜,至今仍是研究唐朝历史及东北亚关系史的珍贵史料,与玄奘法师著作《大唐西域记》和马可·波罗《东方见闻录》并称"东方三大旅行记",被日本学者誉为"东洋学界至宝"。这一切,当年五岁的女童鱼幼微当然是看不到了。

鱼幼微开始期盼大中二年的新年。年前有一个月左右,她和小伙伴们度日如年,期待时间过得快一些、更快一些,恨不能插翅飞到除夕夜。可等到元日走街串户吃完"传座",计时的漏刻就滴得飞快,真正是日月如梭。三月三上巳节一过,幼微简直觉得自己是脚踏风火轮,从大中二年的元日一步便跨入三月。

日后回忆,大中二年好像一个葫芦。两端大,中间小。掐头去尾,中间大段大段的日子压缩为细弱的一圈,没什么特别值得铭记的事情。

年头三月,适逢"国忌",不能开展歌舞宴乐活动。当天唯一光顾的客人刻意穿着颜色素净的服装,以路过讨水喝的名义,敲开后门进来,不饮酒、不听曲,只图与娘子们谈谈心。

"……好似死而更生。"客人谈及某件事,仿佛心有余悸,眼角眉梢跳动着如释重负的快活。他带来一盒孔雀蓝色的小圆片,交给幼微的父母。母亲呼唤女儿出来,把礼物转交给她。

幼微盯着那些好看的圆片,以为是什么神奇的糖果,口水直流,拿起一枚,塞进嘴里就咬。谁知,竟如同磕在石子上,差点崩掉几颗牙!

"哎哟!"幼微吐出圆片,捂着腮帮子哭叫。

客人和娘子们大惊,继而咬唇闷笑。如果不是顾虑国忌日,害怕笑声被外人听见,他们一定捧腹大笑。

母亲哭笑不得,摊开幼微的一只小手,轻轻拍了两掌:"这是围棋。咱们家托客人买一副来,教你学棋用的。客人慷慨豪爽,惠赠一副琉璃棋子。你没有见过,所以不认得。蕙兰,你可得刻苦习学,不负客人美意才是。记住,读书、写字、吟诗作赋、弈棋,这四项是你的看家本领,缺一不可……"

客人和很多唐朝人一样酷爱围棋,刚才在对娘子们讲述当世围棋高手、翰林院棋待诏顾师言的惊险经历。本月,日本国某王子入唐朝贡,进献方物。大中天子设百戏(杂技),盛宴款待,赐赠宝器。王子擅长围棋,天子特意敕令顾师言和他对弈。这固然是以棋会友的美意,但天子不能明示的一层含义是希望顾师言击败日本王子，彰显大唐物华天宝、人杰地灵，扬我国威。所以"友谊第一，比赛第二"绝不是本场国际大师赛的指导方针，只是在万不得已的情况下，用来维护大唐颜面的遮羞布。

因此，顾师言心情紧张，下到第三十二手仍然胜负未决。第三十三手，他唯恐自己有辱使命，手心被汗水湿透，凝神思索良久，方才落子，一击致命。日本王子被顾师言的神来之笔惊得瞠目结舌，中盘弃子服输。

误咬客人送来的琉璃棋子之后，鱼幼微又增加了一门功课——围棋。夹在年头、年尾之间的悠长时光，就只有读书和学棋。

年尾，凤翔节度使崔珙率军击破吐蕃，克复清水（位于今甘肃省）。借着这股喜气，父母带幼微进长安城采购年货，让全家都沾一沾西北大捷的喜气。

这是鱼幼微第三次游览帝都。她在书肆里买了一卷日历、一套元稹作序的《白氏长庆集》以及好几卷大家名著，都是雕版印刷的成果。

可是，鄠杜鱼家的这座小院，能安安稳稳摆放一张书几的日子不会太长了。

地震

鱼幼微用细嫩的小手指拖动卷轴，书卷一寸一寸地挪移，不经意间，把时光带进了大中三年（849）。

这一年从早春一路欢天喜地闹腾到盛夏。六月，奉天子敕令，泾原节度使康季荣收复原州（今宁夏固原）及石门（今宁夏固原西北）等六关。七月，灵武等地节度使相继收复安乐州（今宁夏中宁西）、萧关（今宁夏同心东南）和秦州（今甘肃秦安西北）。

八月，天子下诏，改"安乐州"为威州。当月，一拨不同寻常的客人来鄠杜参观名胜古迹，到了饭点，就分散在各家酒肆、倡家进餐、休息。他们操河陇口音（河西、陇右地区，大致相当于今甘肃省西部地区，包括今敦煌、嘉峪关、武威、金昌、张掖、酒泉等地），衣物要么旧得似乎弹指可破，要么新得几乎能闻到染料的气味。

酒过三巡，河陇客人手舞足蹈，高唱一曲沙州（今敦煌地区）老歌：

于昭武王，承天剪商。

谁其下武？圣母神皇。

穆斯九族，绥彼四方。

遵以礼仪，调以阴阳。

三农五谷，万庾千箱。

载兴文教，载构明堂。

八窗四闼，上圆下方。

多士济济，流水洋洋。

明堂之兴，百工时揆。

庶人子来，击鼓不胜。

肃肃在上，无幽不察，无远不相。

千龄所钟，万国攸向……

鱼幼微受到感染，情不自禁地接唱：

……黄山海水，蒲海沙场。

地邻蕃服，家接浑乡。

昔年寇盗，禾麦调伤。

四人扰扰，百姓遑遑。

圣人哀念，赐以惟良。

既抚既育，或引或将。

昔靡单裤，今日重裳。

春兰秋菊，无绝斯芳。

这首流传于唐睿宗载初元年（690）的沙州歌谣歌颂当时秉政当国的皇太后武则天，颂扬那个上承太宗、高宗之治，下启开元全盛之世的美好时代。

今天在鄠杜热唱这首老歌的客人是河陇新收复三州、七关的军民代表，他们来长安朝拜当今大唐天子。八月八日获天子接见。他们刚刚摆脱吐蕃统治，扔掉胡服，恢复华夏衣冠。有的从衣箱深处翻出祖宗传家宝，有的为进京觐见特地赶做了一身新装。他们激昂的歌声穿破鄠杜日复一日袅袅蒸腾的炊烟，沸腾了当地人的热血。鄠杜居民兴奋地说："太宗、高宗、则天皇后和玄宗年间的光景好像又回来了！"

歌声也在鱼幼微心底埋下火种："倘若这世间无分良贱，男女皆可出将入相，我未尝不能济世经邦，立下不世之功！"

诚然，之于倡家女儿鱼幼微而言，"济世经邦"是一个不可企及的梦。这个梦种下的火苗却点燃了一盏长明灯，烧旺了鱼幼微心中的热力。诗情在孕育，静待牡丹花开。

不过，在孩童的世界里，收复河陇三州七关带来的欢乐没能延续多久。这场宴乐结束不久，鄠杜的孩子们遭遇平生第一次长别。

天子诏募百姓开垦三州七关土地，五年不纳租税。今后凡是京城的流放犯全部配流三州七关，以增加当地的劳动力。政府还提供耕牛和种粮，鼓励屯防三州七关的将士、官吏在当地营田，发展农业生产，并对三州七关戍卒加倍拨给衣粮，每两年轮岗一次，提高军士们戍守边疆的积极性。温池（今宁夏中宁东）盐矿交由户部度支司管理，所得用于支援边防。道路堡栅向来往商旅和戍卒子弟开放，方便军民传递家书，促进商贸发展。

鄠杜有乡亲响应天子诏令，远走河陇垦荒、经商。有的小伙伴将跟随父母迁居边关，从此山高水远，天各一方。

幼微和玩伴们哭得上气不接下气，小脑袋里左冲右突闪过一首又一首应景的名诗，从王维《送元二使安西》——"渭城朝雨浥轻尘，客舍青青柳色新。劝君更尽一杯酒，西出阳关无故人"，到岑参《逢入京使》——"故园东望路漫漫，双袖龙钟泪不干。马上相逢无纸笔，凭君传语报平安。"

天下没有不散的宴席。缘来缘散，不以人的意志为转移。幼微还不知道，在她跌宕起伏的一生中，将会有数不尽的离合悲欢。

大中三年的狂欢氛围在十月一日达到顶点，随即就是当头一棒。

十月一日，鱼幼微全家外出，参加乡人的婚礼。在这场婚礼上，发生了一件惊天动地的大事。

事发时，鱼幼微正在青庐里观看"弄新妇"和"合卺礼"，突然头晕目眩，身体东倒西歪，不听使唤。新郎、新娘、客人、帐幔、家具……眼前所有的人和物都在左摇右摆。行"合卺礼"

所用的两个瓢飞了起来，一个砸中某客人的脸，一个蹿到帐外，不知所踪。一眨眼的工夫，青庐轰然坍塌。所幸青庐由帐幔搭建而成，因而仅有少数人受轻伤。

幼微吓得呆若木鸡，被父母倒提着逃到田野里，听到惊魂未定的乡亲们乱喊："大鳌翻身啦！"

大中三年十月，京畿、关内地震。河西（今甘肃东南）、天德（今内蒙古乌拉特前旗东北）、灵武（今宁夏灵武）、盐夏（今内蒙古白城子）等地受灾尤为严重，数千戍卒罹难。

鱼幼微家的房舍在震灾中受损，全家暂时迁居华州下邽（今陕西省渭南临渭区）。

当时的人们认为地震象征天谴，因而对大中三年发生地震感到莫名其妙。天子即位以来，效法太宗，对内虚心纳谏，举贤任能，结束"牛李党争"，抑制宦官势力，安定朝局；对外锐意进取，光复大片失地；同时，延续武宗严肃法纪、整顿吏治的改革路线，崇尚节俭，轻徭薄赋，勤政爱民，孜孜求治。百姓亲切地称颂他为"小太宗"。就在地震当月，西川节度使杜悰还夺取了吐蕃维州（今四川理东北）。山南西道（今陕西汉中）节度使郑涯又于十一月收复被吐蕃侵占的扶州（今四川九寨沟县）。总之，上天完全没有谴责当朝天子的理由。

所以，究竟为什么突发地震呢？鱼幼微和长辈们一样百思不得其解。

不过，即使是天大的事件，在芸芸众生心中激起的波澜也不会超过三个月。等翻年迈进大中四年（850），地震的余波已在人们的脑海里淡去了。

鱼幼微已经适应下邽的新环境。其实，她原本憧憬长安城的软红香玉、锦天绣地，还有那么多别处吃不到的美食、买不到的珍本好书。她渐渐萌生了一个梦想——成为这座城市正式的一员。地震后，她曾经问父母能不能迁居长安城内？父母打着哈哈，说等蕙兰长大得遇良人，就能搬进长安城里去住了……

今时不同以往。唐玄宗开元、天宝年间，一百三十八贯钱（合十三万八千文），也就是一万三千八百斗米，即可在东都洛阳换购一座拥有三十九间房屋、占地近三亩的大庄园。但到了近些年，即使是沙州（今敦煌）这样偏远地区的普通民居，房价也攀升至玄宗年间大都市洛阳豪宅的两倍多，何况帝都长安？

如果把唐时长安比作今天的北京，鄠杜便相当于通州区、怀柔区，隶属于华州的下邽仿佛河北省廊坊三河市，讨巧地坐落在首都一小时车程以内，和鄠杜一样坐拥渭水之利，名胜众多，游人如织，房价却比帝都城内亲民得多。

鱼幼微勤于读书，熟知白居易"米价方贵，居亦弗易"的典故。四十多年前，亦即唐德宗贞元二十年（804），时任秘书省正九品上校书郎的白居易在长安城内买不起心仪的住宅，正是在下邽县义津乡金氏村置办了第一处房产。丧母后，白居易也是在下邽庄园隐居，度过为亡母丁忧守孝的三年。

大中三、四年间的鱼家更是如此，不能奢望深入长安城内开业、定居，只围着核心区域转来转去，与帝京保持一种若即若离的关系。这样朦胧暧昧的距离才能给鱼家人一份宽裕从容的日子。

幼微和下邽的新朋友一起去游览过白居易的渭北庄园。白氏故居大门距渭水仅有百步之遥。幼微背诵白居易所作《泛渭赋》：

亭亭华山下有人，跂兮望兮，爱彼三峰之白云；

泛泛渭水上有舟，沿兮溯兮，爱彼百里之清流。

以我为太平之人兮，得于斯而优游。

又感阳春之气熙熙兮，乐天和而不忧……

门去渭兮百步，常一日而三往……

不我后兮不我先，适当我兮生之世……

乐乎乐乎，泛于渭兮咏而归，聊逍遥以卒岁。

她想象着白居易的举止，在渭水和白氏故居之间来回踱步，每天印下六串小脚印。

幼微也去探访过下邽的另一处名胜——中宗朝太子少傅张仁愿故居。张仁愿是土生土长的下邽人。武则天圣历元年（698），后突厥默啜可汗率众南下劫掠，进逼幽州。张仁愿时为肃政台中丞、检校幽州都督，他率部出城迎战，被敌军冷箭射中手臂仍英勇奋战，吓退突厥大军。神龙元年（705），唐中宗复位，从武氏手中夺回李唐江山。翌年，中宗任命张仁愿为左屯卫大将军、检校洛州长史。

幼微的朋友们均出身庶民或贱籍，大多识字有限。幼微讲历史故事给他们听:"当年,洛州粮价飞涨、盗贼横行。张少傅到任后,重典治乱,凡是盗贼,一律乱棍打死,陈尸衙门前示众,从此再无人敢偷抢。中宗景龙元年(707),张少傅任朔方军大总管、御史大夫,乘胜夜袭,大破后突厥。后来,张少傅上奏朝廷,力排众议,争得中宗支持,夺取漠南之地,沿黄河北岸修筑三座首尾相应的受降城,断绝突厥入侵之路。为加快工程进度,抢占先机,张少傅上表奏请暂留服役期满的兵士。有二百多名咸阳籍士兵不愿留下筑城,集体逃走,被张少傅捕回,斩于城下。此后,筑城军民尽心尽力,耗时两月,三城全部筑成……"

鱼幼微讲得眉飞色舞,俨然已经自我代入,借张仁愿的丰功伟绩实现自己济世经邦、不让须眉的幻梦。然而,三座受降城究竟有什么作用呢?年仅七岁的幼微卡住了。相关知识部分来自书卷,部分来自父母和家中客人们的闲谈,她一知半解。

一位面貌俊秀的贵家郎君骑马在官道上路过,或许是被孩子们的童言稚语所打动,愁眉略微舒展,淡淡地一笑。陪伴他同行的一名胥吏接过话头:"三座受降城池,拂云祠居中(在今内蒙古包头西),南对朔方;西城南对灵武;东城南对榆林。三城各自相距四百余里,北拒大漠。张少傅又向北拓疆三百余里,在牛头朝那山(今内蒙古固阳东)以北修筑烽火台一千八百座。自此,后突厥龟缩于漠北,不敢度山放牧、南侵,我朝每年节省军费亿万,裁减镇兵数万。后突厥国力逐渐削弱,最终于玄宗天宝四载（745）被我朝攻灭。"

"噢……原来如此。"鱼幼微似懂非懂地点点头。对于晚生二百多年的她来说，太宗灭前突厥、玄宗灭后突厥，都只是壮美而缥缈的历史大剧，是浮在舞台上的海市蜃楼。尽管她仰慕英雄，小胸膛中涌动一腔热血，但鱼家的日常生活只有霓裳与丝竹。

胥吏答疑解惑完毕，贵家郎君两道剑眉间重新凝结起一层严霜，闷闷不乐地拍马离去。

"这位郎君在愁什么？"幼微想起杜牧的一首五言诗《愁》，不由得念出声来，

聚散竟无形，回肠自结成。

古今留不得，离别又潜生。

降虏将军思，穷秋远客情。

何人更憔悴，落第泣秦京。

一名落在后面的下邽县胥吏纠正她的错误认识：那位郎君可不是落第士子，是正经武宗会昌二年（842）的科考状元！登第后任右拾遗，去年调任翰林学士，刚刚奉敕娶天子爱女万寿公主。否则，下级官员和胥吏们在官道旁沿途礼送是为谁呢？

奇怪，既是状元郎，又是驸马都尉，为什么要犯愁？

幼微感到匪夷所思，久久地凝望状元郎的背影。那个背影越来越小，幼微的小心灵大费思量。

立志

后来得知,这位状元郎名为郑颢,出身"七望五姓"之荥阳郑氏。"七望五姓"历来以门第高贵、源远流长而自傲,彼此通婚,连皇家血统也看不上。尽管入唐以来,"七望五姓"在朝中已不占据优势地位,傲气却丝毫不减。例如唐文宗曾向宰相郑覃提亲,希望郑覃把孙女嫁给皇太子为妃。但郑覃宁愿将孙女嫁给九品官崔某,只因崔某出身"七望五姓"之清河崔氏,而天子李家虽号称系出"七望五姓"之赵郡李氏,其实血统存疑,有可能是攀附赵郡李氏的"杂胡李"。文宗无奈地叹息:"民间谈婚论嫁不重官品,只重门第。我家两百年天子,还不如崔家、卢家吗?"

从鱼幼微身旁路过的状元郎郑颢本来和同属"七望五姓"之家的范阳卢氏千金订立了婚约。今年二月,郑颢启程奔赴楚州（今江苏淮安），准备迎娶未婚妻。宰相白敏中却向当今天子举荐他为驸马候选人。天子龙颜大悦，可怜郑颢沉浸在与卢家闺秀花好月圆的甜梦中，行至郑州却被白敏中发堂帖追回，被迫奉诏，与万寿公主成婚，在心不甘情不愿的情况下，成为中国历史上可考的七百七十七位文武状元中唯一有据可查的"状元驸马"。但他并不以此为荣。这桩普通人梦寐以求的婚姻，对于郑颢而言就是一场拼命想要醒来、却又无能为力的噩梦。完婚后，郑颢虽拜为驸马都尉、银青光禄大夫，深受天子恩宠，但依然念念不忘卢家闺秀。他痛恨白敏中乱点鸳鸯谱，拆散自己和卢小姐的天作之合，于是公报私仇，经常在天子御前告白敏中的状。好在天子明辨是非，并不追究。

这些话传到下邳，已是大中五年（851）的深秋时节。鱼幼微不在乎朝堂上的是非曲直，只为郑颢的"痴情"而动容，悄悄问父母："坊间近日传唱李义山的新作《暮秋独游曲江》，是义山因追思亡妻王氏夫人而作，'荷叶生时春恨生，荷叶枯时秋恨成。深知身在情长在，怅望江头江水声'。儿想象郑郎伫立渭水之畔，东望长江，遥忆卢氏娘子，心境也如同李义山追感亡妻一般。儿也爱白乐天的诗，白相为白乐天堂弟，怎的这般可恶呢？"

父亲对女儿的疑问嗤之以鼻。今年，白敏中奉诏出任招讨党项行营都统、制置等使及南北两路供军使兼邠宁（今陕西彬州）节度使，率领王师在三交谷（夏州境内，今内蒙古与陕西靖边交界地区）击破平夏党项，逼迫南山党项请降。父亲认为，白敏中之于国家社稷的功劳远胜于其堂兄白居易。区区一桩拆人姻缘的小事，实在不值一提。

事后，鱼幼微听见母亲和家里的娘子们谈笑，说"痴情"不过是小孩子天真的幻想；"七望五姓"之家最讲究纲常礼教，郑颢与卢氏奉父母之命、媒妁之言订婚，素未谋面，哪里来的感情？他所无法割舍的，无非是那个"卢"字而已。

可是，鱼幼微不相信母亲的话。

大中五年冬，鱼幼微家遇到一点麻烦。一些来自河湟的客人谈论今年沙州（今甘肃敦煌）防御使张义潮发兵驱逐吐蕃势力，收复瓜（今甘肃玉门西北）、伊（今新疆哈密）、西（今新疆吐鲁番东南）、甘（今甘肃张掖）、肃（今甘肃酒泉）、兰（今甘肃兰州）、鄯（今青海乐都）、河（今甘肃临夏）、岷（今甘肃岷）、廓（今青海化隆西）等地的过程。酒足饭饱，头脑发热，彼此争长道短，渐渐推搡揪打起来。两个醉汉各提起一张方桌子，互相投掷。幼微父亲出来拉架，被人家一掌推个趔趄，后腰撞到食桌角上。

客人是张义潮之兄——张义泽的随员，陪同张义泽入朝进献十一州图籍。天子以张义潮收复河湟十一州有功，诏令于沙州设置归义军节度使，任命张义潮为节度使兼十一州观察使。此举象征着安史之乱以来逐步失陷的河湟故地全部光复。原本是一件普天同庆的大喜事，却因为归义军一群悍勇的军士相互攀比战功和勋赏,导致幼微的父亲好些天直不起腰。

父亲疼得龇牙咧嘴,趴在床上叫苦连天,说还是老式的低足案几好,不至于像高足食桌这样容易撞伤腰。

"用高足食桌,可以垂足坐在方床子、椅子上吃饭,比盘腿坐在坐榻、坐床上吃饭舒服得多。"幼微不客气地驳斥父亲,跟随母亲出门为父亲寻医买药。

近年来,百姓生活中高足家具日渐普及。鱼家迁居下邽新家,母亲置办家具时青睐高足家具,幼微也喜欢。虽然跪坐仍是最合乎礼仪、最正规的坐姿,被人们称为"正坐",母亲也训练幼微"正坐",以便将来与士人交往,但"正坐"时间一长,腿脚发麻,很不好受呢!垂足而坐解放了双腿,幼微天生喜欢这种自由自在的感觉。

鱼幼微跟着母亲去请间阎医工来家为父亲治疗。除了用一些常见的跌打损伤药,医工还建议找一块黄狗皮裹在父亲腰痛部位,炙烤取暖。这是王焘《外台秘要》记载的治腰痛方子,对于缓解疼痛、舒筋活血大有裨益。但黄狗皮不是说有就有的,幸亏母亲在本乡"女人社"结交的小姐妹送来一张。

小姐妹另外带来一合油、一斤麦面、一斗粟。她对南方物产情有独钟,还特意买来二斤江淮米,一并作为给幼微父母的慰问品。"女人社"的规矩就是这样,入社姐妹遇难相扶,有难相救。况且,从今年二月起,户部侍郎裴休担任盐铁转运使,新立漕法十条,大力整治漕运,扭转了唐文宗太和朝(827—

835）以来江淮米每年运抵渭仓（今陕西潼关北）不足二十万斛的局面，北调江淮米达到每年一百二十万斛，江淮米的价格有所回落，买点江淮米对于小康人家来说并不困难。

她离开时，幼微跟着母亲送到门外，恰巧遇见一位美艳不可方物的丽人，看她装饰、举止应是以歌舞为业的贱籍女子。这丽人行经鱼家院门的刹那，小路上仿佛点亮了百枝灯树，艳光夺目，皎洁的月华都为之黯然失色。鱼幼微心想，即使虢国夫人的妹妹杨贵妃，也不过如此吧？

后来听说，那是一位原籍越州、旅居下邳的当红舞伎，新近被越州刺史相中，编入一支女乐，进献入宫，去天子御前侍奉了。据说，这位越州美人很快得到天子的宠爱。

乡亲们对此津津乐道，炫耀自己和天子宠姬的各种交集，不惜虚构、夸张。可是幼微记得，美人辞行那天，步伐有些飘忽，笑靥里浮漾着忐忑。

"侯门一入深如海，从此萧郎是路人。"侯门尚且如此，何况宫门呢？幼微觉得，与其变成元稹笔下"寥落古行宫"里一朵寂寞的红花，不如在充满烟火气的下邳做一个快活的舞伎。困坐深宫的生活多么可怕！

所以，鱼幼微丝毫也不羡慕越州美人。她才不要过宫里那种窒闷无聊的日子。

然而事实却是，她和乡亲们都未能准确预测美人的命运。谜底将在不远的将来浮出水面。而眼下，幼微对未来一无所知，想象越州美人仰卧在杜牧诗中寒凉如水的台阶上，怅望天上的牵牛织女。烛光在画屏上映出一个寂寞的孤影，美人挥舞小罗扇，和萤火虫嬉戏解闷。

"银烛秋光冷画屏，轻罗小扇扑流萤。天阶夜色凉如水，坐看牵牛织女星。"某天，当幼微再次吟唱起杜牧的这首《秋夕》，几位刚刚进门的客人不约而同露出凝重的神情。其中一位走过来，慈祥地抚摩幼微的小脑袋，感慨万端："诗作犹在人间传唱，作诗者却已不在人间，今日接获凶信，杜樊川已往生极乐。"

大中六年（852），与李商隐合称"小李杜"的杰出诗人杜牧逝世。他生前官至中书舍人，终年五十岁。

鱼幼微呆住了。恍惚间，宇宙疾速扩张，延展至极大。无尽的岁月从天边流淌过来，向未知的世界蜿蜒而去。所有人都不过是其中的一粒尘埃、一颗石子。"大李杜"——诗仙李白、诗圣杜甫，田园诗人王维、边塞诗人岑参……他们的生命与大唐鼎盛之世同辉，也和盛世一道走远；"后安史之乱"时代诗坛的风流人物元稹、白居易、杜牧……也相继凋零。"小李杜"仅剩李商隐健在。即便是这些如雷贯耳的名字，所依附的躯壳终究不免飘逝在历史长河中，令人伤感；而他们的灵魂却寄托在诗篇中，获得永恒不朽的生命。

之前，对于鱼幼微来说，"未来"是一个朦朦胧胧的词汇。杜牧逝世的噩耗如一道雪亮的电光，轰散了纠缠在"未来"周围的雾。幼微有了完整的人生目标：做一名诗人，住进长安城。

诗人对于倡家往往有非同一般的意义，他们为倡家提供唱词、谈资乃至直接的经济收入。尤其是杜牧这样"十年一觉扬州梦，赢得青楼薄幸名"的多情才子，有许多故事在青楼、倡家流传。鱼幼微和家人们对杜牧的故事耳熟能详，听得多了、谈得多了，杜牧这个素不相识的人也变得亲切起来。现在，杜牧撒手人寰，他们的生活犹如被活生生抽去一块，一连两天惆怅不乐。

鱼幼微年纪小，心事不重，每天照常读书、玩耍。某天，她从外面玩耍回来，惊愕地发现母亲瘫坐在榻床上，愁容满面。父亲坐在榻床的另一头，手持小槌，茫然无措地划拉一架方响，嘱咐众家人切勿再提越州舞伎的旧话。

原来父母的异状不是因为杜牧逝世而起，而是由于下邽人的骄傲——博得天子恩宠的越州美人，在宫中暴卒。

天子担心自己继续宠爱越州美人将重蹈玄宗与杨贵妃的覆辙，如果放美人回家，又忧虑自己会因思念她而耽误国事，最终赐下鸩酒一杯，将美人毒杀。

鱼幼微毛骨悚然。都说当今天子严于律己，严格约束皇室及外戚，譬如要求爱女万寿公主婚后如同士庶人家的已婚女子一样执守妇礼，不得与闻朝政，还敕令自己的舅舅——右卫大将军郑光依百姓例纳税服役。上述举措确实得到民众拥戴。但天子对于一个无辜的女子如此狠心寡情，鱼幼微觉得，只能用"偏执"来形容。

她大感不解：天香国色难道是美人的原罪吗？目醉心驰的分明是君王本人。男子无法通过自我修养、按行自抑达到清心寡欲、坐怀不乱的境界，一味归咎于红颜祸水，甚至对美人实施肉体消灭，成全自己"奉公克己"的心志，其实是能力有缺、格局不够、自信不足的体现。

幼微暗想："当今圣人终究只是'小太宗'，不是真太宗啊！女子还是远离宫廷为好……"

一些悲惨的文字从她读过的书卷里立起来，幻化为触目惊心的画面：天宝年间，唐玄宗听说女冠诗人李冶（字季兰）才貌双绝，召其进宫觐见。李季兰奉诏留居宫中一月有余，得到优厚的赏赐。晚年定居长安，仍与宫廷保持一定的关系，唐德宗也欣赏她的诗才。建中四年（783），泾原兵变爆发，太尉朱泚叛军攻陷长安，德宗逃难奉天。哗变士兵拥立朱泚为帝。李季兰又与伪朝宫廷交往甚密，同朱泚有亲密的书信往来，作诗为朱泚歌功颂德。翌年，唐军收复长安，朱泚兵败身死。对于李季兰身受皇恩，却投效逆贼、负国负君的行为，唐德宗不能原谅，下诏将她捕杀。

受到宫廷赏识是李季兰一生的荣光，但她也因此不得善终。更不必说魂断马嵬坡的杨贵妃了。宫廷是一座富丽堂皇的阿鼻地狱，是一个表面玉笑珠香的嗜血恶魔。

越州美人的屈死，在鱼幼微的记忆中烙下一个铭心刻骨的疤痕，在今后的时光里，随时提醒她对宫廷敬而远之。

她一度认为这样就能保障自己一世平安。然而现实果然如她所想吗？能够揭晓答案的，唯有时间。

> 临风兴叹落花频，芳意潜消又一春。应为价高人不问，却缘香甚蝶难亲。红英只称生宫里，翠叶那堪染路尘。及至移根上林苑，王孙方恨买无因。
> ——《卖残牡丹》·鱼玄机

第二篇 忘年交

鱼幼微迎来新邻居——温庭筠,二人亦师亦友的"忘年交"赋予彼此灵感,催生出鱼幼微人生中的第一首诗作。他们之间是否存在爱情?

初识温庭筠：夜来风雨送梨花

美人惨死，下邽的蓝天、青山、碧野、绿水……一夜之间忧思成疾，整年都晦气地灰着脸——至少在鱼幼微父母的眼里就是如此。他们认为这个地方不适宜倡家居住，不吉。于是，全家于大中八年春搬回鄠杜生活。

离乡五载，鱼幼微从七岁长大到十二岁，家中原有的三位娘子年华渐老，陆续有了归宿，现已全部换成年少的新人。故乡鄠杜也长大了，不再是幼微幼年记忆中的旧貌。

譬如鱼家附近的一片竹林转入"河东裴氏"之手，变成裴家的产业，裴氏竹林边的一所农舍也有了新的主人。农舍易主后正在修缮，引得幼微总去看热闹，夯土墙、柴门……新主人保留了屋子的原有结构，也没有掀掉茅草屋顶覆上灰瓦。殷实人家分别用于会见男客、女客的"正堂""内堂"一概没有，和居室混用。但鱼幼微还是看出几处微妙的变化。

一是窗户——那时叫作"窗牖"。一个窗牖通常不足房门的十分之一大。从建造窗牖所用的材料，即可轻易地判断房舍主人的社会地位和经济条件。普通的田舍农家不要说可开启的双排直棂窗，单排直棂窗也不敢问津，造屋时开一个窗洞，拿破旧衣服剪一方麻布，蒙住窗洞了事。日子稍长，麻布窗帘补丁摞补丁，将将就就，几十年也便对付过去了。至于窗户纸，虽自隋朝以来，造纸术不断改进，纸张日益普及，但仍然不是唾手可得的廉价物品。如鱼家这样的小康之家，才舍得用桑皮纸糊窗户。那所农舍原先也是用陈旧的麻布充当窗帘，可是现在糊上了崭新的桑皮纸。

二是院子。先前院子地面是泥地，只稍微平整过，杂草丛生。如今用鹅卵石铺成一条小径，两旁围以竹篱，种上各色菊花。

三是室内。幼微和小伙伴们趁主人房门半开，站在院门口向里张望过，看见屋子里铺上了砖地。那些砖虽不能和贵家高门所用的莲花纹砖、宝相花纹砖相提并论，只是普通的"停泥砖"，但也比过去泥地铺几张草席干净体面多了。

第四点最为重要：室内新搬来两件家具——两件在农舍中堪称特立独行的家具。一个是书棚，摆放了不少书卷；另一个是书几。那时的书籍多为卷轴，不便于长时间持卷阅读。书几可用于展开和拖动卷轴，是当时读书人展卷阅读的必备家具。

书棚、书卷和书几揭示了主人的身份，必然是一位读书人。

之前那户田舍人家斗大的字不识一箩筐，跟这些浸透着书韵墨香的物品是无缘的。

鱼幼微愈加好奇："不知搬来一个怎样的读书人？"

主人转出房门，见鱼幼微等一群孩童在院外探头探脑，反应倒还随和，对他们拈须一笑。

这一笑惊天地、泣鬼神，先把众孩童惊得一愣，继而引发一阵大笑。

主人四十出头，身材高大魁伟，相貌却很奇特。黑面虬髯，掩盖了五官的所有优点，还不修边幅，发髻蓬乱。主人身上所穿的襕袍沾有几块墨迹，足蹬乌皮六合靴，也明显落下不止一层灰。这副尊容令鱼幼微想起一个人，不是凡人，是一位得道成仙的神人——钟馗。

孩子们嬉闹着一哄而散。"钟馗"的黑脸泛起两晕深红色的羞惭，仍不动气，只是自嘲地讪笑。

此时的鱼幼微并不知道，生命中一个重要的男人走进了她的生活。

他姓温，名庭筠，出身太原温氏，本名温岐，字飞卿。祖上为北齐文林馆学士温君悠，家学渊源。温君悠有三子，按长幼顺序依次为温大雅（字彦宏）、温大临（字彦博）、温大有（字彦将）。兄弟三人同为唐朝开国功臣，也都以文学之才闻名于世，有"诸温儒雅清显，为一时之称""温陈才位，文蔚典礼"的雅誉。其中，温彦博官至尚书右仆射，亦即宰相，爵封虞国公，著有《温彦博集》二十卷、《古今诏集》三十卷，逝世后追赠"上柱国"，谥号"恭"，陪葬唐太宗昭陵。温大雅著有《大唐创业起居注》三卷，是研究唐朝开国史的重要史料。

温庭筠是温彦博的后人，诗、词、散文俱佳，将祖上的文学传统发扬光大。他在诗坛与李商隐合称"温李"，在词坛更被尊为"花间词派"鼻祖，与韦庄并称"温韦"；散文与李商隐及《酉阳杂俎》作者段成式齐名，三人提倡以四字、六字相间为句的四六骈文，重视辞藻、声韵、偶对和典故。温、李、段三人在各自家族中的排行都是十六，故而他们所引领的唯美文体并称"三十六体"。

温庭筠才思敏捷，文风华丽浓艳，通晓音律，且工于书法，多才多艺。但他性情放荡不羁，不拘小节，结交裴诚、令狐滈等公卿贵家无赖子弟，终日狎游酣醉，又爱逞工炫巧，屡次替科举考生代笔舞弊，因而累试不第。为谋取出仕为官的机会，他先后致书"元和中兴"股肱之臣裴度、中书舍人杜牧、盐铁转运使裴休等人，寻求帮助，似乎还曾向温大雅五世孙、生前官至礼部尚书的宗亲温造请求支持，但都不了了之。

温庭筠恃才放旷，处世不够圆融，不善应对复杂的人际关系，行动不考虑后果。其时大中天子爱唱《菩萨蛮》词，与温庭筠过从甚密的令狐滈的父亲令狐绹仟宰相，为投天子所好，请温庭筠捉刀代笔，创作一组《菩萨蛮》词，以自己的名义进献天子，并要求温庭筠保密。假如温庭筠委曲求全，照顾令狐绹父子的情面，或许能得到宰相的回馈。但他得意忘形，转身就四处宣扬此事，令狐绹颜面扫地，自此衔恨于心。

从古至今，高智商、低情商的人都难免命蹇时乖。温庭筠得罪当朝宰相，后果可想而知。蹉跎到大中八年，他年过不惑，仍旧仕途不顺。

不过，没落勋贵子弟仍然是勋贵子弟。当时贵族社会尚未土崩瓦解，温庭筠和鱼幼微分属两个世界，彼此间横亘着一道不可跨越的阶级鸿沟。两人或许有机会偶遇，却很难在日常生活中自然而然地结识、交往。他们相识最大的可能性只存在于一个场景——才子温庭筠到鱼姓倡家做客消遣。

温庭筠在鄠杜置有"郊居"，怀才不遇的幽怨需要排遣，伤痕累累的心灵需要抚慰，云霞满纸的才藻需要被赞赏。鱼幼微家恰好是鄠杜倡家，为他提供遣怀娱情的场所，由此，一段外在条件悬殊的忘年之交从"不可能"变成了现实。

温庭筠初次访问鱼家，幼微对这位知名文人的认识还停留在初次相遇时的表象上。她忍俊不禁：温庭筠的祖先温彦博风度翩翩，长于辞令，每次奉唐高祖敕令垂问各方使节，无不出口成诵，行云流水。声韵高朗，响彻殿庭，进止雍容，令人仰慕。谁能想到，温彦博的裔孙温庭筠却因其貌不扬得到"温钟馗"的绰号。

那天，寒食节和清明节刚过，院子里还挂着秋千。鱼幼微害怕自己在温姓客人面前发笑失礼，跑出去荡起了秋千，一边看风吹梨花。

鱼家的娘子们为客人弹琵琶、唱曲,陪他谈天说地。

幼微母亲抱歉地对温庭筠说,自己在清明节拔河比赛中磨破了手掌,不能沾水,无法下厨烹制新鲜的酒饭,只能捧出寒食、清明的残羹剩菜来待客,真是无地自容。

对待达官贵人尖酸刻薄的温庭筠对倡家女子展现出宽广的胸怀和诚挚的善意,表示自己并不介意。

幼微母亲端来一锅冷凝为膏状的"饧大麦粥",切分成若干小块,浇上胶牙饧熬出的糖稀,众人就着酱菜和"子推蒸饼"分食。母亲叫幼微回房一同进餐。她吃腻了"饧大麦粥",自己钻进庖厨,将炒熟的麦粉、米粉、粟粉混合后再拿热水冲调,做成"干粥"凑合着吃。

饭后,温庭筠为表谢意,挥毫写下一首《鄠杜郊居》:"槿篱芳援近樵家,垄麦青青一径斜。寂寞游人寒食后,夜来风雨送梨花。"

鱼幼微眼前一亮,感到一丝惭愧。自己对温庭筠的认识是肤浅的。他是"温钟馗",但更是叉八次手就能吟成八韵的"温八叉""温八吟"。不是随便什么人都有资格与李商隐称兄道弟的,而在大中三年作《秋日旅舍寄义山李侍御》的温庭筠却是。

"一水悠悠隔渭城,渭城风物近柴荆。寒蛩乍响催机杼,旅雁初来忆弟兄。自为林泉牵晓梦,不关砧杵报秋声。子虚何处堪消渴,试向文园问长卿。"幼微立起身,朗声背出这首诗,表达对客人的尊敬。

温庭筠端着酒盏的手骤然停在半空。童声琅琅，居然让他有点措手不及。他记住了鱼家神童的名字——幼微，字蕙兰。

从这天起，每逢温庭筠来鄠杜小住，鱼幼微都能遇见他。有时在鱼家，更多是在户外和小伙伴们一起玩耍的时候。但凡儿童游乐嬉戏的场所，郁郁葱葱的树林里、春花烂漫的山野间、碧波悠悠的渭水畔，也是温庭筠漫步散心的好去处。

每次相遇，鱼幼微都会主动问候温庭筠，把自己习诗学棋的进展告诉他。如果是在家里，她会捧出笔墨纸砚和琉璃围棋，请温庭筠不吝赐教。

温庭筠讶异地问她："诗倒还罢了，为何连棋艺也让我教？不怕我误人子弟吗？"

幼微当即背诵《寄清源寺僧》："石路无尘竹径开，昔年曾伴戴颙来。窗间半偈闻钟后，松下残棋送客回。帘向玉峰藏夜雪，砌因蓝水长秋苔。白莲社里如相问，为说游人是姓雷。"

温庭筠禁不住满面堆欢。这是他作的诗。

幼微笑意盈盈地看看他，又背诵了他的另两则作品《新添声杨柳枝词》——别名《南歌子词》二首："一尺深红胜曲尘，天生旧物不如新。合欢桃核终堪恨，里许元来别有人。""井底点灯深烛伊，共郎长行莫围棋。玲珑骰子安红豆，入骨相思知不知。"

幼微生于倡家，在人来客去的环境中成长，见惯了酬酢周旋，自然养成一种落落大方的性格，一点也不怕羞。起初，反而是温庭筠有些不好意思。大概是因为他自知邋里邋遢，面对一个粉白玉雪小女孩儿的热情，未免自惭形秽。

幼微双瞳剪水，澄澈透亮的目光坦坦荡荡地照进中年诗人的眼中。温庭筠在女孩墨玉般的眸子里看见了自己的面容。他第一次对这副与生俱来、披挂四十余年的皮囊感到一点嫌弃。

亦师亦友：应为价高人不问

鱼幼微不懂得温庭筠的心思，有时邀请他一道游玩。孩童天真烂漫的笑容温热了温庭筠落拓的心。他每每欣然接受邀请，像个孩子王一样，跟着这群儿童一起去探险。也充当了孩子们的保护神。

日子一长，孩子们看温庭筠的外貌也习以为常了，不再觉得可笑，甚至还觉得有几分可爱。鱼幼微从温庭筠那里得到许多点拨。父母见温庭筠居然成为女儿的良师，待他也较过去更加殷勤热络。

五月的某一天，鱼幼微与温庭筠等一帮大小朋友同游裴家竹林。天气晴暖，竹叶间的每条缝隙都漏下阳光，在黑褐色的泥地上镀了无数片金箔。灌木张牙舞爪，手伸进野径里来，妄图在行人脚下攻城略地。鱼幼微捡一根竹竿，左劈右扫，走在前面开路，忽然回头朗朗一笑："您想寻合适的竹子做鱼竿，好去渭水边垂钓。且看这个合适吗？"

温庭筠心中顿时山温水软。鱼幼微是这片明丽风光里最为俊美秀逸的那根修竹。诗句从温庭筠的心海里涌出："一径互纡直，茅棘亦已繁。晴阳入荒竹，暖暖和春园。倚杖息惭倦，徘徊恋微暄。历寻婵娟节，剪破苍筤根。地闭修茎孤，林振余箨翻。适心在所好，非必寻湘沅。"

此诗题为《春尽与友人入裴氏林探渔竿》。不知不觉，他已经视鱼幼微为"友人"了。幼微也不觉得突兀。从温庭筠过往在交际场、考场的言行举止来看，他的心理年龄至少比生理年龄小一半。老小孩也是小孩，而鱼幼微聪颖早慧，他们成为朋友并不奇怪。

对于这对忘年交来说，彼此之间的距离不是一圈圈年轮，而是别的东西。究竟是什么？在此后的数年里，鱼幼微将会渐渐看明白。

返程途中，有卖花郎赶着一头驴，驮着两个大筐子，和他们相向而行。看见貌若钟馗的温庭筠跟一班孩童混在一起，模样又不像村学先生，卖花郎不由得对他行注目礼。

卖花郎的竹筐里只剩少量花束没有售出。那些花儿霞姿月韵，色泽丰艳。鱼幼微禁不住问道："这是牡丹！请问是飞来红、天外黄，还是赭木、颤风娇？"

她所说的都是三百年前易州进贡给隋炀帝的牡丹名品，除了她猜测的四种，还包括赭红、橙红、浅红、袁家红、起州红、醉妃红、起台红、云红，以及一拂黄、软条黄、冠子黄、延安黄和先春红。

卖花郎得意地笑笑："哈哈！小娘子年岁虽幼，见识却不浅。只是这些花是近年来培育的新品种，外行认不出的。"

温庭筠不动声色地说："我若认得准，你就将这些花贱价售与我，如何？"

鲜花隔夜就不好卖了，卖花郎也巴不得尽快处理，便点头应允。

"这浅红色的是'百叶仙人'，深黄色的乃是'小黄娇'，那个白的是'粉奴香'，正红色的应为'火焰奴'。"温庭筠胸有成竹，"这个，必定是'太平楼阁'。咦，为何不见月宫花、雪夫人、蓬莱相公、卵心黄、御衣红、紫龙杯，也没有三云紫、盘紫酥、天王子和出样黄？是已售出，抑或是你家品种不全？"

卖花郎的双眼瞪得像两只铜铃，这位相貌鄙陋的中年男子居然把新品牡丹说得分毫不差。

温庭筠将牡丹花分给孩子们。鱼幼微欣喜地接过花束，俯首欣赏娇艳的牡丹。林子里飒飒地吹过一阵风，有两片花瓣随风零落。幼微不免为之惋惜。

俄顷，一缕孕育十年的情怀破茧而出，昂扬向上，轻盈而有力地从花蕊里飘了出来。

它是一首诗："临风兴叹落花频，芳意潜消又一春。应为价高人不问,却缘香甚蝶难亲。红英只称生宫里,翠叶那堪染路尘。及至移根上林苑,王孙方恨买无因。"

这是鱼幼微有生以来创作的第一首诗——《卖残牡丹》。

温庭筠拈着胡须往下拉了一把,"惊喜"二字在他脸上跳舞:"蕙兰,不枉我教你一场!"

比起"天分甚高、才情了得"这一点,鱼幼微在《卖残牡丹》中张扬的自信更令温庭筠惊讶。在幼微看来,卖剩的牡丹并非低人一等,恰恰是由于姿容最美艳、香气最浓郁、价格最昂贵,才无人敢于问津。一旦有伯乐把它们请进皇家园苑,之前未能慧眼识珠的王孙公子必定悔不当初。当然,鱼幼微是不肯进入皇家园苑的,她只是借用皇家园苑指代一个真正珍惜、尊重"牡丹"价值的地方,抑或是一个人。

对此,温庭筠既感到钦佩,又有些惋惜。鱼幼微以牡丹自况,心比天高,奈何出身卑微。在这个重视门第、等级森严的社会,有什么办法能弥补鱼幼微出身的短板?温庭筠苦思而不得。

幼微不知温庭筠心中的忧虑,笑逐颜开,回家把一只邢窑粗白瓷双耳瓶灌上半瓶水,供养温庭筠馈赠的牡丹。

这束牡丹名叫"太平楼阁",寄寓着温庭筠对她的祝愿:"鱼幼微生逢太平之世,得享一世长安。"

幼微开始称呼温庭筠为"飞卿",两人不时吟诗唱和。父母责怪女儿没大没小,温庭筠却为鱼幼微辩护:"蕙兰与某,名为师生,实为友执。无妨、无妨……"

杏花春雨和鱼幼微一起降临，淅淅沥沥地洒进温庭筠的生活。大中八年从春到冬，落魄中年诗人的面容一直铺满了春天。

第二年，大中九年（855），温庭筠再赴科举考场，应试春闱。离开鄠杜期间，他没有捎信给朋友们通报考试情况。鱼幼微与他书信往来、诗文唱酬，他也没有泄露半句口风。但是，从京城到鄠杜游玩的士人们还是早早把"温八叉"的近况传去了鱼家。

三月，温庭筠回京应考。他擅长诗赋文章，继续报考礼部主持的进士科。如果考中，即可取得做官的资格。在此基础上，再等待一定年限，参加吏部主办的"释褐试"，通过"身"——仪表、"言"——口头表达能力、"书"——书法、"判"——狱讼裁判四项甄选，就能正式获授官职。假如他等不及，还可凭借进士及第的"出身"，参加"科目选"，如博学宏词、拔萃、平判、三传、三史、五经、九经和开元礼等，考中即可挣脱年资限制，立刻获授官职。

论才学，温庭筠无疑具备登科及第的实力。但他鬼使神差，故态复萌，断送了自己的前程。

在礼部举行春闱的同一时期，吏部举办"博学宏词科"考试。历年科举及第、尚未授官者，以及去职赋闲的前官员均可应考。但"博学宏词科"仅有三个录取名额，众考生争得头破血流。其中有一位应考进士，姓柳，名翰，是京兆尹柳憙的儿子，比别人神通广大，事先拜托主持"博学宏词科"考试的吏部侍郎裴谂泄露了题目，又托温庭筠代笔答卷。

鱼幼微不清楚温庭筠经过怎样一番内心活动。曾经因替人捉刀舞弊而名落孙山的他，按理应当有所警醒，不再重蹈覆辙。然而，或许是被柳家表面的影响力所迷惑，天真地相信柳翰有能力瞒天过海，抑或是被"进士也求助于我"的虚荣心冲昏了头脑，温庭筠答应了柳翰的请求，帮他准备好应试答案。

柳翰果然高中。但旋即有人向御史台检举柳翰串通裴谂、温庭筠作弊，闹得满城风雨，乃至上达天听。注重吏治廉洁的大中天子自然无法容忍。御史台对涉案人员提出弹劾。结果，吏部侍郎裴谂贬官为国子祭酒，吏部郎中周敬复罚俸两个月，参与考务工作的刑部郎中唐枝外放处州任刺史，监察御史冯颛罚俸一个月。包括作弊者柳翰在内，共有十名登科者被取消资格。坊间猜测，受柳翰作弊案影响，天子敕令御史台严查本次吏部科目选，挖出其他科目的弊案，所以处罚对象超出了"博学宏词科"的范围。

温庭筠在劫难逃。礼部侍郎沈洵主持科举春闱，特地在帘前设置一个单独的考场，召温庭筠到帘前答题，防止别的应试者勾结温庭筠作弊。沈洵还挖苦温庭筠："向来参加科考者都托学士帮忙写文作赋。但是今年这个考场中并没有人找学士助力。还望学士多加努力！"温庭筠当众遭受这番折辱，郁闷不乐。加上他协助柳翰作弊案发，原本就有些蔑视他的沈洵没有理由拂逆上意、招惹嫌疑，当然不肯放他过关。于是，温庭筠再度落第。

"慈恩塔下题名处,十七人中最少年"的荣耀属于二十七岁进士及第、意气风发的白居易,固然与年逾不惑的温庭筠无缘;即便"春风得意马蹄疾,一日看尽长安花"也只属于四十六岁考中进士科的孟郊,之于温庭筠而言,同样遥不可及。

不过,他重返鄠杜时并未露出沮丧的神色,还带给鱼家三卷新书,若无其事地说:"秘书府校书郎郑延美(名"郑处诲")撰成《明皇杂录》,收录玄宗朝异闻琐事。娘子们可以传阅。"只是酒一下肚,牢骚终究憋不住,化为酒气喷了出来:"郑延美著书立说也不妨碍他于文宗太和八年登进士科,进而通过铨选,解巾释褐。我却为诗赋所误!"

鱼家三位娘子轮番安慰温庭筠:"郑延美出身荥阳郑氏,是德宗朝宰相郑公(郑余庆)之孙,必有家门余荫。飞卿全凭自家才学,不好相比的喔!"

"俗话说,三十老明经,五十少进士。您离五十还早着呢。您是看不起只考三经五经、三礼三传的明经科,一心应考进士科。您若屈就明经科,只怕一举高中,府上早收到衙司签发的金花帖子了⋯⋯"

幼微父亲搭腔:"待圣人下诏举办制举,您也可应试。天子亲试,高中者径直获授官职,无须等待吏部铨选、参加'释褐试'。进士科岂能与之相比?"

"制举可不是说有就有,须得天子下诏方能举行。况且⋯⋯呃⋯⋯"温庭筠灌下一大口京城佳酿"西市腔",舌头有些捋不直了,一时语塞。

"况且,"鱼幼微冷不丁地开口,"进士科不仅有策试,还要考察杂文、帖经、诗赋等科目,飞卿得以大展拳脚。而制举通常只考策问。飞卿若应试制举,也是屈才,与曲从明经科无异。"

温庭筠猛然抬起头,眼睛一眨也不眨地凝视幼微,少顷,露出欣慰的笑容:"蕙兰知我。"

暧昧

鱼幼微身为女子,没有资格应考科举,空有满腹诗书,全无用武之地,引以为恨事。但她对温庭筠并不苛责。只要能吟出好诗佳句,"飞卿"还是那个"飞卿"。

父母却渐渐动了别的心思。按唐朝婚俗,女子应在十三至二十二岁结婚,十五至十九岁为最佳婚龄。鱼幼微十三岁,正值豆蔻年华,可以筹划终身大事了。温庭筠就是一个值得考虑的人选。年龄差距在当时不成问题,例如唐太宗的岳父长孙晟大约比妻子高氏年长二十五岁,唐高祖的外孙女窦胡娘十三岁时与文德皇后的堂兄、时年三十岁的长孙无傲结婚。而且,男方年龄大些,一般认为会更加疼爱女方。温庭筠虽然年龄偏大,也不够富裕,但和幼微志趣相投,看起来对待倡家女子也还和善,貌似并无鄙夷之意。财力比鱼家略强,这也就够了。何况他还有解巾释褐的可能，经济状况有望进一步改善。父母了解女儿，换作那种家财万贯而才疏学浅的男子，鱼幼微必定不屑一顾，怎么肯接纳其为人生伴侣？

当然，囿于身份、门第限制，鱼幼微即使出籍为平民，只要以温庭筠这样的士族男子或普通良民为婚配对象，依照唐律也只能做妾。"妾通买卖"，地位低下，即便正妻去世，妾也不得扶正。事实上，自唐朝开国以来，除了个别勇于冒天下之大不韪的官员，几乎没有士人将妾扶正为妻。当然，如果丈夫宠爱、正妻秉性仁厚，假以时日，诞育一儿半女，妾的生活就有了保障。温庭筠的正妻安分低调，默默无闻，以至于人们连她的姓氏也搞不清楚。温庭筠长期出入风月场，并不见正妻阻挠，从来没有闹出争风吃醋的丑闻。所以鱼家对温庭筠的家庭并不担心。

幼微父母打好算盘，想先利用倡家与官员、士人交结广泛的优势，在温庭筠的仕途上助力一番，再逐步提出婚事，一则让温庭筠对鱼家刮目相看，将来不敢轻蔑鱼幼微，二则温庭筠如果能尽快出仕，拿到一份旱涝保收的俸禄，也可增加家庭收入，提高鱼幼微今后的生活水平。幼微父母决定循序渐进推动此事，假如温庭筠是扶不起的阿斗，或者暴露出不为人知的严重缺陷，也有时间物色其他人选。

他们先托人给浙东（今浙江绍兴）监军王宗景的一位私人幕僚捎信，邀请他借回京的机会到鄠杜做客，鱼家有三位娘子和一坛"新丰酒"恭候他大驾光临。那人回话，表示秋日赴约。

但是，秋天到了，那人却没有成行。他不是不想来，而是不能来。

浙东观察使李讷性情暴躁，对将士骄横跋扈。大中九年七月，将士哗变，驱逐李讷。天子震怒，于九月下旬下诏贬李讷为朗州（今湖南常德）刺史，监军王宗景杖责四十，罚去恭陵服役，并将"地方节度使行为不当，监军连带受罚"确立为一条司法惯例，今后如有类似案件，均照此处分。在这风雨飘摇的节骨眼儿上，他当然不可能再去鄠杜逍遥。

幼微父母转而打起右威卫大将军康季荣的主意。康季荣收复河、湟有功，天子对他另眼相看。他有一位私人幕僚是鱼家的常客。此人爽快地答应牵线搭桥。然而命运之神好像一个顽皮的孩子，开一次玩笑意犹未尽，继续和人们恶作剧。

大中九年十一月，有人揭发康季荣过去担任泾原（今甘肃泾川）节度使时犯有贪污罪，侵吞官钱二百万缗。案情经查属实，康季荣认罪，请求以家财偿还公帑。天子念及他的功劳，降敕允许退赃抵罪。这显然是因人废法，赏罚不分。门下省反对天子感情用事，纵容贪腐，依制行使"封驳"权，拒绝发布敕令，并指出敕旨不妥之处，奏请天子三思。谏官也进言谏阻。天子终究接受了各方进谏，于十二月五日挥泪斩马谡，下诏将康季荣贬为夔州（今四川奉节东）长史。康季荣大厦已倾，他的幕僚更不可能再给温庭筠帮上什么忙。

鱼幼微偶然听见家人背地里喟叹"温飞卿命薄,无贵人相助",才获知父母在私下所做的努力。她没有听到他们讨论自己婚事的那部分,以为父母只是单纯的惜才,便一笑置之。在她看来,如果不能凭真才实学考取功名,温飞卿也不再是温飞卿;又如果才高八斗如温飞卿者却不能考取功名,这个科举制度便是有眼无珠,不值得为之摧眉折腰。况且,仰仗贪官污吏的鼻息并不光彩,攀附不成反而是好事。

次年,大中十年(856)春三月,温庭筠抖擞精神,再战考场,终于荣登进士科,取得出仕资格。但是在正式获授一官半职之前,还须进行"释褐试"或者博学宏词科等"科目选"。

这一年的科举,鉴于开元礼、三礼、三传、三史、学究、道举、明算、童子等九科录取泛滥,其中童子科还普遍存在考生篡改年龄,超龄应试,骗取功名,实际学业水平不高的现象,天子采纳中书省和门下省的意见,敕令从当年起暂停以上九科考试三年,三年后从严择优录取。备考上述科目的读书人白白辛苦一场,垂头丧气。这样的变故令温庭筠有"大难不死"之感,在进士及第的喜悦之上,又有几份特别的庆幸。

他卸去千钧重担,兴高采烈地约鱼幼微全家同游长安。

适逢大慈恩寺设戏场,举办歌舞百戏表演。观者如云,不分高低贵贱,济济一堂。一队玉面柳身的女子表演"戴竿"(顶竿)。担当底座的女子头顶橦竿,轻移莲步,翩跹起舞。另有多名搭档脚穿布袜,争先攀缘橦竿,在竿上表演翻跟斗、倒立、舞蹈等惊险动作。任凭她们跳跃腾挪，变换队形，橦竿始终稳稳地立在底座女子头顶，令个别学艺不精的男艺人相形见绌。

鱼幼微击节称叹，眼前的情景正是王建《寻橦歌》中写到的"大竿百夫擎不起，袅袅半在青云里。纤腰女儿不动容，戴行直舞一曲终"。这一切强烈地鼓舞着她。百戏女艺人"身轻足捷胜男子"，鱼幼微也能在诗坛奔逸绝尘，令一众须眉男子瞠乎其后，难望项背。

大慈恩寺是唐太宗贞观末期由皇太子李治为纪念母亲文德皇后而建造的寺院，与皇家关系密切，戏场规格也非同一般。温庭筠给鱼幼微一家介绍：这位妙语连珠的参军戏艺人是教坊祝汉贞，乃当今天子最宠爱的优伶；那位琵琶精妙绝伦的乐工姓罗名程，从武宗会昌年间就深得皇家欢心。当今天子传承了李唐皇室的艺术天赋，精通音律，尤其喜爱罗程的琵琶。

演出阵容如此强大，难怪天子爱女万寿公主也莅临戏场，兴致勃勃地观看，连连鼓掌叫好。

可是，鱼幼微观察到，自某一时刻起，公主的身影不见了，并且，一去不复返。

这个突发状况披着神秘的面纱。不过，八卦丑闻的传播速度总是飞快。戏场尚未结束，便有内幕消息飞来：驸马郑颢的弟弟郑顗患病，病情危急。天子派遣给使问疾，顺便检查万寿公主有无探望病人。偏偏公主搞不清楚状况，公然在大慈恩寺观看戏场。天子大怒，叹道："怨不得士大夫不愿和我结亲，人家是有理由的!"于是召公主觐见。公主刚才就是奉诏赶去宫里了。据说天子把公主晾在阶下罚站,久久不看她一眼。公主恐惧,哭泣谢罪。天子厉声斥责:"哪里有小郎(小叔子)生病,做嫂子的跑到别处去玩儿的道理?"

鱼幼微忽然觉得,方才戏场里最高贵的那个人——万寿公主,也有可怜之处。回首唐朝开国战争至安史之乱那段黄金时期,以唐高祖第三女平阳公主、太宗文德皇后长孙氏、高宗则天皇后武氏、高宗女太平公主、肃宗女和政公主等皇室女性为龙头,女子在军事、政治、文化等广阔的舞台上不乏活跃表现,拥有较多的自由。诸如忽略患病的小叔子,去慈恩寺观看戏场这样的小事,哪里值得天子责难公主?再如唐高祖幼女永嘉公主私通外甥杨豫之,也只是与前夫离婚,事后照常改嫁。安史之乱是一座分水岭,改变了很多东西。"后安史之乱"时代,皇权相对削弱,朝廷大力倡导儒家礼教以维护统治秩序,皇室女性受到更多的约束。从唐肃宗之女郜国公主守寡期间与数名官员相好遭到唐德宗囚禁,到大中五年,当今天子诏令生有儿女的寡居公主、县主不得改嫁,束缚一步步升级为制度化。一些女教准则,也在制约一般士大夫之家的女性。万寿公主其实是"后安史之乱"时代上层社会女性地位下滑的一个代表。

相对而言,民间劳动妇女对家庭生计有贡献,享有更大的话语权和自主性——"譬如我家阿娘"。鱼幼微比较母亲和万寿公主的不同,觉得自己"倡家女鱼幼微"的身份未尝不是一种幸运。

鱼幼微需要为生计做打算,公主生来应有尽有。但鱼幼微相对自由,公主却高处不胜寒,没有自由。

"还是做'鱼幼微'好。"幼微对自己露出一个舒心的笑容,唇角畅快地绽放两朵纤巧的小牡丹。

返回鄂杜途中,鱼幼微回味异彩纷呈的戏场,与温庭筠约定明年还要来大慈恩寺观赏教坊祝汉贞、乐工罗程和百戏艺人们的演出。

然而,大中十一年(857)春天,鱼幼微一家第二次来到大慈恩寺戏场,却再也听不到祝汉贞的笑话和罗程的琵琶曲了。

近日,祝汉贞在御前讲笑话,使用了许多关于朝政的素材,触怒了对宦官、宫人干政十分警觉的天子。天子正色斥责祝汉贞:"我恩养你们这些人,只为娱乐,岂容你们与闻朝政大事!"自此开始疏远祝汉贞。偏巧祝汉贞的儿子倚恃天子宠爱,犯下贪赃罪。祝汉贞失宠后,东窗事发,其子被杖杀,祝汉贞本人被发配天德军服役。罗程也是恃宠骄横,睚眦必报,因小事杀人,逮入京兆狱,听候发落。众乐工趁天子临幸后苑、欣赏音乐的机会,留出罗程的空位,把他的琵琶放在那里,列队哭拜求情:"罗程辜负陛下,万死不赦,但臣等爱护他独步天下的琵琶绝艺,为他不能再为陛下宴游助兴而惋惜。"天子凛然回复:"你们爱惜罗程的技艺,我爱惜高祖、太宗制定的律法。"于是将罗程杖杀。

这两起变故在鱼幼微心中触发新的感悟。祝汉贞、罗程的下场固然有咎由自取的因素,但也是那个年代以色艺娱人者命运的缩影。背靠大树好乘凉,代价是随时被大树弃之如敝屣。

"鱼幼微,不做任何人的附庸。"幼微提笔濡墨,在淡黄的竹纸上写出一个斗大的字——"人"。

这一年,她十五岁。父母开始抓紧推动她的婚事。不只是因为幼微年龄增大,还因为国内铜料短缺的经济痼疾复发,流通中不足值的铜钱增加,物价上涨,鱼家支出增多,为满足营业需要新建的一座内堂小楼花费不少,收入却没有明显增加。

在一段漫长的历史时期,传统中国家庭为了纾解经济压力,只得撙节开支,而首当其冲的往往是女儿的利益。在鱼家父母看来,如果幼微早日觅得良人,不但她自己衣食无忧,家庭负担也将显著减轻,是皆大欢喜的好事。这是幼微父母所能想到的最为两全其美的办法。

面对鱼家父母半含半露的试探,温庭筠的态度一直暧昧不明。从他日后在襄阳与美貌青楼女"柔卿"的那段缠绵来看,对他来说,年龄、外貌上的巨大差距并不足以构成他同鱼幼微结合的心理障碍。他真诚地欣赏幼微的才华,丝毫不存嫉妒之心。

真正的症结在于,鱼幼微随着身体的发育,原本就明快大方的个性益加丰盈,越来越意气风发。每当她步入温庭筠的视野,温庭筠总能感觉到一种与她柔美外形毫不相称的磅礴气场。这不是他所能消受的。鱼幼微的确是他的知己,但他理想的良伴只需是一朵桃羞杏让的解语花,一株温顺婉约的忘忧草,仰慕他、自觉地依附他,符合这个世道对女子的基本要求。温庭筠知道,如鱼幼微这般具备鲜明自我意识的少女,并不适宜共同生活。或许,知己就应该只是知己。

除此之外,温庭筠还有别的顾虑。他不愿意承认,更不能对鱼家明言。眼下,内心犹豫不决的他,只能佯装不懂鱼家父母的美意。而他心底那一层隐晦的顾虑,终有一天会被鱼幼微看透。

幼微渐渐洞悉父母的意图。事实揭穿的那一刻,她不禁错愕。她视温庭筠为知音、文友,超乎普通朋友之上,但不等于两情相悦。母亲听她申明自己的想法,直言难以理解:"温飞卿不在鄠杜,你同他鱼雁往返;他在鄠杜,你与他结伴出游。吟诗作赋,你唱他和,好不快活。我总以为你对他是有意的。"

鱼幼微感到轻微的愤懑。她和温庭筠所做的,温庭筠同建州刺史李远等其他知交挚友也做过。为什么在后者是高山流水,在鱼幼微却不能是云天高义?难道因为鱼幼微是女儿身,就只配和温庭筠谈情说爱?

婚姻也不能听凭父母想当然地做主安排。幼微自幼熟背《诗经·国风·邶风·静女》,诗中所描绘的郎情妾意、你情我愿,是她向往的爱情。

是时候采取行动了。她要捍卫"鱼幼微"的自由。

> 醉别千卮不浣愁,离肠百结解无由。蕙兰销歇归春圃,杨柳东西绊客舟。聚散已悲云不定,恩情须学水长流。有花时节知难遇,未肯厌厌醉玉楼。
>
> ——《寄子安》·鱼玄机

第三篇 情孽

投入渭水"祓禊"驱邪的鸡蛋、红枣让李亿走进鱼幼微的生活。与此同时,她努力开辟着施展才华、实现自我价值的空间。炽热的初恋、勇敢的奋斗带给她什么?激扬起多少诗情?

一见钟情

人们谈论唐朝,总是在仰望一个群星璀璨、文化空前灿烂的鼎盛时代。其实,即便在唐朝,占人口大多数的底层群众文盲率也是不低的。这就给鱼幼微这样识文断字的人提供了一条果腹糊口的出路。她走出家门,揽一些代笔书写、抄书之类的文墨工作来做,还受雇给中等人家做女师,指导人家的女儿学诗,多多少少挣得一份口粮。父母见她个性倔强,又能分担家计,也就不好相逼。

同时,幼微继续和温庭筠交往,磊落坦荡,仿佛父母议婚的事没有发生过。

大中十一年秋,两人在鱼家见面。谈起五月容州(今广西容县)军乱,兵士驱逐容管经略使王球,安南经略使宋涯奉诏接任容管经略使,赴容州平乱;近日又有吐蕃酋长尚延心率领河州（今甘肃东乡西南）、渭州（今甘肃陇西）部落归降唐朝，官拜武卫将军。谈及时事，温庭筠开始操心自己的仕途。受制于唐朝特殊的铨选制度，新科进士不要说封疆拜相，只求一个县尉、县丞之职，也不知要候选到猴年马月。

幼微不以为然。当年柳宗元进士及第后，等待六年始得授官，扣除其间为其父守孝的三年，也还有三年。所以温庭筠也不应该焦躁。她让他把近作《早秋山居》写出来赏析。

山近觉寒早，草堂霜气晴。

树凋窗有日，池满水无声。

果落见猿过，叶干闻鹿行。

素琴机虑静，空伴夜泉清。

幼微品读再三，却没有产生共鸣。她踱步到院子里，望向对门街坊家。那家的妇人坐在金色的秋阳下，用一块黄布缝制帽子，整个人仿佛要被晒干了。她的丈夫在宋涯军中效力，宋涯要求麾下军士效仿忠武（今河南许昌）"黄头军"，头戴黄帽。妇人是为丈夫做帽子，完工后托南下的人捎去容州。

幼微惊觉，在同一个季节，面对同一个事件，自己和温庭筠的心境有很大的不同。她提笔写下《早秋》：

嫩菊含新彩，远山闲夕烟。

凉风惊绿树，清韵入朱弦。

思妇机中锦，征人塞外天。

雁飞鱼在水，书信若为传？

温庭筠愕然。鱼幼微果真长大了。她的视野已冲破《卖残牡丹》的自矜自恋，开始关注平凡人在大时代风云激荡中的命运。但在温庭筠看来，女子其实不需要思考此类问题。

或许正是在鱼幼微落下《早秋》最后一笔的刹那，温庭筠下定了决心：他可以赞赏幼微、敬佩幼微，但不能和她共度余生。

温庭筠多虑了。鱼幼微的有缘人已在前往帝京长安的路上。

大中十二年（858）三月三，上巳节迎春，千家万户倾巢而出，扶老携幼，蜂拥到水边踏青，袚禊驱邪。鱼幼微按照习俗在渭水里洗了手，脱掉鞋履，蹚着近岸的浅水往下游漫步，一面把家里煮好的鸡蛋、红枣扔进渭水，让它们顺流而下，供下游的人捡食取乐，一面欢快地吟唱晋朝潘尼《三月三日洛水作诗》："……临岸濯素手，涉水褰轻衣……羽觞乘波进，素卵随流归。"

一位游人正好弓着身子在洗手袚禊，幼微的红枣、鸡蛋撞到他的胳膊，被他反手捞了起来。他用手掌托起战利品，站直身子，望向上游。明知要找到原物主无异于大海捞针，只是挡不住心血来潮。

鱼幼微和他打了照面。那一天萍水相逢的人数不胜数，彼此之间都有同样的目光接触。但在视线触及他的刹那，幼微看见一树青松，挺拔俊秀的身躯披着一圈太阳。而她映在对方眼里的倩影，也是一枝"有此倾城好颜色，天教晚发赛诸花"的牡丹。

幼微不知道他手中的红枣、鸡蛋就是自己投进水里的；他也不知道自己捡到的红枣、鸡蛋源于她。这将成为一个永远的秘密。

官道上有一列道士经过。游人打听出,那是罗浮山(今广东博罗境内)名道轩辕集一行。幼微和那位捡鸡蛋、红枣的男子不约而同转过去目送,又不约而同发出感慨:"圣人还是放他回去了……"

当今天子上了年纪,对死亡的恐惧与日俱增,于是重蹈太宗、高宗等祖辈的覆辙,热衷于炼丹、修仙之道,派遣中使把轩辕集请到长安,当面探讨长生不老之术。轩辕集回奏:"王者克制欲望,以道德自律,自然能得到福气,何必专门祈求长生?"他在长安待了一个多月,天子尊重他的意愿,放他回了罗浮山。

可能正是由轩辕集的这段经历开始,鱼幼微对道士身份萌生羡慕之情。道士有尊严,连天子也要以礼相待;道士有自由,既可以"还归空山上,独拂秋霞眠",也可以"与君对此欢未歇,放歌行吟达明发";诗兴大发时,还可以"兴酣落笔摇五岳,诗成笑傲凌沧洲"。

不过,此时的她只是羡慕,没有效法的打算。她热情洋溢地拥抱着俗世生活,踌躇满志,希望凭借自己的才华,开辟一条理想的人生道路。譬如三月三上巳节在渭水边偶遇的那个男子,似乎就合乎她理想的一部分。露来霜往,光阴似箭,从小到大,她在渭水边目睹过不知多少旅人来来往往,大中十二年上巳节的这一次最为难忘。因为那风景是和"他"一起观看的。

鱼幼微身上很少有古代女子应有的羞怯。她决定自报家门,和这个男子互通姓名。在她的观念中,即使没有下文,也要尝试;假如连尝试的勇气也没有,怎么会有希望?就算只交一个普通朋友,也不失为人生一大快事。

可是对方却抢先一步开口。他自称姓李,名"亿",字子安,是一位进京应考进士科的士子,利用温书备考的闲暇来鄠杜旅行,欢度上巳节。

"……敢问娘子贵姓,府上坐落何处?待春闱事毕,某当登门拜访。"末了,他这样问道。

鱼幼微心花怒放。男子主动示好,更能满足女人的情感需要。但她没有立刻回答李亿的问题,只是微笑着吟诵大中八年进士刘沧的诗作《看榜日》:"'禁漏初停兰省开,列仙名目上清来。飞鸣晓日莺声远,变化春风鹤影回。广陌万人生喜色,曲江千树发寒梅。青云已是酬恩处,莫惜芳时醉酒杯。'——今岁放榜之日,愿郎君如刘蕴灵(刘沧字蕴灵)一般,榜上有名。"

应考举子谁不爱听这样的吉祥话呢?李亿开怀大笑,少顷,又谦虚地说:"承娘子吉言。某只恐'花繁柳暗九门深,对饮悲歌泪满襟。数日莺花皆落羽,一回春至一伤心'……"

幼微两泓秋水灵动,李亿的视线紧跟着她眼底波光的每一次轻漾,任何一个细微的变化也不想错过。他对幼微谈及,唐穆宗长庆年间,越州朱庆馀在应考前夕向水部员外郎张籍进呈一首《闺意献张水部》(又题《近试上张水部》),用新妇参拜翁姑的忐忑不安比喻自己等待考官选拔的紧张心情，博取张籍的赏识和引荐："……'洞房昨夜停红烛，待晓堂前拜舅姑。妆罢低声问夫婿，画眉深浅入时无？'——某在娘子面前，竟也有同样的心境。"

幼微妩媚地一笑，用张籍唱和朱庆馀的诗《酬朱庆馀》作答："越女新妆出镜心，自知明艳更沉吟。齐纨未足时人贵，一曲菱歌敌万金。"

张籍以这首诗肯定朱庆馀的才学，后来，朱庆馀果然凯歌高奏。但鱼幼微显然是一语双关，既指李亿应当相信自己的文章万金不换，拿出舍我其谁的气势，沉着赴试，又暗示自己对李亿有好感。

李亿喜上眉梢，报以爽朗的笑声，俄而，收敛起笑意，认真回答："某以宪宗元和十一年进士周几本（名"匡物"）诗作《及第谣》回馈娘子，'水国寒消春日长，燕莺催促花枝忙。风吹金榜落凡世，三十三人名字香。遥望龙墀新得意，九天敕下多狂醉。骅骝一百三十蹄，踏破蓬莱五云地。物经千载出尘埃，从此便为天下瑞。'以明志在必得之志。"这番话自然也是一箭双雕。

分别之际，鱼幼微把自己的姓名、住址告诉李亿，答应科考结束后相见。

李亿也将自己在长安城内的临时住址留给幼微，希望在重逢之前，有机会和她通信，彼此诗文唱酬。

从那一天起，幼微每天为李亿祈祷，祝愿他科考旗开得胜。李亿刚回长安就托人捎信到鄠杜，倾吐对幼微的思慕之情，请她保重玉体，等他回鄠杜相会。

幼微惊喜交加。"喜"自然不必多说，男女一见钟情，相互思念，鸿雁传书，互诉衷肠，这是情理之中的事。但那个接受李亿委托的信使却令人大跌眼镜。他不是别人，正是温庭筠。他与李亿在长安结识，已经成为莫逆之交。这一点让幼微小小地吃了一惊，不禁慨叹世界太小，人与人之间的缘分又是多么奇妙。

父母冷眼旁观鱼幼微、李亿和温庭筠三者间的种种情状，对于女儿与李亿相爱乐观其成，窃喜不已。李亿不但外貌、财力优于温庭筠，且是一位未婚才俊。李亿正当青春却未曾婚娶，要归因于唐朝一种独特的社会现象：一些志存高远的士子在科考及第之前先不结婚，登科之后，婚配条件便水涨船高，能求娶高门大姓的闺秀，光宗耀祖。但在奋斗时期，大多数人也不可能做苦行僧，通常会纳妾收婢，充当暂时的人生伴侣。按照古代的法律和社会观念，即使婢妾成群，他们仍然是黄金单身汉，何乐而不为呢！假如鱼幼微嫁给李亿做妾，感情上占据先入为主的优势，加之极有可能先于正室诞育儿女，万一将来色衰失宠，也有儿女为后盾。因此，幼微父母放弃温庭筠，倒向了李亿。

至于温庭筠，或许也松了一口气。成全幼微和李亿，仿佛可以消除他的某种责任，亦不辜负他与幼微、李亿的友情。

从今往后,飞卿与蕙兰,就做一对纯粹的诗坛知己。这也许是他们最好的结果。

鱼幼微初次尝到爱情的滋味。她惊讶地发现,那是一种冰火两重天的奇妙体验。每当李亿的情书寄到,她的心就像小鹿乱撞,迫不及待地展卷细看。

"尺素在鱼肠,寸心凭雁足"——恋人的每一个字都宛如一滴加蜜的"桃花饮",一看再看,百读不厌。

那时交通不便,通信不易,何况李亿还要悬梁刺股、挑灯夜读,即便是长安到鄂杜这样近的距离,二人也要隔几天才能通信一次。在苦等来信的日子里,鱼幼微往往食不甘味,夜难成寐。书信稍有迟来,她便坐立不安,独居长安的李亿也是如此。

尤其是鱼幼微这样感情热烈奔放的人,爱火一经点燃,刹那间就烈焰冲天,熊熊燃烧。她在爱河里载沉载浮,身不由己地喝下一捧捧涩中带甘的情水,在不愿意醒来的甜梦里细品那种五味杂陈的余韵。

暮春的一个早晨,黄莺啾唧,吵醒"春眠不觉晓"的少女。鱼幼微勉强起床,万缕情丝在胸膛中翻江倒海。她无法遏制对李亿的苦苦思念。鄂杜景区依然人头攒动,鱼家仍旧高朋满座,幼微却觉得自己形单影只,懒待浓妆艳抹。世界上最深沉的孤独莫过于此。

两行清冷的泪从幼微眼底涌出,失落、空虚、苦闷、相思……各种复杂的情绪挣脱了缰绳,在旷野上奋蹄狂奔,踏出一卷寄

给李亿的情书,再印下一首《暮春有感寄友人》:

莺语惊残梦,轻妆改泪容。

竹阴初月薄,江静晚烟浓。

湿觜衔泥燕,香须采蕊蜂。

独怜无限思,吟罢亚枝松。

鱼幼微没有点明"友人"的名字,可能是温庭筠。从她后来写给温庭筠的诗来看,后者一直是她直抒胸臆的对象,况且温庭筠是她和李亿共同的朋友。因此,她认为温庭筠可以做倾诉闺怨的"闺蜜"。当然,也有可能是别的"友人"。这不重要。重要的是鱼幼微和李亿烈火焚身般地热爱着彼此——至少,在此刻。

萍聚

煎熬到春闱发榜，李亿荣登进士科。从金榜题名的这一刻起，到沉入候选的漫漫长夜以前，包括他在内的新科进士将会度过一段前所未有的快活日子，相当于现代学生高考过关后的那个暑假，心情无比欢畅，"昔日龌龊不足夸，今朝放荡思无涯"，一部分人会去尽情享受备考期间无暇顾及的娱乐活动，作为对自己的犒劳。唐武宗会昌年间取消的进士曲江宴集在大中朝得到恢复，如果曲江宴集中的"曲江亭宴""杏园探花宴""慈恩塔下题名"等庆祝活动不足以宣泄科举及第的全部快乐，还有平康坊的上等青楼供新科进士们发泄过剩的精力。

李亿有所不同，他牵挂着鱼幼微。如果说三月三上巳节在渭水之滨的惊鸿一瞥只是催生了肤浅的爱意，睹色起意、调风弄月的成分占据相当比重，那么分离期间的通信却让他对幼微的才华、情趣和思想有了深入的了解，爱慕之情不断向更深、更高的层面递进。他渴望见到幼微，甚至有些急不可耐。

但新科进士集体参拜宰相、拜谢座主（主考官）拔擢之恩和"期集"聚会等礼仪活动还是必须参加的。对于例行的曲江宴集，李亿也不得不去应景。事毕他推辞掉所有私人性质的庆贺项目，由温庭筠陪同，喜气洋洋地到访鄠杜鱼家。

不难想象鱼幼微那颗雀跃的芳心。她热血沸腾，绯红的烟霞在双颊泛起，三步并作两步向李亿飞奔而去，一路释放着火热的呼唤："子安、子安！"

李亿欣喜地看着心中的牡丹花昂首盛放。她火红的生命力感染了他。

李亿暂时留在了鄠杜。其实，鱼幼微珍视自我价值，并没有轻率地以身相许。她首先想抚摩的，是对方的灵魂。对于她而言，精神上相互理解、彼此尊重，心灵交融，是肉体结合必不可少的前提。然而，李亿还是义无反顾地留了下来，寄居鱼家附近的一家客舍，做幼微身边一垄护花的春泥，不问严冬什么时候到来。

李亿滞留鄠杜期间，鱼幼微每天和他会面，风雨无阻。两个人或在鱼家消闲，或结伴游山玩水。他们的对话不只限于切磋诗文，也有不少别人听起来毫无意义的废话，但在热恋中的人耳朵里，便是"此曲只应天上有，人间能得几回闻"，百听不厌。

有一天，风和日丽，幼微脱掉布袜，光脚穿着一双蒲草履就要出门。李亿问她这样出去做什么？幼微告诉他，自己要去竹林里摘些竹叶。早晨下过雨，地上必定泥泞得一塌糊涂，她怕鞋袜沾上湿泥，清洗不方便。

李亿嚷着要同行，学幼微的样子，也脱下袜子和靴子。幼微笑出声："你脚上穿什么好？像田舍汉一般赤足出门吗？"她想了想，跑到父母房外，把父亲新做的两只"谢公屐"提过来，借给李亿穿。

幼微带李亿钻进裴家竹林，指点着教他哪些竹叶太老，哪些又太嫩，合用的是哪一种。李亿是大家公子出身，从来没有做过这种劳动，只因有幼微相伴，居然干得有滋有味。两人摘了一小篮子竹叶，李亿摩拳擦掌，还要挖两个竹笋。幼微阻止道："这是裴家的林产。我跟他家看守林子的家奴说好，允许我摘竹叶。竹笋可不能擅动。有竹叶就够做饭了。"

李亿闻言，脸色陡然变得晦暗，目光也沉了下去，坚持找裴家家奴买了几个竹笋才罢休。回到鱼家，他又盼咐自己的随行家童去肉肆，把鸡、鸭、鹅、羊四种肉各买一些，再找农家买一篮鸡蛋。幼微不明白，问他为什么非要如此？李亿露出羞愧的微笑："怨我粗心。我和家童承蒙府上每日照管茶饭，也不承想到分担开支。难怪这几日令堂不沾荤腥，想必因我主仆二人在此，害得府上手头吃紧。"

他从小养尊处优，奴婢环绕，享受惯了别人的照顾，有些事的确考虑不周。但他能够被"采竹叶做饭"的情景所触动，鱼幼微还是很受感动。尽管，这其实是一个尴尬的误会……

幼微抿嘴偷笑，向李亿说明原委：母亲患痔疮，春暖以来发作了，情况比较严重，必须忌口。另外按孟诜《食疗本草》收录的方子，用竹叶做饭吃，是一种治疗痔疮的方法。

李亿脸红了，讪笑着低下头，一眼看见幼微穿着蒲草履的双脚，果真沾上污泥。灰黑的污泥把二八少女的玉足衬得更加雪白水嫩。而他自己却因脚穿带有高齿的"谢公屐"，没有沾到一点泥泞。他不声不响去了庖厨，亲手打一盆热水来，招呼幼微浴足。热气蒸腾，扑到幼微脸上，连一颗心也熏热了。她转身也要去给李亿打一盆热水。李亿却劝阻，说自己不用，让她快洗，小心水变凉。

"你的脚不脏，可也乏了。这盆水还烫得很，再打一盆水的工夫，哪里就凉了？我们正好一起浴足，解解乏。"幼微头也不回地奔向庖厨。李亿跟上去，帮她抬水过来。两个人各用一张椅子，相对而坐，舒舒服服地泡脚、闲谈，交换着眼神和笑容。过后一起清洗竹叶，下厨熬出竹叶汁，滤净，用竹叶汁煮饭。仅仅做这些简单、平常的事就感觉十分惬意，只恨时光匆匆，在没有人留意的缝隙里，已随家门口的渭水一起"哗哗"地流逝了。

夏秋之交，鱼幼微一家和李亿、温庭筠等友人同游长安。在西市，李亿拉着幼微走进一家药肆。李亿按孙思邈《备急千金要方》的记载,购买了吴茱萸、蜀椒、芎䓖、白术等药材,请药肆配制一剂"神明白膏",给幼微母亲治疗痔疮。幼微已经觉得这份心意够重,李亿又折去丝帛行,买一幅濠州钟离郡土贡丝布,让她做一件绣衣穿;再去肉肆买了两斤野猪肉,对幼微说,孟诜的《食疗本草》虽好,毕竟是一百多年前武则天时期的医书了,最近益州医家昝殷所著《食医心鉴》书成,收录了一个针对痔疮久治不愈的方子,便是用两斤野猪肉做羹进食,可以和神明白膏、竹叶饭同时服用试试。

随后,大家陪同幼微父亲去见官医,为他诊治时愈时发的腰痛。官医人少,求医百姓多,普通人难免排队之苦。幼微父亲这一趟因为有温庭筠、李亿两位进士帮忙疏通,幸运地见到了医学博士。博士新上任,正在和前任办理交接手续,但仍耐心地听完幼微父亲的车轱辘话,给他针灸,配出内服药剂和外用药油。前任医学博士在外安静地等候,没有催促过半句。鱼幼微怀着感激之情,默默记住了两任医学博士的大名。

博士手下的医学生见幼微美貌,对她格外殷勤,恭维她福相,惠泽父母,说前任医学博士李玄伯由于有一手配制丹药的祖传绝技,已获天子青目,奉敕入宫任侍御医,本来急于和继任博士交接各种事务,假设他出言催办,幼微父亲就得不到博士的诊治,而他却耐心等待,让继任博士为幼微父亲诊病。别人再不会有这等好运的,必定是因鱼家小娘子在场的缘故。幼微闻言,只是微笑。

一行人逛到东市，鱼幼微、李亿、温庭筠先后在刁家印刷作坊和李家印刷作坊领取委托印刷的书卷，最后去笔行购买文具。途经锦绣彩帛行，正逢行肆里叫卖"龙脑香"，号称正宗真腊特产，刚从真腊运抵长安，熏香、入药皆宜。李亿动了心，幼微却将信将疑。真腊大致相当于今天的柬埔寨、泰国等地，距长安两万多里，在唐玄宗开元、天宝年间及唐德宗大历年间，分别由真腊王子、副王夫妇进京朝贡。近年来，由于云贵高原上的南诏滋扰等原因，真腊等"南蛮"部族朝贡、通商之路受阻，市面上的真腊特产真假难分。从大中十二年正月起，王式奉诏出任安南都护、经略使，选练精兵，加固城防，逼退南诏，剿灭安南恶民，真腊、占城（唐代后期称"环王国"，今越南中南部）等地与唐朝通使修好。这是七月份才发生的事。幼微琢磨，以路途之遥远、交通条件之险阻，真腊原产"龙脑香"流入长安的时间未免太快，而且还不是在药肆里出售，是锦绣彩帛行叫卖，谁知道是不是鱼目混珠？

李亿家境优渥，对这些奇珍异宝深有研究，凑过去察看一番，又拈起样品闻了闻，判定这种"龙脑香"即便不是真腊产，也是室利佛逝产，或者是乌荼曾经在贞观十六年进贡给唐太宗的品种，都属货真价实，便不容分说买下一盒给幼微。

鱼幼微半是喜悦半是无奈地微笑道："子安如此客套，教我抄多少书、代写多少书信，才还得起这份人情？"

关系发展到这种程度，假设鱼幼微是一般的倡家女，李亿大概会顺水推舟,用言语调情,尽快勾引上手。但在鱼幼微炯炯目光的注视下,李亿只是斩钉截铁地回应:"谁让你还情?"他的理由是,自己和家童经常叨扰鱼家,蹭吃蹭喝,这不过是聊表寸心;待他和温庭筠释褐为官,按规矩就不便亲自进市场购物了,趁现在无官一身轻,多选购一些合意的物品为好。

温庭筠看得眼热,心里莫名奇妙地泛起一丝酸意,半开玩笑半认真地撺掇李亿早行纳妾之礼,与幼微成其好事。

这话正中李亿、幼微及鱼家父母下怀。特别是李亿,恨不得当夜就洞房花烛。但真正要抱得美人归,并不是一朝一夕的事。在唐代,纳妾程序固然不如正式结婚那样隆重烦琐,也需要事先征得父母同意。鱼幼微属于贱籍杂户,李亿是贵家子,纳妾还须报有司核准,先给幼微脱籍,取得良民身份。鱼家父母态度明确:只要李亿家长允许,他们也不反对。李亿得到鱼家认可,益加急不可待,给自家父母寄回一封家书,请求将鱼幼微出籍为良民,纳为妾室。

家书发出后,他和幼微翘首企盼回音。然而,古往今来,大多数初恋都不会一帆风顺。心急火燎地等待了一些日子,等到一条重磅新闻:河南、河北、淮南洪水泛滥,徐水、泗水深达五丈,淹没数万户人家。李亿家在灾区,道路阻塞,家书肯定是无法寄到父母手上了,他也无法回乡。这种因交通、通信条件简陋所导致的困境,现代人难以想象,在古代却是常态。

焦灼地等到第二年开春,李亿家人仍然没有消息,据传灾区恢复重建进度也很缓慢。唯一的好消息是官道全线基本疏通。可是，在此情况下，李亿又必须尽快返乡探亲了。

鱼幼微原本是感情丰富、外露的女子，"离别"二字如一道晴天霹雳，当场把她炸得涕泪横流。李亿也舍不得离开。但他身为人子，家乡受灾严重，父母音讯断绝，假如还只顾与恋人花前月下，不要说生在重视孝道的古代，即使生在现代，都是说不过去的。何况大中十三年国力到底不比安史之乱以前的盛世。太宗贞观八年（634），山东、河南、淮南也发过大洪水，当时朝廷有能力派出专人赴灾区赈济、抚恤受灾官民。而这一次，一直没有听见朝廷放出这样的风声，灾区很大程度上要依靠地方自救。待天气回暖，极可能继发饥荒和瘟疫。如果事态恶化到这个地步，随之而来的必然是民变。李氏为贵家富户，单纯的洪灾、饥荒对于李家来说最多伤筋动骨，不会致命，但瘟疫的危险对各阶层的人都是平等的，贵家富室更是民变的活靶子。李亿心悬家人的处境，必须回乡寻亲、救灾，但又割舍不下幼微，临行时忧心忡忡，愁眉不展。

幼微流泪不止，不顾父母劝阻，把一支花钿藏在怀里，骑上自家驯养的一头骡子，和温庭筠一道为李亿主仆送行。一路上，所有人都仿佛泰山压顶，头沉得说不出一句话。只是在路过药肆时，幼微抽噎着提醒李亿，眼下他的家乡最需要粮食和药品，他主仆二人虽然驮不动许多粮食，但可以多带一些良药回去，还能救人活命。

李亿十分感佩，采纳了她的建议。仅剩一段彼此陪伴的旅途，他们只希望无限制地延长，如渭水一般流进黄河，再向东延伸，汇入大海……周而复始，日夜不离，直至地老天荒。

生离？死别？
——折尽春风杨柳烟

分别的时刻还是到来了。鱼幼微不管周围行人诧异的眼光，纵声大哭，和李亿执手泪别。温庭筠也为这对恋人难过，从旁抚慰，说李商隐在夫人王氏去世后，悲不自胜，作《悼伤后赴东蜀辟至散关遇雪》——"剑外从军远，无家与寄衣。散关三尺雪，回梦旧鸳机。"远走从军，路遇大雪，却再也没有妻子寄来寒衣，死别之绝望，用字字血泪也不足以形容；而幼微和李亿好歹只是生离，总有重聚的一天，不必过于伤感。

温庭筠的安慰其实非常笨拙。以当时的交通条件、物质基础和社会环境，李亿回灾区相当于一次探险，没有人能够保证"生离"百分之百不会转为"死别"。幼微和李亿的心情反而更加沉郁。

温庭筠自知失言，又因想起别的事而伤心，不禁潸然泪下。他叹了一口气，按习俗折下一条象征送别的柳枝，双手递到李亿手中，以诗相赠："黄山远隔秦树，紫禁斜通渭城。别路青青柳弱，前溪漠漠花生。和风澹荡归客，落月殷勤早莺。灞上金樽未饮，宴歌已有余声。"这首诗便是《送李亿东归》。

李亿向温庭筠拱手行礼，拜托他在自己离京期间代为照顾幼微一家。温庭筠满口应承。两个男人话别时，鱼幼微在埋头用柳树枝叶编结一顶简易的帽子，指望这种手工劳动能够消解满腹离愁，但却徒劳无功。她边做边哭，泪水一颗颗滴落在柳叶上，犹如风中微颤的露珠。

李亿回过身，喉咙发哽，恳求幼微也作一首诗赠给他为念。

鱼幼微踮起脚尖，用颤抖的手把柳叶帽戴到李亿头上，啜泣着回答："戴着它可以遮阳。我就不另折柳枝送你了……"

平时在别人的诗作里读到折杨柳枝，鱼幼微觉得画面很美、情真意切，此刻却嫌弃它，恨它提醒自己分别在即。

她从怀中掏出花钿，握在手里看了一会儿，钿头雕镂的花纹迅速在视线中变得模糊不清。她抽出一方锦帕，擦干花钿上的泪水，包好，塞进李亿手里："这是家母为我预备的一件嫁妆，你带着吧，做个念想。万一半途遇到繁难的情形，也可典当救急。"

李亿泪如泉涌，发誓绝不辜负幼微，永远也不会典卖这支定情信物，恳请幼微相信他，等他安顿好家人，就回来接她团圆。

"朝朝送别泣花钿，折尽春风杨柳烟。愿得西山无树木，免教人作泪悬悬。"鱼幼微一字一泪吟出一首《折杨柳·朝朝送别泣花钿》后，跳上骡子，转头驰向鄠杜，不敢回眸。她的哭声穿破京畿的春风，远远地传回来，长长地在李亿胸中回荡，揉碎了他的心。

夜间，鱼幼微躺在枕上辗转反侧，索性披衣走到室外，仰面遥望天幕，与一钩同样孤寂的弦月彼此慰藉。

"过水穿楼触处明，藏人带树远含清。初生欲缺虚惆怅，未必圆时即有情。"她吟诵着《月》，蓦然忆起，这首诗的作者李商隐已于去年在郑州逝世。她明白温庭筠今天为什么流泪了。

"君问归期未有期，巴山夜雨涨秋池。何当共剪西窗烛，却话巴山夜雨时。"——当年，李商隐与妻子王氏分居两地，写下这首《夜雨寄北》，寄托相思之情。如今，他和妻子团聚了，也许正并肩在那一弯月华中散步。而鱼幼微和李亿呢？何年何月才能"共剪西窗烛"，喁喁细语，互诉离情？

她始料不及的是，和李亿分别的伤痛尚未痊愈，自己又将再度承受离别的打击。这次，是那位承诺代李亿照顾她的知己要远走他乡了。

温庭筠参加大中十三年春吏部"释褐试"，见考官对他的监督尤其严格，明显和其他考生区别对待，很不高兴，于是做出一个幼稚的行为：写了一篇一千多字的进言，上呈有司，为自己鸣不平。同一批候选进士中，内定官职者已有八人，挑剩的职缺都不理想。温庭筠的举动激怒了吏部，不但申诉不成，反倒授人以柄。吏部把别人都不愿意做的随县（位于今湖北省）

县尉职务甩给了他。县尉相当于县公安局局长，人称"少府"，现代人如果有机会担任这个职务，多半会趋之若鹜，古人却不一定如此。唐代嫌恶县尉职务的官员不乏其人。例如初唐有一位陈姓县尉，不满自己"才高位下"，仰慕东汉班超的功业，毅然辞任县尉，远赴边陲从军，他的朋友、诗人陈子昂为他写有一篇《饯陈少府从军序》；杜甫四十三岁高龄谋得河西县尉一职，却避之唯恐不及，设法转任太子左卫率府胄曹参军，并在《官定后戏赠》一诗中直言不讳地表达"不做河西尉，凄凉为折腰。老夫怕趋走，率府且逍遥"的心境；高适获授封丘县尉职务，对"拜迎长官心欲碎，鞭挞黎庶令人悲"的职业生涯感到悲哀，萌生效仿陶渊明归隐泉林的念头。因此，温庭筠对于随县县尉的任命十分沮丧。

启程之前，他回鄠杜郊居，向鱼幼微等友人辞行，馈赠鱼家一床凉簟、一具古琴为念。众人在鱼家小院喝得酩酊大醉。幼微扑闪着一双迷离的杏眼，勉力立起身，高举酒盏胡乱摇晃，要去接取树下纷飞的梨花，口中纵情吟唱李白的《将进酒》"……五花马，千金裘，呼儿将出换美酒，与尔同销万古愁"，边唱边笑，笑过又哭。

温庭筠为了安抚她，主动提出帮忙捎信给李亿。幼微听见"李子安"三个字，想象李亿所搭乘的航船停泊在某处，囿于家事羁绊，只能往故乡的方向去，不能返回京畿，心中的悲伤一发不可收拾，哭着写了一首《寄子安》："醉别千卮不浣愁，离肠百结解无由。蕙兰销歇归春圃,杨柳东西绊客舟。聚散已悲云不定,恩情须学水长流。有花时节知难遇,未肯厌厌醉玉楼。"托温庭筠给李亿捎去她的离愁和思念,也捎去她对李亿、对自己的要求:忠于爱情,他们之间的爱情应该如渭水一样万古长流。

经由温庭筠的帮助,幼微和李亿恢复了通信联络。李亿回信向她报喜,说明自己已安抵故里,家人安好,纳妾之事获得父母恩准,只是父亲身体欠安,等他在家尽一段时间孝道,就回鄂杜履行纳妾所需的手续。

通信艰难,他们差不多隔三个月才能互通一回书信。每当收到对方来信,两人都欣喜若狂。可是,杳无音讯的日子毕竟占绝大多数。被思念袭扰的时候,他们只能拿出对方的书信,一遍又一遍地回味,读到滚瓜烂熟,字里行间浮现出恋人的面容。

温庭筠离京赴任,中途时来运转,受到山南东道(今湖北西北部)节度使徐商提携,留在襄阳任巡官,挂从六品上检校员外郎衔。但他几年之内都不可能再和长安的亲友们见面了,鱼幼微又增添一份对忘年知交的牵挂。

诚然,她有亲人,还有其他朋友,但没有一个人能填补李亿和温庭筠的空缺。对恋人、知己的双重思忆如同两种隐疾,顽固地潜伏在幼微心底,每次发作都是在她毫无准备的时候,绞痛那颗年少的心。

正当她愁肠百结的时候,国内局势发生剧变。大中十三年八月七日,天子驾崩,庙号"宣宗"。郓王李温即位,更名李漼,就是后来的唐懿宗。这一年剩余的四个多月仍沿用宣宗的年号，但"大中"二字已失去了生命力。如同十多年前武宗驾崩、宣宗即位时一样，皇权的交接把人们从习惯的日常抛向一个茫茫不可知的未来。短期之内人心不稳势所难免，国丧初期，倡家也不便开业，鱼家干脆关门歇业。

八月二十一日，鱼幼微和母亲陪父亲进长安城，找官医给他诊治时愈时发的腰痛病。趁医学博士为父亲针灸之际，鱼幼微在外面和医学生聊天，顺口问起上一任医学博士李玄伯的近况。医学生陡然变了脸色，唉声叹气地告诉她，李玄伯已不在人世。

唐宣宗服用道士炼制的仙药，背部患疽疮而死。医官李玄伯、道士虞紫芝、山人王乐等参与仙药的配制，新天子认为，他们对宣宗驾崩负有重大责任，于八月二十日将这三人处死。

"就是昨天的事。"鱼幼微倒抽一口凉气，心中涌起一波波哀伤，为李玄伯深感惋惜。仙药也是宣宗自己要吃的啊！二百多年前，太宗服用天竺方士那迩娑婆寐炼制的长寿延年药无效，几个月后驾崩，继位的高宗并没有重罚任何人，听任那迩娑婆寐回国，而且，引荐那迩娑婆寐的王玄策还能继续做官。如今国运大不如昔，继位天子的胸怀也变窄了。

鱼幼微无从预知，新天子性情中残忍暴戾的一面将在未来对更多人的命运造成不可挽回的影响，其中也包括她。在大中十三年八月，她的脑海中只有一丝怀疑一闪而过：新朝这样开端，前景还会是光明乐观的吗？

然而，百姓的生活终归要继续。鱼幼微渐渐振作起精神，在读书中汲取智慧，借助抄写、代书、教学排遣寂寞，也不时与文友或家里的客人弈棋散闷，更通过苦吟诗句抒发情怀。闺房里的小书棚已盛放不下她的书，单人小卧榻有一半铺上了书卷。她笔下的每一个字，都会乐此不疲地反复推敲，精雕细琢，达到无可挑剔的完美境界方才罢休。功夫不负有心人。不久，"鱼幼微""鱼蕙兰"的名字在长安诗坛声名鹊起。

此时的鱼幼微，二八佳人，貌美才高，自然吸引到不少追求者。他们分布在各年龄层，均为家境优越、拥有良好教育背景的男子，堆金积银，愿意支付给鱼家巨额"买妾之资"。连鱼家父母也心动过，劝告幼微，倡家女儿不必对一个男人太过执着。母亲直白地警告："李郎回乡极有可能娶妻完婚。纵然他不肯，也难违抗父母之命。燕尔新婚，浓情蜜意，是很容易淡忘你的。"鱼幼微不为所动。她的心思全部系在李亿身上。李亿赠送的濠州钟离郡土贡丝布和龙脑香都珍藏在她的衣箱底。她要信守承诺，等李亿回来。

大中十三年十二月，鱼幼微收到李亿来信。信中并未提及她所期盼的归期。李亿用沉痛的笔触告诉她：他的父亲病逝，他要扶柩回浙东祖坟所在地安葬；之后，作为孝子，他还要在父亲墓旁结庐而居，守制三年。对鱼幼微，李亿是请求她继续等待，还是体贴地表态"你有选择的自由"，我们不得而知。

但由鱼幼微的行动来看,她依然真诚而顽固地坚守这段初恋。在此后的数年内,从她的诗作中都看不到对其他人动心的痕迹。大中十三年十二月接到李亿来书的那一刻,她第一忧心的是李亿的人身安全。

李亿的信应该在一个多月之前就寄出了,算来他现在人已在浙东。而浙东刚刚发生了一场变乱。私盐贩子出身的贫苦农民裘甫(一作"仇甫")在浙东起事,攻陷象山。地方官军屡战屡败,农民军进逼剡县,明州(州治所在鄮县,大致相当于今浙江省宁波市鄞州区鄞江镇)白天也紧闭城门,浙东进入高度戒备状态,民心骚动。

事变貌似偶然,实际却是必然。鱼幼微听家里的客人们议论过,"安史之乱"结束后,朝廷为增加财政收入,实行盐业专卖制度,断了私盐贩子的生计。比如裘甫。即便如此,绝大多数人只要有一口饭吃,还是不敢铤而走险。然而,当他们放弃贩卖私盐,老老实实回乡务农,又面临土地兼并愈演愈烈的威胁,背负"两税法"的重压,生活陷入困顿。

关于"两税法",鱼幼微大体知道,即按财产征收户税,按田亩征收地税,两种赋税均以铜钱缴纳,农民必须把自己生产的粮食布匹卖掉换成铜钱,才能缴税。"两税法"一方面推动人头税向财产税转变,弱化农民对土地的人身依附关系,促进生产力发展;另一方面,在铜料短缺、通货紧缩的大环境下,铜钱价贵、商品价贱,农民面朝黄土背朝天,终年辛苦劳作,生产所得却卖不起价，只好卖出更多的粮米布帛换取足够缴税的铜钱。更有甚者，一些地方还在常规赋税之外巧立名目，进一步加重对民众的盘剥压榨。的确，经济在不断发展，但财富、土地日益集中到少数上流阶层手中，广大下层农民不能充分地享受经济发展的红利，生活反而雪上加霜。杜甫笔下"朱门酒肉臭，路有冻死骨"的现象加剧。为了逃避赋税，部分农民被迫逃离家园，变成"逃户"，或漂泊他乡，乞讨维生；或隐居山野，刀耕火种。同时，越来越严重的贫富差距也造成社会矛盾尖锐，撕裂了人心，制造了仇恨。这就是浙东裘甫变乱的原因。

只是鱼幼微一个倡家女儿又有什么办法呢？假设她能够应考科举，倒是有志向金榜题名，踏上仕途，进而辅佐天子，厉行改革，济世安民。但这个世道连鱼幼微做良民妻子的资格都已剥夺，她对浙东的乱局徒叹奈何。

牵挂：海岳晏咸通

熬过年末，翻年改元"咸通"，典出宣宗御制《泰边陲乐曲词》中"海岳晏咸通"之句。鱼幼微不由得冷笑，觉得新年号真是莫大的讽刺。浙东大乱，她与李亿书信难通，哪里还有宣宗时期"海岳晏咸通"的局面？

鱼幼微苦苦乞求上苍保佑李亿平安，祈祷浙东早日平定。但局势的演变完全不受她的意志控制。咸通元年（860）正月，裘甫击败浙东观察使郑祗德麾下的官军，攻克剡县（今浙江嵊州）；二月，裘甫再次大胜官军，东南地区的逃户从四面八方云集而来，投奔裘甫，农民军人数增至三万之众。裘甫自封为"天下都知兵马使"，铸"天平"印，改元"罗平"，分兵攻克唐兴、上虞、余姚、慈溪、奉化、宁海等县城，杀余姚县尉、县丞及宁海县令，兵围象山。

鱼幼微为李亿的命运牵肠挂肚，终日愁云惨淡。母亲看见女儿愁眉锁眼的模样，十分心疼，强拉她一道进长安城散心。母女俩把东、西两市和里坊私设的杂货肆逛了一遍，发现粮布价格有所上涨。鱼幼微问行肆主人原因，被告知裘甫农民军已威胁东南漕运和贡赋，产自东南的粮米、布帛价格上涨，本地的各种物品也跟风涨价。所幸尚未暴涨，不然朝廷就要打开太仓，贱粜粮米，以接济长安贫民了。

鱼幼微一听这话，当场呜咽落泪。店主人善心软，眼看一位娇美妍丽的少女因粮布涨价而当众哭泣，于心不忍，连忙安慰："小娘子是不是为家计犯难？我偷偷给你母女俩算便宜点儿就是了。"幼微母亲心中有数，转过街角就劝幼微放宽心，要相信李亿吉人自有天相。再者，天子已改派战功卓著的安南都护王式接替郑祗德任浙东观察使，并征调忠武（今河南许昌）、义武（今河南滑县）、昭义（今山西长治）等道军队南下镇压，浙东乱局总会有办法平定的。

咸通元年上半年，幼微的注意力全部放在了东南局势上。她密切关注着浙东的风吹草动。王式赴任浙东后，一手抓军事，一手抓民心，双管齐下。他严明军纪，增强骑兵力量，开仓放粮，接济贫民，肃清暗通裘甫农民军者，割断百姓对农民军的同情和支持。而裘甫农民军在转战过程中也出现大肆掳掠少壮、践踏残杀老弱的现象，逐步陷于孤立。裘甫本人目光短浅，缺乏雄心壮志，没有采纳部将刘暀攻取越州（今浙江绍兴），占据浙西（今江苏镇江）、福建（今福建福州），割据东南贡赋之地的建议，畏首畏尾，贻误了战机。四月，完成平叛准备的王式兵分东、南两路，夹击农民军，裘甫节节失利。

六月末，鱼幼微在月下焚香祷告，突然听见街上马蹄声大作，骑卒风驰电掣般策马跑过，沿途大喊："浙东大捷！十日之前，六月二十一日夜，裘贼兵败，束手就擒……"

霎时间，鱼幼微热泪盈眶，喃喃念道："子安，你在何方……"

普通士民报平安的书信比报捷骑卒慢得多。鱼幼微接到李亿来信已到了八月。她仿佛经历千锤百炼后逃出地狱，死而复生的激动情绪在血脉中横冲直撞。翌日，鱼家母女再次进长安城游玩。这次是鱼幼微主动约母亲去的。她还从妆奁里拿出李亿赠送的脂粉，与母亲分享。母亲很惊讶，这些都是幼微平日小心省俭着用的宝贝。自从获悉李亿去了动乱中的浙东，她也很少有心思打理自己的妆容。

那一天，鱼幼微和母亲打扮得花枝招展，各骑一头骡子，嘻嘻哈哈地进了长安城。母女俩逛到东市，耳边忽然喊杀声震天。百姓奔走相告："今日裘贼斩首，马上开刀问斩，快去看呐！"

咸通元年八月，王式将裘甫解送长安，斩首于东市。裘甫身首分离的瞬间，鱼幼微恐惧地别过脸去，不忍直视。裘甫确实做过许多错事，例如掳掠壮丁、裹挟不愿造反的平民入伙、屠杀官吏，等等，但是，假如裘甫们平时的辛勤劳动能够换来一份吃穿不愁的小日子，他们也绝不会走上叛乱这条不归路。

思及此,鱼幼微觉得空气有些压抑,而自己精致的妆容,又是多么的格格不入。

当年入秋,鄠杜新迁来一些外地逃荒的难民。幼微上前打听,那些唇枯脸黄的人一面搭建简陋的草庐,一面回答,他们来自颍州。今年夏天,颍州连降大雨,沈丘、汝阴、颍上等县淹水,深达一丈,庄稼、房屋损毁殆尽。当地虽然依朝廷救灾制度设有义仓,但存粮大半被官府挪用,中饱私囊,灾民得不到足够的救助。由于家家户户自顾不暇,社邑互助也很难广泛覆盖受灾民众。像他们这样能够迁到京畿的大多是有点家底,或者可以投亲靠友的,已经属于少数的幸运儿。灾民们诉苦时,鱼幼微心惊肉跳,恍惚看见裘甫脖颈断面喷出的血柱,视线一片模糊。她禁不住沉思:"世道将会变成什么样子?"

十二月爆发的事件给了鱼幼微一个回答:安南土蛮联合南诏兵马共三万余人,趁安南唐军募兵不足,乘虚而入,攻陷交趾,安南都护李鄠及监军逃奔武州。

幼微沮丧地想,鄠杜人注定不能带着自豪感迎接即将到来的新年了。然而事实与她的想象大相径庭。京畿人只议论了几天,就把交趾失陷的事包在为新年准备的"巨胜奴"里,揉好面,和进蜂蜜、羊油,黑芝麻一裹,下油锅一炸,一阵噼里啪啦,"交趾失陷"四个字便在热闹中烟消云散了。

母亲下厨切葱、蒜、韭菜、芸薹和胡荽,把这五味小菜一簇一簇地码成"五辛盘",一边指挥幼微揉面,做元日要吃的"汤中牢丸",一边絮絮地劝她:鱼家人没有资格穿绫、罗、縠和五色线韬、履,何必操心?就让那些有资格穿鹘衔瑞草、雁衔绶带和双孔雀纹绫襕袍的朝臣想办法收复失地吧!

"再者,交趾那种烟瘴之地,离京畿十万八千里,有什么值得挂碍的……"母亲笑着抓起一张浸湿的面巾,揩拭被"五辛盘"熏出的眼泪。

鱼幼微愣住了。也许她的确忧思过度。对于百姓来说,盛世有盛世的活法,中兴有中兴的活法,国运衰落时也有"衰"的活法。但凡还有家可回、有饭可吃,大不了就是一个字:"忍"。数千年来,每逢不好的光景,人们大半都"忍"过来了。咸通朝只是其中的一次而已。

鱼幼微略微静下心,旁观父母结算一年的账目。盈余不多,该给幼微的陪奁添置哪种布料?双亲寸量铢称,一厘一毫地精打细算。而后,她尾随父亲出门,听父亲跟里正及邻居们讨论如何对寄居鄠杜的颍州灾民给予适当的赈济:"……现今挣口饭吃都不容易,他们当中在本地有亲戚朋友能资助的最好,无依无靠的,我们也只能叫他们在新年里不致挨饿受冻……"

鱼幼微忍不住插嘴,建议将其中的老弱病残送入悲田养病坊,好歹有完好的房舍遮霜挡雪,可以御寒,每天有热粥供应,足以充饥活命,还有僧尼治病施药。父亲瞪她一眼,把她赶回家去。

其实求助于悲田养病坊原本就在里正的计划之中,无须鱼幼微提醒。父亲大概也是嫌她管闲事太多，逾越女子的本分惹人笑话。毕竟鱼幼微已年满十九岁，不比孩童时可以为所欲为。

后来，类似的摩擦还发生过几次。幼微气愤难平，自己知书明理，只因是女子，就不能发表意见，真是岂有此理！每当此时，李亿的文字总是显得格外可亲可爱。热血上头的时候，幼微把他的书信掖进怀里，盘算着去东南投奔李家。李亿守孝期间不能成婚，但只要能经常见面，彼此照应、慰藉，幼微也心满意足。

鄠杜当地从小一起玩到大的密友给鱼幼微泼冷水，说女子单独在长安街头晃荡也要被衙司惩处，更别提孤身一人远走东南。纵然衙司不过问，沿途盗匪、野兽、险路……千难万险，一个人必定无力应付。朋友的警告没能吓住鱼幼微。她写信给李亿，说明自己的打算，然后盼星星、盼月亮似的等待回复。

正好，咸通二年春二月，应郑滑节度使、检校工部尚书李福奏请，天子降敕蠲免了颍州的租赋。此前逃难鄠杜的灾民看到了重建家园的希望，开始三三两两踏上归途。鱼幼微想在其中选择一户忠厚可靠的人家，同路到颍州，这样她离浙东就不远了，届时再托人捎信给李亿，让李家派奴婢去接她。幼微背着父母和朋友商议，认为这样缜密的安排应该万无一失。然而，未几，她千里投奔的一颗心再度遭受打击。这次打击她的不是别人，正是李亿。李亿在回信中急切地劝阻鱼幼微，说自己无论如何也不放心她与外人同路远行。况且，天子诏令邕、管二州及邻道军队援救安南，反击南诏。鱼幼微有可能在南下途中与风纪涣散、四处流窜的散兵游勇狭路相逢，一路太过危险。此外，李亿又说，自己仍在守制，假如公然与幼微见面、交往，有损李家声誉，对幼微的名声也不好。他甚至给鱼家父母写了一封信，向他们告知了幼微的计划，李亿劝说鱼家自己只剩一年多就服满父丧，到时一定尽快赶回京畿，与幼微结合，请鱼家父母务必阻止幼微急躁冒进。

鱼幼微投奔李亿的计划胎死腹中。李亿的举动出乎她的意料。她在吃惊之余，心底也短暂地燃起一星怒火。想不到"出卖"她的竟是她最爱、最信任的恋人。李亿如此重视家声、名誉，对礼教纲常俯首帖耳，也是鱼幼微之前没有看到的。当然，热恋男女对彼此非常包容，肚量有无限的弹性，看在含情脉脉的眼睛里，对方的缺点也变成独一无二的可爱之处。鱼幼微很快原谅了李亿，还因为他是"为我好"而回味出千丝万缕的甜蜜，给他写了一封爱意满纸、间杂有撒娇和埋怨的回信。

适逢天子采纳司空、邠国公杜悰的进言，利用南诏先王薨逝、新王继位的机会，实施和平攻势，诏令左司郎中孟穆为吊祭使，出使南诏宣谕安抚。鄂杜有一位乡人在孟穆手下做小吏，也要随行出使。鱼幼微亲手做了一领遮雨防水的棕衣送给他，拜托他把自己的书信往南带一段路，再转交驿卒东去，比一般的寄信方式快一些。乡人答应了。幼微满心欢喜，等着为他践行，也默默地对大明宫中那位永远见不上面的咸通天子致以诚挚的谢意。尽管坊间议论他不如武宗、宣宗，但如今看来并非一无是处。对待遭受水灾的颍州黎民，他懂得体恤；他也明白平定安南、威慑南诏不能一味依靠军事打压，连年用兵将损耗大唐的财力，诱发更为深重的危机。并且对于鱼幼微而言，天子还是间接帮助她尽快把信送达李亿的信使。

然而，意外又一次发生了。孟穆尚未启程，南诏悍然出兵袭击巂州、邛崃关。假设唐朝此时遣使宣慰，无异于屈尊求和，将助长南诏的嚣张气焰，显然不可行。天子取消了孟穆的出使行程，幼微想要李亿尽早收到回信的希望随之化为泡影。唐军终究还是凭借武力击退南诏，收复交趾。而鱼幼微，只能一面破口大骂南蛮，一面气咻咻地通过寻常的途径给李亿寄信。

幼微数着日历走过咸通二年的春天和夏天。在北风把鄠杜的树林吹黄的季节，三件物品飞到她手中。一个是忘年交温庭筠寄给鱼家的襄阳漆器，另两件是李亿托人捎到襄阳，转由温庭筠寄给她的情书和越州会稽花纱一匹。幼微的心陡地一酸，不为李亿，为温庭筠。

完婚

冷风掀起二楼的竹帘,幼微看见黑夜之神在深蓝色幕布上画了一轮明月。细看之下,月亮表面有明有暗,并不太光洁,犹如温庭筠那张日渐显出岁月印记的脸——幼微听那些士人朋友说过,温庭筠老了。

扪心自问,两年多来,她对李亿投注了所有感情,对温庭筠固然也不忘知己之情,但相对而言,厚此薄彼的情况还是非常明显的。温庭筠似乎也明白,有时给鱼家寄点襄阳土产来,但很少写信。幼微感到歉疚,破天荒地优先给温庭筠回信,并赋《寄飞卿》诗一首,表达对知交"飞卿"的思念之情:

阶砌乱蛩鸣,庭柯烟露清。

月中邻乐响,楼上远山明。

珍簟凉风著,瑶琴寄恨生。

嗟君懒书札，底物慰秋情。

幼微赶做了两件絮棉的袄子，随信给李亿、温庭筠寄去，冬天好穿在袍服里面御寒。她这份殷切的心意却因为信使中途受阻，未能按时到达李亿手中。说起来有些不可思议，事情的起因居然远在幼微母亲所说的"离京畿十万八千里"的安南府。因"林邑蛮"侵犯安南府，神策将军康承训奉敕率禁军及江西、湖南的军队南下救援。信使必须给兵马让道，所以耽误了行程。待李亿收到袄子和彩笺，温庭筠致谢的回信都已抵达鄠杜鱼家了，差点误了季节。

鱼幼微恨恨地痛骂"林邑蛮"忘本，不记得当年上赶着给大唐进贡的旧事了！譬如贞观年间进献的犀牛、火珠、五色鹦鹉和白鹦鹉，京畿人至今记忆犹新。曾几何时，蕞尔小邦林邑竟然也敢骚扰大唐的边陲！气过了，转念一想，又觉得也并非无法理解，过去，唐朝国泰民安，兵强马壮，威加四海，现在却已招募不到足够的士兵镇守安南府，遇事只能从内地派兵救火，所以林邑、南诏之流才会趁火打劫。而鱼幼微的亲身经历一再证明，距离京畿"十万八千里"之遥的边境狼烟同样会影响普通人的生活，即使她是自我感觉良好的"京畿人"。

幼微不禁腹诽：在这样酸心透骨的现实面前，天子竟于咸通三年春正月授予自己"睿文明圣孝德皇帝"的徽号，这种举动，显得多么愚蠢可笑！

但她能做的，也不过是把牢骚话愤愤地缝进针脚里。世道变了,鱼家的钱袋瘪了,可买可不买的物品一概不买,需要自己动手做的家务增多了。幼微给父亲缝的缺胯衫还没有完工,开春赶着要穿。在鱼家琐碎的生活中,这是比安南府局势更为紧迫的事。

幼微日后回忆,咸通三年唯一的喜讯是李亿的归来。那是十一月的某一天,她不顾冷风朔气,骑着骡子一直跑到灞桥,双颊冻出两团兴奋的红。

在三年前两人分别的地方,那个暌违已久的身影再次扑进她的眼帘。李亿跨坐在马背上,腰身挺直,眼里闪着几星急切的光,也在望眼欲穿期盼她的到来。

"蕙兰!"和旖旎的想象不同,三年魂牵梦萦的相思只凝聚成一声短促的呼唤。但鱼幼微能感觉到,李亿发出那一声呼唤时呵出的白气都是热腾腾的,温暖了长安的冬天。她也情不自禁地回应:"子安……"她以为自己会毫不顾及地大声呼喊,实际冲破檀唇的却是一脉柔声曼语,细细的,尾音拖得悠长,简直有气无力了。

他们之间还隔着一座灞桥。李亿翻身下马,向幼微走来。就在这个花雨纷飞的时刻,官道上突然响起喝道净街的声音,阻滞了这对恋人重逢的脚步——是一支军队行经灞桥南下,普通官民一律退避,让出行军通路。

幼微听说,这是前湖南观察使、新任安南都护蔡袭的一部人马。天子敕令蔡袭率领三千禁军,会同诸道援军驰援安南府。

她心中肃然起敬，神情肃穆地目送出征将士。兵马移动的缝隙里时而跳出李亿的半张脸，幼微与他目光相撞，流转的柔情眼波，缓和了周遭的肃杀之气。

待军队通过后，鱼幼微和李亿终于完全印在彼此眼中。恋人的眼睛是最细腻的工笔，细到李亿额角的头发丝、幼微鬓边的绒毛都勾勒得纤毫毕现。李亿呆立了一阵，如梦初醒，把珍藏的花钿掏出来，插在幼微发髻上。

回鄂杜的途中，两人步行了很长一段路程，居然不觉得累。只要听见对方的话音，脚下这条土路就可以无限延伸。直到负责牵马、牵骡子的李家童仆提出抗议，声明自己一个人照管两匹马、一匹骡子实在心有余而力不足，幼微和李亿才骑上各自的坐骑，并辔徐行。

闲谈中，李亿告诉幼微，也搞不清是盘根错节的姻戚、师友关系中的哪一种，他家亲友中有一个名叫"元惟德"的人，河南元氏出身，现任荆南虞候，听说也在奔赴安南府的援军之列，应该是直接从荆南出发的。高门大户亲戚、世交多如牛毛，他对元惟德只知其人，素未谋面，希望在南征军奏凯回朝后有机会见上一面，叙谈一番，了解安南府和南蛮诸国的真实情况。当然，此事急不得，眼下，李亿有两件最重要的事：一是正式纳鱼幼微为妾，二是准备参加吏部"释褐试"。

搁置三年的纳妾程序继续进行。第一步，李亿帮鱼幼微赴有司申报，脱离贱籍，获得良民身份；第二步，温庭筠以来信方式保媒;第三步,李亿把从家乡带来的"买妾之资"如数交给鱼家父母,鱼幼微用李亿赠予的濠州钟离郡土贡丝布、越州会稽花纱做好嫁衣;第四步,男女双方依照唐律订立"婚契";最后,李亿择定良辰吉日,与幼微完婚。

成亲当天,母亲凌晨就叫幼微起床洗漱,然后神神秘秘地把一卷题为《素女经》的旧书和一篇《天地阴阳交欢大乐赋》交给幼微,叫她认真翻阅。幼微记得《天地阴阳交欢大乐赋》是白居易的弟弟白行简写的,过去父母总也不许她找来看,便先读这篇。只看完两段,她的脸就红得像一个熟透的柿子。

"成亲嘛,都是如此……"母亲一面开导,一面用丝线绞掉女儿脸上茸茸的汗毛。

幼微感到脸颊一下一下轻微地跳着疼;随后在铜镜里看见自己的头发被梳起来,从未婚少女的双丫髻变成妇人的圆锥抛髻……镜子里的她似乎在提醒:今后的生活将发生很大的变化。

婚后,鱼幼微实现了儿时的梦想,搬进长安城居住——李亿忙于备考、经营出仕所需的人脉关系,住在皇城附近比较方便。他们在朱雀街东新昌坊的一所小宅内筑下爱巢。李亿买了一名侍婢服侍幼微,加上李亿的贴身家童,家里共有两名下人供使唤,把幼微从家务中解放出来。

李亿劝她待在家里享清福,读书吟诗、舞文弄墨,做自己喜欢的事。然而,鱼幼微并不满足于做一只金丝雀。她在家开班授课,教女孩子们学诗作文,既为挣一份束脩,也为结交志同道合的朋友。有时,幼微还外出参加"诗会",假如李亿无暇陪同,她就携侍婢前往。

对于家务,鱼幼微也并非完全不沾手。只要有余力、有兴致,她就会亲自下厨做一两道菜。不同于当时一般女子的想法,她做菜不是为了取悦丈夫,而是单纯地与所爱的人分享美好的味道,享受这种幸福感。在鱼幼微心目中,这与两人一起凭窗读书、燃香对弈性质相同,都是爱情的一部分,如此而已。她不只做母亲传授的家常菜,有时还会翻出《食珍录》《食经》等书研究,再与邻居、朋友们切磋,炮制出"剪云斫鱼羹""双拌方破饼""春香泛汤"之类的精致菜肴,这让李亿对幼微倍加疼爱。两人的新婚生活其乐融融,新昌坊小宅终日欢声笑语不断。

借着柔情蜜意的余韵,李亿也委婉地向幼微指出一个现实:他已服满父丧,家里人开始张罗他的婚姻大事。出仕以后,他必须迎娶一位门当户对的妻子。他不知道那将是谁,但一定会有一个女子进入他和幼微的生活。他希望幼微理解自己的苦衷,做好心理准备,就像普天之下所有先于正妻进门的姜室一样。两人回鄂杜省亲,鱼家父母也帮着李亿说话,对幼微千叮咛、万嘱咐,不外乎教她务必顺应社会环境,摆正自己的心态和位置。

这番话在鱼幼微的心海里掀起一排波浪。平心而论,她不愿意和别的女人分享丈夫。但她的出身决定了她在婚姻中处于劣势地位。"妻子"的名分和礼遇,让她无论如何也争不赢将要明媒正娶抬进李家的那个人。除非李亿敢于对抗唐律、礼法等一切传统、世俗的力量，拒绝娶妻。可是李亿分明不具备叛逆的基因。当初，鱼幼微在心醉神迷的状态下与李亿情定三生，对于他会正式结婚娶妻的问题也有想过，然而只是浮光掠影似的，所见更多的是水面上潋滟的风光。现在则是看到了一片阴影。

李亿毕竟深爱幼微，又是苦口婆心地劝慰，又是海誓山盟，保证一定爱护幼微一生。

鱼幼微心软了。热恋期的人总是认为，只要两个人在一起，不管多大的困难都能克服，仿佛"真爱"是一种无坚不摧的神器。此时的幼微就是如此，李亿同样如此。后来，鱼幼微也承认李亿当时说的都是真心话，发自肺腑。所以，她从不抹杀那段幸福的往事，那是属于她和李亿共有的回忆，大概也是他们仅有的共同财产。

鱼幼微用李亿的情话擦掉了心底的那块阴影，和他商量怎样庆祝二人结合后的第一个新年。除夕邀请哪些在京亲友来新昌坊小宅欢聚守岁，元日去哪些人家串门，初二回鄠杜娘家要预备哪些礼物……这些鸡毛蒜皮的家常话也让他们乐在其中。

幼微还惦记着在蔡袭南征军中效力的李家亲友元惟德，提醒李亿记得修书约见。也许在李亿考完"释褐试"、正式走马上任之前，他们还有空去荆南探访元惟德，沿途游赏名胜古迹，还可以顺道与温庭筠聚一聚，再通过他结识襄阳的新朋友，岂不快哉？对于幼微的提议，李亿极口称妙。

然而，这个新婚旅行兼探亲访友的计划注定要推迟。咸通四年（863）正月庚午，蔡袭所部寡不敌众，交趾城再度失陷。在惨烈的巷战中，蔡袭的随从、坐骑尽皆战死，蔡袭本人徒步力战，身中十箭，撤退至海边。但监军的船只已经离岸，蔡袭蹈海自尽，以身殉职。荆南虞候元惟德见无舟可渡、逃生无门，奋起号召身边四百多名来自荆南、江西、鄂岳、襄州的将士回城，与南诏军队决一死战，每人用自己的一条命换南诏人两条命，也算不枉此生。他们从东罗门潜回交趾城，趁敌不备，杀敌两千余人，最终在优势敌军的围攻下，全部战死沙场，为国捐躯。

在安南府交趾城发生这悲壮一幕的同日，大唐咸通天子却在长安南郊声势浩大地祭天，举行大赦。幼微简直怀疑他和死守交趾的将士并非活在同一个人间！

鱼幼微失声痛哭。她与战死安南的将士非亲非故，素昧平生。比起消逝的生命，她也不太在乎交趾城的失守。她为魂断异乡，再也无法与亲人团聚的死难将士而哭；她为倚门盼儿归，结果等来噩耗的白发父母而悲；她为那些望穿秋水，最后只能号哭"可怜无定河边骨，犹是春闺梦里人"的女子而痛！

太原入幕：举头空羡榜中名

旁人只看见鱼幼微娇花软玉的外表，不清楚她内在是一个感情激烈外放的人，看到幼微的失态甚至猜测鱼家发生了什么不幸的变故。毕竟如今这种世道，随时都上演着生离死别。

内外交困，弄得李亿手忙脚乱，对外要澄清街坊邻居的误会，在家又花了很大力气劝解，才让幼微停止哭泣。

翌日，鱼幼微心情稍微平复，打算出门走一走，散散心。李亿无暇作陪，她约朋友就近去了新昌坊内一座建于唐玄宗开元初年的道观——崇真观。幼微为安南府阵亡将士祈求冥福，随后与朋友一道在观内游览。

崇真观南楼有新科及第士子的题名，幼微独自登上南楼参观。幼微凭栏远眺，目之所及青山迤逦，似乎眼前的世界与兵戈扰攘的安南府毫不相干。幼微有一个疑问：在这些入榜的大名中,能否涌现一位力挽狂澜的俊杰?

她低头看看自己扶着栏杆的手,袖口微露十根纤白修长的手指。她,鱼幼微,也想匡扶社稷、光复河山,然而这个世道不肯给她发光发热的机会——因为她是女子。

云峰满目放春晴,历历银钩指下生。

自恨罗衣掩诗句,举头空羡榜中名!

鱼幼微望着苍青色的远山,不觉高高扬起两道黛眉,朗声吟出一首《游崇真观南楼,睹新及第题名处》。

朋友笑道:"蕙兰,你自有文江学海,和我们一般女子不一样。不妨投书达官显宦门下,毛遂自荐,兴许有人慧眼识真金呢!"

谁也没有料到,未几,朋友的玩笑话竟然在一定程度上应验了。鱼幼微在一次诗会中结识了一位文友,是前昭义节度使、检校礼部尚书、上柱国、赐紫金鱼袋刘潼的幕僚,他对幼微的诗才和胆识颇为欣赏。幼微曾拜托他给李亿释褐的事铺一铺路。正月里,天子任命刘潼为太原尹、北都留守、御史大夫,充河东节度观察处置等使。幼微的文友因家庭原因不能随刘潼赴任太原,就向他举荐了李亿和鱼幼微。刘潼根据李亿的家世及"释褐试"的成绩,推荐他在自己辖内担任一个官职。对于幼微,刘潼觉得她既然是女子,以李亿姜室的身份随任即可,至于安排职事一节则不予考虑。

李亿对这项任命非常满意。于私,他家在江东,家族也正为他在江东世族闺秀中物色联姻对象,他远走北都太原任职,有可能延宕家长为他议亲、操办婚事的进程;于公,对于"后安史之乱"时代初入官场者来说,先在地方大员麾下任职是极好的起步阶梯。安史之乱以后,唐朝的权力分布格局发生了改变,地方节度使权力不断扩张,地方军政部门开始有能力为士人提供出人头地的舞台和调任京官的机会。因此,唐朝晚期,出仕者先到地方大员手下供职,谋求进一步发展,成为一种潮流。李亿走上这条道路,是因应当时社会政治格局的必然之举。

但鱼幼微认为自己遭到刘潼轻视,心中不服。跟李亿回鄠杜向父母辞行时,她激愤之情溢于言表。父母笑她不知足,娘家对她的教育和培养,归根结底是为了换取一张终身饭票,如今嫁得一个"才貌仙郎"李亿,受他扶持摆脱贱籍,已经超出预期。在父母看来,鱼幼微今后的责任只是伺候好李亿,早日诞育子女,巩固宠爱。可她居然妄想和男子一样进入官署供职,这不是异想天开吗?

李亿也只当幼微稚气未脱,笑着劝她:"你就在家辅佐我,也是极好的。"

"我自然会尽心辅佐子安。"鱼幼微不假思索地回答,"但我也想亲身体验你在衙司所做的事。"她一如既往地对他莺声燕语,似乎只要他板着脸答一个"不"字就能打消她的妄念。但不知为什么,李亿感到无力反驳。

两人原计划从鄠杜回长安翌日就启程,不想两位客人突然造访新昌坊。其中那名男子半死不活地滚下马，敲门自称"温飞卿"。声音听起来半像不像，嘟嘟囔囔的，好像口中含着一块糖，也不知来人是真是假。

李亿吩咐家童打开院门察看，外面果然有一位身形、打扮酷似温庭筠的男子扶墙而立。可是那人顶着一张青肿的大脸，如同一个半熟南瓜，嘴唇肿得活像两根"通花软牛肠"，很难辨认出本来面目。另一位客人是一名风姿绰约的少妇，牵着自己的坐骑站在一旁，又怜又怨地盯着男子。

鱼幼微和李亿大眼瞪小眼，不敢相信这位怪客就是温庭筠。男子看到他们两人，激动得两眼放光，见他俩认不出自己，又悲从中来，哀叹道："子安、蕙兰，当真是我，飞卿。"一开口露出一个大牙豁，门牙竟掉了一颗，根本关不住风，牙床也肿着，咬字都不清楚。

此人的确是温庭筠。日前，他去广陵游览，酒醉误事，深夜在街头发酒疯，犯了宵禁，被巡夜虞候抓捕，面门重重地吃了一记老拳，当场打断一颗门牙，面部负伤，几乎毁容。温庭筠咽不下这口气。因徐商已调离山南东道，他在外找不到人撑腰做主，于是携带在襄阳收纳的小妾柔卿，披星戴月驰返长安。

幼微和李亿想笑又不敢笑，少不得推迟北上行程，热茶热饭给温庭筠和柔卿接风洗尘，陪他们去找官医治伤。

晚间在新昌坊小宅共进晚餐，幼微问温庭筠下一步做何打算？他气鼓鼓地说，要去找令狐绹帮忙出头。幼微和李亿一听，险些把饭喷了出来。

假如令狐绹是温庭筠的真朋友,找他帮忙当然合乎人情,但现实是令狐绹对温庭筠早年的冒犯依旧耿耿于怀。温庭筠对此执迷不悟,真不知是气昏了头,还是老男孩的天真本色作祟。他不听柔卿及朋友们劝告,一意孤行,求助于令狐绹。令狐绹答应得倒是很爽快。不多时,涉事虞候被抓进长安城问话。事态发展看起来对温庭筠十分有利,或许是鱼幼微、李亿等人以小人之心度君子之腹了。

然而温庭筠正在得意,事情突然发生了一百八十度大转弯。虞候唾沫横飞,向法司控诉温庭筠的劣迹丑行,极尽添油加醋之能事。此案不了了之,谁也没有受到惩罚,唯独温庭筠秽名传遍京城,悲惨地沦为长安人茶余饭后的笑料。

对此,鱼幼微爱莫能助。她已随李亿赴任太原。北上途中,鱼幼微感慨良多,他们与温庭筠阔别近五载,仅仅聚首数日,又告分离。人与人之间的缘分犹如浮云,偶尔相逢,执手言欢;隔日分别,互道珍重。人生多艰,每个人都要为自己的生计和理想奔忙,谁能陪谁一辈子?所谓朋友一场,大半是"今朝有酒今朝醉,明日你东我向西"。

她不由得念起:"相见时难别亦难,东风无力百花残……"转念一想,写这首《无题·相见时难别亦难》的李商隐,坟头恐怕已是绿草萋萋了,心尖一颤,两行清泪扑簌簌地滑落。

李亿安慰道:"蕙兰,你身边始终有我相伴。"

这句深情款款的话把鱼幼微感动得破涕为笑，心中豁然开朗。对啊！只要与相爱的人白首偕老，永不离分，人生就足称圆满了！

抵达太原后，鱼幼微很快融入了北都的生活，还学会打马球，作了一首《打球作》。她不甘雌伏，要求李亿把这首诗呈给刘潼过目，帮助她争取谒见的机会。如果说鱼幼微低微的出身和妾妇身份有什么优势，能够随丈夫谒见上司而不令人感到违和，这大概是其中之一。假设她是李亿的正妻，与丈夫的上司见面就会显得很古怪，不合礼法。

李亿拗不过，只得照办。他一脸汗颜的神态，引起了刘潼对鱼幼微的兴趣，想看看这个执拗的女子究竟有多大能耐。

坚圆净滑一星流，月杖争敲未拟休。

无滞碍时从拨弄，有遮栏处任钩留。

不辞宛转长随手，却恐相将不到头。

毕竟入门应始了，愿君争取最前筹。

刘潼当着李亿和鱼幼微的面，将《打球作》读了一遍，看着李亿说，"鱼娘子"固然文采斐然，可是女子入幕任职实在无例可循，教他好生为难。

李亿赔笑道："下官也如此这般教导她。您无须挂怀，她不过是妇人之见。"

"她""她""她"，鱼幼微做妾，没有资格被丈夫称为"内子"，只能是"她"。鱼幼微悄悄地撇了撇嘴。但她介意的不是称呼,而是李亿的口吻。鱼幼微几时需要李亿的教导?唐律规定"夫为妇天",大部分人都觉得天经地义,幼微却无法认同。李亿虽是她的丈夫,但她亦不会无条件地顺从于他。

她不卑不亢地指出,薛涛也是女子,武元衡却奏请唐宪宗授予薛涛"校书郎"之职。尽管囿于旧例,宪宗未能降敕授予薛涛官职,但韦皋在担任成都尹、御史大夫、剑南西川节度使期间,仍将薛涛纳入幕府,参与案牍工作。

"鱼幼微无意求取功名,只想略尽绵薄。"她掷地有声地说。

刘潼被打动了,同意她效法薛涛,入河东节度使府从事文牍工作,并专门在官舍为她和李亿拨出一座独立的小偏院安家。

衙司是一台分工细致的大机器,基层文书人员只是其中的一颗螺丝钉,日复一日重复着同质化的劳动,发挥创造力的空间并不大,其实不见得多么符合鱼幼微的个性。如果她生活在现代,大概入职不久就会厌烦,抱怨俸给微薄、工作无聊、领导不公什么的。不过,在唐代,身为女子,能够在社会上做这样一颗完整的螺丝钉,已是极为不易。因此,鱼幼微兢兢业业,毫无怨言。

每逢休沐日,鱼幼微和李亿必会外出游玩,饱览北都风光,或者一同出席各种宴会、诗会,和新朋友们一起打马球。

朋友中有一位名叫"左名场"的少年公子,是山西泽州望族子弟,在太原求学。鱼幼微认识他,是在一场夜宴上。那是一个雨夜,鱼幼微与李亿、左名场等人交谈甚欢。自此,左名场经常向鱼幼微请教诗文。在马球赛场上，左名场总是礼让鱼幼微。幼微喜欢这个彬彬有礼的少年，还和李亿一起带着他旅行过，一同登上王屋山。不过当时她只是把左名场当作弟弟。她的视线不止一次撞上过左名场灼热的目光，却只当那是弟弟的友善和羞涩。她想象不到自己与左名场将来会发生怎样的故事。对于此时的她来说，"未来"就是李亿。

咸通四年初冬的某一天，他们在酒肆里买酒，准备带去朋友家聚餐。幼微看见一个木桶上写有"葡萄酒"三字，请伙计舀一勺看看，感觉品质很高，便问店主酒是哪里出产的。店主答道："娘子好眼力，此乃凉州葡萄酒。今年三月，归义节度使（张义潮）率领蕃、汉兵七千名克复凉州，葡萄酒输入北都比早先方便多了。"

幼微和李亿相视一笑。"葡萄美酒夜光杯，欲饮琵琶马上催。醉卧沙场君莫笑，古来征战几人回？"一百多年前，盛唐时期，太原人王翰作了这首《凉州词》，诗中的"葡萄美酒"正是凉州葡萄酒。安史之乱以后，唐代宗广德年间，吐蕃侵占凉州，转眼又是近百年的沧桑。今年凉州复归大唐，是咸通天子即位以来为数不多的喜讯之一。而他们在王翰的故乡太原买到凉州光复后出产的葡萄酒，意义非同凡响。

店主说，他家只剩一桶凉州葡萄酒，其余的都被一名酒商买光了，提醒李亿欲购从速，不要小看太原人对凉州葡萄酒的喜爱。

幼微问道:"那人既为酒商,何必再向酒肆卖酒?"

店主告诉她,那位顾客原先不是酒商,只因今年七月,宋戎出任安南都护府经略使,朝廷从山东调兵万人赴安南镇守,各道援兵屯聚岭南,那人有胆量,敢冒险,判断凉州葡萄酒一定深得将士青睐,在岭南又是稀缺品,面向岭南当地人也能卖到高价,想去做军队和岭南人的生意。加之现在运货去岭南也有一个便利条件:早前,运往岭南的军需粮草由江西、湖南出发,溯湘江转入滦渠、漓水,耗时费力,多有不便。今年七月,朝廷采纳润州人陈磻石的上书,建造了可运载千斛粮食的大船,从福建运米渡海,不到一个月即可抵达广州,一举解决了岭南军需问题。商人只要有钱、有门路,搭上这种千斛大船,也能节省不少成本。那人就毅然决然地盘货南下了。

幼微和李亿连声叹服。国运但凡有一点起色,老百姓也会增加一条生路。买好了酒去朋友宅邸的途中,远远地看见晋阳宫,幼微对李亿露齿一笑:"或许高祖、太宗晋阳起兵、覆亡隋室的余威犹存,助张义潮收复凉州,进而慑服南蛮,也未可知。"

但愿这所谓的"余威"不是回光返照。

晋水壶关在梦中

咸通四年十二月，李亿奉命赴潞州上党县昭义军节度使府公干。潞州和太原均位于今山西省，相距不算远，刘潼特别关照李亿可携鱼幼微同行。对此，鱼、李二人都很感激。尤其是鱼幼微。

刘潼能够打破社会对女子角色的传统定位，不拘一格，接纳鱼幼微入府，容她做和男子一样的工作，她已看出刘潼的胸襟、格局不同凡俗。现在看来，刘潼还善解人意，有人情味，不像有的高官跟冷血动物似的。实际上，刘潼也确实赏识幼微的才情和个性。就这样，命运在冥冥中决定他们之间的缘分不止于太原。

李亿和鱼幼微在潞州的公事办得很顺利。这大约要归功于现任昭义军节度使沈询。沈询在历史上以"为政简易，性本恬和"

著称。幼微和李亿在他的辖区内没有看到一般衙司常见的通病，如程序烦琐、重复劳动、推诿扯皮等等。这使得两人的潞州之行成为一次舒心愉快的体验。

公事办结早于预期，他们有较为充裕的时间在当地游览，购买了上党土贡人参、石蜜、松烟墨和赀布。李亿分出一部分，给双方家长各寄一些回去。他不因鱼家父母的身份而有所歧视，幼微自然很高兴。

十二月乙酉日，晚间下起鹅毛大雪。两人携家童、侍婢下榻潞州官舍，幼微倚在李亿肩头，临窗同赏雪景。苍穹深处有一位名叫"冬娘"的仙女在游走，捧起雪珠漫天抛洒，人间满眼流动着莹白的美。

幼微忽然丢开李亿，跑出去问官奴借一只铜铫，站在廊上，把铜铫伸出去接雪。李亿担心她受凉，抓起一件羊皮袄子追过去，给她披在身上，问她接雪做什么用？

"待会儿你就知道了。"幼微露出俏皮的笑容，回房扇旺红泥小火炉，将铜铫坐在炉火上，化开一点雪水，再放入石蜜，熬成浓稠的糖浆，浇在晚餐吃剩的一盘白曝荔枝（产地为今福建省）上，拿白瓷勺子舀给李亿吃："子安，你嫌白曝荔枝储存久了，味道寡淡，趁热试一试这个如何？"

李亿眉开眼笑，一连吃了好几个，赞美道："世人传说权阉仇士良家做的一种脯子唤作'赤明香'，有'轻薄甘香，殷红浮脆'之名，是世上最美味的脯子。依我看，蕙兰做的石蜜荔枝比赤明香好吃多了……"

其实，幼微做的食物未必那么可口，但此时李亿情意正浓，却是荔枝尚未入口，甜香已涌遍全身。

这个下雪的夜，整晚浮动着石蜜的暗香。仅有的美中不足在于，幼微因睡前进食白曝荔枝，又喝了水，半夜未免内急，少不得忍冻耐寒，由侍婢陪护出门如厕。

主仆二人从厕所出来，突然望见天边火光冲天，烧红半个黑夜，官舍院中的庭燎为之黯淡无光，惨叫声、呼号声隐约可闻。是哪里发生了火灾？鱼幼微大为惊骇，拉着侍婢向卧室奔去，要把变故告诉李亿。跨出两步后，她愕然忆起：那个方位是昭义节度使沈询的府邸。

次日获悉真相：沈询家奴归秦与主人的侍婢私通，奸情暴露，沈询一度想杀归秦，终究不忍下手。然而，他的仁慈并没有换来归秦的感恩。归秦恶向胆边生，一不做，二不休，勾结沈询手下的牙将作乱，举兵攻入沈府。昨晚那场大火便是归秦一伙放的。李亿和幼微关心沈询一家的安危，焦急地向上党县尉打听沈家人的情况。县尉沉痛地回答："举家遇难。"

县尉说出的每一个字都宛如一柄尖刀割在幼微心头。她难以自持，放声大哭："为什么？为什么呀？为什么好人不得好报？"李亿抱住幼微不断安抚，却仍久久不能稳定她的情绪。李亿无奈地说："蕙兰，情感不宜太过炽烈，恐怕伤身。"

那一刻，他只是随口说出一句无心之语。鱼幼微容易激动的性格最终将酿成怎样的结果，谁能预料呢？

咸通五年（864）甲申，春正月，京兆尹李蠙继任昭义节度使，抓获归秦等一干凶犯，处以极刑，并挖出罪魁祸首归秦的心肝，祭奠沈询一家。

鱼幼微在河东节度使官署获知消息，深感宽慰，但一想象"剖心挖肝"的情景，又胃涌恶心。有好事的同僚立即找李亿探听鱼娘子是否怀孕？

鱼幼微又好气又好笑。她工作做得再好，诗写得再美，这些人似乎都不在乎，眼睛只围绕着她的肚子打转。因袭上千年的传统便是如此，凡是新婚不久的女子，旁人关注的焦点必定是她何时怀孕，好像这是她的首要价值。即使是一代女皇武则天，假设未能生育儿子，那就连晋级皇后的资本也不具备，遑论弄权称帝？也难怪所有人都关心女子的孕事。但鱼幼微对这种主流价值观偏偏不认同。她读书，她写诗，她还证明自己有能力担任公职，绝不逊色于男子。为什么人们仍然固执地要求她尽快生孩子？

李亿则不然。他很快便请来一位精通妇产科的闾阎医工，为鱼幼微诊脉。李亿既期待又惴惴不安的神情给幼微留下深刻的印象。当医者做出"尚未怀孕"的诊断时，李亿脸上霎时弥漫一波铅灰色的失望。深陷情网的鱼幼微不禁萌生一个念头："倘若我能给子安生一个孩子也好。他喜欢孩子。"不过，生育的事，着急也无济于事，只能耐心等待。

李亿倒也算是一个心态达观的人,他安慰幼微道:"我们成婚时间还不长,不要紧。再者……"下半截话,他没有说完。

鱼幼微猜得出,那是指他还会娶妻,纵然幼微迟迟不育,妻子也能生育;为了传宗接代,他甚至可以多纳几个小妾,或者宠幸侍婢。

鱼幼微有些不快。过往曾经出现的阴霾再次浮出水面,倒扣下来,在一条名叫"未来"的驿道上空若隐若现。不过,这块阴霾很快又被李亿的温存稀释了。

"蕙兰,无论如何,我只爱你一人。"李亿如是说。

哪个女子不爱听这样的话呢?况且,此时的李亿依旧是认真的,并非言不由衷。

咸通五年二月,大地春回,冰雪消融。鱼幼微和李亿相携出游。他们先游览晋祠,再转赴晋祠西面的悬瓮山。此山的山腹有一块天然巨石,形如一口大瓮,因而得名。晋水发源于此,东流入汾水。鱼幼微在岸边蹲下,伸手划拨清澈见底的河水,掬一捧水尝了一口,笑对李亿说:"甘洌如酒!"

李亿也半蹲下身子,俯首就着她掌中的水啜一小口。指缝漏水漏得飞快,李亿这一口只湿了湿舌头,嘴唇撮到鱼幼微手心柔嫩的皮肉,幼微痒得咯咯直笑。李亿也笑。

二人打情骂俏,却莫名招惹了是非,不知什么时候有人晃悠到晋水岸边,他猛地从斜刺里蹿出一大步,一脚跨进水里,溅了鱼幼微和李亿满身水,嘴里还骂骂咧咧的,指责他们"公然调情，伤风败俗"。幼微气得立起身，与那人理论。来人反而变本加厉，益加口不择言。

李亿劝幼微"不必与此等粗鄙小人计较"，拽着她避开，又吩咐侍婢捡树枝树叶，用火石生火，好烤干衣服。

不一会儿，却见那人趔趔趄趄走了几步，身子一晃，栽倒在岸边，两条腿还泡在水中，突然纵声大哭："呜呜呜……我粗鄙、我小人！赔得裤子都不剩了，还要体统做什么？还讲什么礼？"

幼微和李亿终是不忍见他如此狼狈，便上前去询问，一走近便闻到他嘴里喷出的酒气——原来是一个遭遇不幸的醉汉。两人命家童和侍婢把他拖上岸来，拧干衣服，扶过来一起烤火。那人酒醒后，羞愧万分，向李亿、幼微道歉，说他去岭南做生意亏本，整日借酒浇愁，才弄出这番荒唐之事。

幼微听见"岭南"两个字，忆起去年初冬酒肆店主所说葡萄酒的事，便向醉汉打听。果不其然，他正是赴岭南卖酒的那个人，近日惨淡回乡。而导致他血本无归的原因，竟与福建到广州的千斛大船紧密相关。

南方沿海通航千斛大船原本是利国利民的好事，然而有司在运输军需粮草的过程中，以平等雇佣的名义，抢夺商人的货船，把商人的货物丢弃在岸边。货船装载军需物资入海后，假如发生船难，有司就逮捕负责运输的纲吏和舟人，逼他们赔偿军粮。民众饱受其苦，怨声载道。这个酒商属于其中最倒霉的一群人，货船被抢占不说，货物还被有司扔上岸，缺少人手看管，致使他损失大部分货物，血本无归地返回北都。

幼微和李亿深感忧虑。长此以往，安南府战事将对唐朝构成双重损害。一是消耗人力、物力和财力，二是损伤朝廷的威望，让民众与朝廷离心离德。

南方海运引发的社会矛盾引起了朝廷的警觉。天子于咸通五年五月颁布诏书，敕令有司运输粮草须事先将数量呈报所在盐铁巡院，再雇用商船运载，分别交付需求部门，只许按照事前报备的运输量运载，禁止以"贮备"为借口侵夺民财。在用小舸、短船运载粮草到江口的情况下，如果有司本身有相应的船只，则不得借用商人的舟船。官吏如不守法，妄行威福，必从重处罚。朝廷的整顿措施缓和了海运危机。李亿拿邸报给幼微看，说毕竟是朝廷，自有高招；他一介下级官佐，幼微一个小娘子，平日里净是瞎操心。

幼微欢呼雀跃，提议借公务机会赴壶关山游玩，五月初五端午节喝的菖蒲酒还剩一壶，正好带去饮用。

到壶关县办好公事，两人携手登上壶关山，望见滔滔黄河从北方汹涌奔来，直扑壶关山西崖，飞流直下，高达五六百尺，仿佛有人在用一个巨型酒壶倒酒，蔚为壮观。幼微心驰神荡，把自己带来的菖蒲酒倾注在两个青瓷杯里，邀李亿共饮："李太白《将进酒》诗曰：'君不见，黄河之水天上来，奔流到海不复回！君不见，高堂明镜悲白发，朝如青丝暮成雪？人生得意须尽欢，莫使金樽空对月。天生我材必有用，千金散尽还复来！'我与子安虽不敢同李太白相提并论，但到此壶关山，饱览黄河飞瀑盛景，不可不醉！"

这一天，李亿受她感染，也放得很开，欣然挽住她的皓腕，喝了一杯交杯酒。两人半醉半醒，在壶关山顶耳鬓厮磨，柔情缱绻。两人面对奔腾不息的黄河水，许下长相厮守的诺言。

幼微和李亿坚信，他们的爱情将如同黄河水一般，与天地同在，与日月同辉；死亡也无法把他们分开，因为他们的爱情不分天上人间，贯穿今生来世，哪怕海枯石烂，两个灵魂仍将相依相偎。

壶关山之旅让鱼幼微与李亿的感情达到顶峰。不管他们的爱情小舟最终驶向何方，晋水、壶关山都在她的脑海中烙下不可磨灭的印记，留下永生难忘的回忆。

齐人之福

鱼幼微的幸福是棉花糖,还来不及仔细品尝甜味儿就融化了。

壶关山之行结束后仅仅过了几个月,李亿回乡娶妻了。关于李夫人的姓名、家世,并无确切的记载,唯一可以确定的是,她和李亿属于同一阶层。如东汉班固《白虎通·嫁娶》所说:"妻者,齐也,与夫齐体,自天子下至庶人,其义一也。"迎娶一位家境旗鼓相当的妻子,合两姓之好,巩固双方家族的社会地位,延续李家宗祀的光荣,是李亿不能抗拒的任务。在他把新人迎入太原晋阳县城的官舍时,鱼幼微还敏感地注意到,缔结这门婚姻其实也是他本人的自觉。

这座小偏院的主卧室一直没有正常使用,充当杂物间。李亿曾经说过,他嫌主卧室面积过大,空旷冷清,不如小屋温馨,所以坚持和幼微一起住在偏房里。但在他携新婚妻子抵达太原前夕，江东李家的几个奴婢便先行到达，把主卧室打扫收拾一新。这些人意味深长地告诉幼微，他们奉李亿之命行事，主卧室是新房，也是正房。

原来，李亿并没有不在乎鱼幼微的身份。她是妾，只能住在偏室。主卧室虚位以待，仅容高贵的正妻入住。鱼幼微又气愤又伤心，直截了当地向李亿表达自己的不满："你何苦骗我？往昔我居然相信你的话。我会相信你说的任何话，你就是算准这一点，对吗？"

李亿赌咒发誓地辩解，坚称自己不是存心欺骗她，又苦笑着问道："子曰：'天地不合，万物不生。夫妇不顺，有失万世之嗣焉。'昔三代明王，必敬其妻子。何况于我？我娶她为妻，却不让她住进正房，世人将如何看待我？蕙兰，唯有你能体谅我。"言及此，他无法自控地把鱼幼微拥入怀中。

幼微倏然忆起，李亿在浙东结庐守孝那三年间，坚决制止她赴浙东团聚。那时他要严守孝期的规矩，如今则是谨遵士大夫"礼待"妻子的规矩。他一向在乎世人的眼光，不想因破坏规矩而遭受世人非议，影响社交和仕途。只是鱼幼微过去粗枝大叶，没有留心。站在李亿的立场也不难理解。寒窗十年，殊为不易，现在职业生涯刚刚启航，前途漫漫，在所谓"天地之大义""风化之本源"的"夫妇之道"上不容有失。

鱼幼微倚在李亿的胸口，耳听他的心跳声，眼眶一阵酸热：

"倘若子安为我得罪岳家一干亲友，后果不堪设想。我不能过分自私。"

幼微再次谅解了李亿，强打精神应对二女共侍一夫的局面。她交出女主人的权力，由真正的李夫人行使。在这个骤然扩大的家庭中，鱼幼微除了贴身侍婢，使唤不动任何下人。事实上，连她本人也要接受李夫人辖治。她必须履行媵妾对主母的义务。首先需要一场正式的拜见，不可回避。她当然是不愿意的。但她的心被李亿恳求的眼神一揉，就放弃了抵抗。

李夫人在正房盛妆相迎。鱼幼微跨进房门，先抬头看了新妇一眼，可是根本看不清新妇的面目。夫人绮罗遍体，重施粉黛，青丝梳作京城贵妇流行的四环抛髻，珠翠满头，发髻侧前方斜插一支金步摇。幼微看见一尊描金画银的雕塑，五官部位用金箔银粉糊弄过去，金光耀目，但没有温度。一位侍立在夫人身边的仆妇瞪着幼微，从鼻孔里喷出一声不屑的"哼"，对鱼幼微发出无言的警告："一个小妾，未经允许，竟敢展眼打量娘子，大胆！"

李亿略微垂首，竖起拳头轻拍嘴唇，尴尬地咳嗽。鱼幼微顾念他的处境，强迫自己欹身下拜，膝盖磕在铺地草席上，仿佛被人按跪在炭盆上受火刑。然而她终究向夫人低下了头。夫人即便是一尊雕塑，也是一朵涂金饰银的郁金香；鱼幼微自诩诗坛牡丹，在夫人面前就沦为路边的一株狗尾巴草，只不过被丈夫"摘"回家的时间早于夫人过门而已。

出乎意料，夫人稍做沉默，就以和善的口吻请幼微起身。她言语不多，话都让裴家仆妇和侍婢说了，不外乎几句泛泛的套话。末了，仆妇取出一枚银簪，说是夫人给"阿鱼"的见面礼。鱼幼微自幼见惯交际应酬，应付这种场面倒还游刃有余，滴水不漏地完成了这次会面。

李亿长舒一口气。他很高兴，以为自己可以安享齐人之福。幼微看出这一点，完全高兴不起来。

当晚，鱼幼微习惯性地铺设两个人的衾枕，拿手炉把李亿平时睡的那一半褥子焐了又焐。但李亿却走进了正房。他和夫人剪影映在窗纱上，演一出夫妻闲话家常的皮影戏。幼微眼睁睁地看着正房的灯火熄灭，皮影戏落幕。料峭的寒风灌进她独居的小屋，把她赖以照明的一支烛火也吹灭了。冷寂的黑暗包裹住鱼幼微，她仿佛变成一个献祭给夜神的人牲。

家童走过来招呼幼微的贴身侍婢，教她提醒"鱼娘子"，明天做一道拿手菜为"娘子"洗尘。家童神态自然，语气平淡。在他看来，鱼幼微理所应当要侍奉正室夫人，并没有委屈谁。

"岂止家童，世人大多如此认为。"鱼幼微对着镜子涩涩地一笑，"这才是最大的悲哀。"

翌日，李亿针对自己昨晚的行为向鱼幼微做出解释，说新婚期间不能冷落新妇，以免新妇通过家书把情况告知老家的长辈。幼微啼笑皆非，可她仍然相信李亿的解释，或者说，是选择相信李亿。

三人同居的生活揭开帷幕。李亿轮流在妻妾房中宿夜，不偏不倚。每次和幼微同寝，他都会诉苦："蕙兰，她是家慈为我求娶回家的，对她，我不能不曲尽夫妇之礼。否则便是对家慈不孝。你可知，我在她身边时，是何等的思念你、挂心你？我所受煎熬之苦，除了蕙兰，也不指望有另一个人能感同身受……"

鱼幼微禁不住心疼李亿，觉得丈夫努力维持家庭和睦，忍辱负重，不比自己轻松。她也开始想经营好全新的家庭关系。然而，她很快发现，李夫人极难对付。

夫人分明嫉妒幼微，但其处事手段与笔记小说里动辄殴打、虐待婢妾的主母大不相同。自从来到太原，她总是身体不适，声称病因在于自己初来乍到，水土不服，又吃不惯北都的饮食。但每当李亿携幼微办完公事回家，她必然笑脸出迎，亲自照料李亿的饮食起居，无微不至，任劳任怨，而且一定在巧妙的时间点恰如其分地暴露出一些"强撑病体"的迹象，自然而然赢得李亿的怜爱。

夫人还时常当着李亿的面，吩咐陪嫁奴婢拿些小零小碎的日用品赐给幼微，塑造胸怀宽广的形象，以至于李亿都在幼微面前称颂夫人"贤德"，有大家闺秀的风范，劝幼微抛开不必要的担忧："蕙兰，你一定能与娘子和谐共处。"

李夫人很少对丈夫提及幼微，一旦谈起，就夸奖幼微做菜手艺好，在北都，唯有幼微做的菜合她胃口，希望幼微每天做一道菜给她吃。言及此，夫人每每拿罗帕掩住额角，做出体力难支的娇弱模样，靠在李亿肩头，责备自己不应娇生惯养，说"阿鱼"要去官署做事，回家还要读书作诗，怎能耽误她的时间？陪嫁奴婢再看准时机，敲敲边鼓，李亿就会脱口应承："教蕙兰做好了。她是熟手，一两道菜花不了多少工夫。"其实，李亿也喜欢吃幼微做的菜，弄得她无法推脱。

此后，夫人经常在餐桌上赞扬幼微的厨艺，"阿鱼今日做的这道菜真可口"，"假如明日还能吃到阿鱼做的这道菜，那该多好"，诸如此类。李亿深以为然，往往随声附和。

慢慢地，鱼幼微成为家中的主厨，烹饪变得不再是与爱人分享快乐的方式，而是小妾对男女主人履行的日常义务，挤占了她原本与李亿一道读书、和诗、下棋的时间。而这些事渐渐被夫人接管。每当幼微在庖厨忙碌，夫人就主动提出为李亿陪读，或者夫妻对弈一局，打发时间。李亿由不习惯到习惯，逐渐习惯成自然。

关于如何拓展、维护官场人脉的讨论，李亿也更愿与夫人探讨。尺有所短，寸有所长，夫人的家庭背景和成长环境决定了她比幼微更懂官场仕途之道，而这恰好是李亿最迫切需要的。夫人借这些事由与丈夫加深了感情，更让李亿认识到：出身贵家的妻子同样受过良好的教育，只是不会作诗，但完全具备相夫教子的素质。

鱼幼微不得不承认，夫人正在蚕食自己在李亿心中的领地。

更令她感到屈辱的是，每次在家用餐，都是夫人和李亿对坐，她必须在下首侍立。她辛辛苦苦做的菜，却要优先奉给李亿和夫人享用，往日与李亿你喂我一筷、我喂你一筷，玩玩闹闹分享美食的甜蜜日子一去不回。

李亿也算体贴，每天吃过早餐就招呼幼微随他去河东节度使府，减少妻妾相处的时间。出门后，他必定握住幼微的手抚慰："蕙兰辛苦了。娘子与我真心爱吃你做的饭菜。我们这个小家和和美美，蕙兰功不可没。"他还不时给幼微一些物质补偿，逢年过节也不忘给鱼家父母寄些土产；每到幼微房里过夜，依然如往昔一般柔情似水。

在这样的情境之下，鱼幼微能说"不"吗？只好打落牙齿和血吞。况且，许多人都有的一种通病：对自己所重视而又无法掌控的人和事往往更加用心；不确定性、缺乏安全感的人和事，反过来又会加强对斯人、斯事的"在意"。当他们略微给予一点积极的回应，就能令当事者感激满足。眼下，鱼幼微也是如此。加之性格中争强好胜的一面，导致她越是担忧李亿移情别恋，就越在乎他，越想挽回自己在李亿感情世界中的独尊地位。

所幸鱼幼微的世界不局限于狭小的家庭圈子。刘潼听说李亿的家庭情况，便吩咐部下多安排一些事务给鱼幼微做，不要浪费她的文才。

刘潼轻描淡写的两句话，增加了鱼幼微逗留官署的时间，给她正当理由，逃避回家做饭、伺候主母的义务。虽然不能全部避免,幼微仍然心怀感恩。其实刘潼极少与她交谈,也不需要她感谢。幼微觉得,所谓"贵人",正是刘潼这样的吧!

翻越家庭的藩篱,鱼幼微有河东节度使官署的文书工作转移注意力;她还有书,更有诗,可以寄托心灵,自得其乐。用完晚餐到入睡之间的两个时辰,是她一天当中最愉快的时光。如果李亿当晚与夫人同房,幼微会一直做功课到眼皮打架为止,然后抱着书卷、握着纸笔入眠。

有一天,幼微攥着一支诸葛紫毫笔睡着了,梦中回到鄠杜老家,与孩提时代的小伙伴们一起在渭水边游玩,把红枣、鸡蛋撒进水里。下游有个男子捞起幼微抛撒的鸡蛋,抬首向上游张望,露出青涩的笑容。他好像是李亿,又好像不是;他的笑容似乎是对幼微,又似乎不是。幼微发出困惑的呓语:"子安、子安,是你吗?"

她手中的紫毫笔忽然被人抽走,那个人柔声回答:"蕙兰,是我,是我。"

鱼幼微惊醒,睁眼便看见李亿英俊的脸。她欣喜地搂住李亿的脖子:"子安,你怎么来了?"今晚,他应该在正房陪伴夫人的。

李亿轻柔地吻她,口中含混不清地应答:"我想你、我想你……近日倒春寒,我怕你一个人冷……"

鱼幼微紧紧环抱李亿的腰身,流下感动的泪。

她告诉自己,生在这个世道,李亿也是身不由己,少不得要对"娘子"虚与委蛇,即使不是这个"娘子",也必然有另一个,逃无可逃;但他只对"鱼幼微"是真爱。

鸠占鹊巢：庭闲鹊语乱春愁

咸通五年冬，过门不久的李夫人怀孕了。由于这个缘故，李亿与幼微同寝的夜晚增加了很多。这对于幼微来说当然是幸事。但凡事都有两面性，她在这个家中遇到了新的麻烦。

李夫人妒火中烧，变着花样整治鱼幼微。但她不愿传出"善妒"的名声，还要维系贤良形象，于是把"害喜"、孕期情绪波动这两个万能的法宝运用到极致。

譬如，夫人动辄以孕吐、恶心为借口，对饭菜挑三拣四，饭前说要吃酸，等幼微快做好了，她又突然吃不下酸的，要改吃辣……口味变化无常，逗得鱼幼微团团转。

李亿安抚幼微，说他相信夫人并非出自本意，而是由于妊娠反应，无法控制自己，待幼微日后怀孕就会明白。为了延续李家的香火，他请求幼微包容夫人一时的任性。他恳切地说："蕙兰，你也是李家的人。"言下之意，对怀孕的夫人忍气吞声是幼微对李家应尽的责任。夫人所孕育的是李家最为宝贵的嫡出血脉，纵然幼微本人怀孕，也不能与夫人腹中的骨血相比。

鱼幼微心里很不舒服。但是，当李亿把她揽在怀中，温言劝慰，她又忍不住替李亿着想，觉得李亿夹在妻妾之间受夹板气，也是苦不堪言，念在自己与李亿多年的情分，还是不要给他添堵添乱为好。

幼微忍受着身体的劳苦和精神的压抑，没有忤逆李夫人一个字。然而，李夫人并不肯善罢甘休。

某天，李亿单独外出赴宴，幼微窝在小屋里吟诗。李夫人的陪嫁仆妇走过来，皮笑肉不笑地提出要求：停止吟诗，保持安静。幼微感到诧异，自己推敲诗句时确实会不自觉地念出声，但音量很低，不可能打扰夫人休息。

仆妇寸步不让："哎哟！鱼娘子没有怀过孩子，如何懂得孕妇的苦楚？你若是非得吟诗不可，就出去走走……奴婢想着，娘子腹中有郎君的骨肉、李家的血胤，倘若有个万一，谁也担待不起。您说是吗？"

幼微无奈，携贴身侍婢离开家，去官舍的小花园里散心。她以为自己的退让能够息事宁人。然而，仆妇趁幼微主仆双双离家，溜进幼微的房间，把她摊在书案上的几摞诗稿抱出去烧了。幼微回家恰巧赶上仆妇用簸箕撮灰。仆妇振振有词："鱼娘子莫怪，这是奴婢的主张。听说进士孟昌期的夫人乐安孙氏娘子擅长写诗,可有一天她却一把火把自己的诗集烧了!孙氏娘子说,吟诗作赋不是妇人的本分。焚诗以后,她遵守妇道,专心家事。李义山也有云,'艳词不唱','妇人解诗,解则犯物议'嘛!鱼娘子日常读书吟诗,平白惹些非议,倒叫还在孕中的夫人担忧。"

仆妇唾沫横飞,手里扬着笤帚,仿佛卫道士在挥舞教鞭。

未烧尽的诗章残骸化为一支支利箭,狠狠地射进幼微的心。其中一角边缘焦黑的残纸尚能看出是她冬天写给温庭筠的《冬夜寄温飞卿》:

苦思搜诗灯下吟,不眠长夜怕寒衾。

满庭木叶愁风起,透幌纱窗惜月沉。

疏散未闲终遂愿,盛衰空见本来心。

幽栖莫定梧桐处,暮雀啾啾空绕林。

在那个天寒地冻的深夜,李亿陪伴夫人,享受良辰美景,幼微孤枕衾寒,寂寞忧伤,痛感自己明明有一个"家",却不再是真正的"家",于是吟成此诗,寄给远方的温庭筠,向忘年知己诉说苦衷。

这些诗稿虽然只是草稿,但也是她感情的寄托,心血的结晶。毫不夸张地说,是她生命的一部分。

鱼幼微心如刀绞,眼泪夺眶而出。她怒不可遏,夺过笤帚,劈头盖脸痛打仆妇,边打边骂:"你这个目不识丁的贱婢!我不信你能知道孙氏焚诗的典故,还知道李义山《杂纂》写了些什么！扯着夫人的旗号，你竟敢来欺负我！"

她正值青春妙龄，加之自幼在鄠杜、下邽乡间疯玩摔打惯的，身强力壮，年长的仆妇根本不是她的对手，被揍得鬼哭狼嚎。

李亿到家目睹这鸡飞狗跳的一幕，命侍婢拉住幼微，询问情由。幼微正想答话，仆妇抢先哭喊："鱼娘子饶命，奴婢是为李家香火着想啊！您打狗也得看主人的面子不是？"另一边，李夫人的乳母不早不晚，偏偏在此刻跑出来打岔，急赤白脸地向李亿禀报："郎君，不好了！娘子被闹得头疼不已，实在撑持不住，躺下了！"

李亿一听，急火攻心，原本又喝了不少酒，当即恼怒地斥责幼微："蕙兰，你要教训奴婢，也该分时候、分场合啊！"他顾不上听幼微申辩，立刻携家童骑马出门，请医安胎。

相识七年，李亿从未跟幼微红过脸，今天第一次对她疾言厉色，却是为了夫人腹中的孩子——李家的血脉。

幼微僵硬地兀立在小院里，笤帚也拿不稳，摔落于地。她的身躯被沉重的现实挤压成一张薄薄的纸片，上面写着两个字——"贱妾"。在李家的嫡孙及孕育嫡孙的夫人面前，鱼幼微就是如此卑贱。尽管她是惊采绝艳的诗人，尽管她深爱李亿，都不能改变尊卑贵贱的传统秩序。

医者问诊结果：夫人脉象平稳，胎儿一切正常。次日，李亿酒也醒透了，悄悄走到偏房来，和幼微谈心。幼微让贴身侍婢做证，把昨天的事情一五一十地解释清楚。

她气恼地说:"她们恶毒地将我的诗稿都烧了!子安也是写诗作文的风雅之士,能不体谅我的心痛?这个家原是我与子安共同创造的。如今,娘子的陪嫁奴婢狐假虎威,捏死我如同捏死一只蚂蚱一般轻巧。我稍加回击便是以卵击石,半点儿也奈何不得她,自己先粉身碎骨了!"

李亿是聪明人,不管多么信任夫人,至此也隐隐察觉到,昨晚那场家翻宅乱是夫人精心策划的一场戏,针对的正是幼微。可是成婚以来,他和夫人也逐步建立起亲密的感情,夫妻恩情日益加深。况且,夫人拥有很多幼微无法取代的优点,比如娘家的能量、对李亿仕途的助力……总之,他不能惹怀孕的夫人伤心生气。

李亿无所作为,鱼幼微与夫人的陪房奴婢矛盾渐深,渐渐闹到水火不容的地步。夫人以清静养胎为由,对家庭纠纷一概不闻不问。如果李亿提及幼微和仆妇等人的摩擦,夫人总是面露难色,对幼微表示同情:"阿鱼受委屈了!只是我的乳母、仆妇都是年长有德的家生老奴。她们的教诲,连我也要礼敬五分。她们干涉阿鱼吟诗作赋,我并不赞同,但她们的本意是为李家子嗣考虑,我更不好加以苛责。都怪我无力约束家生奴婢!如何是好?"有时还楚楚可怜地掉几滴眼泪,俨然比幼微的处境更加凄惨。

李亿夹在娇妻爱妾之间,左右为难,焦头烂额。夫人趁机实施计划的第二步,劝李亿在外另设别宅,安置幼微主仆二人,并且，明确表示支持李亿两边走动："……阿鱼可以卸下家务担子，安安静静地读书、作诗，跟我那些陪嫁奴婢彼此眼不见，心不烦，家宅复归安宁。可谓各得其所，皆大欢喜。"

贵家富户的娘子们通常都很忌讳丈夫纳别宅妇，假如不能拆散，最好的办法是把别宅妇抓回家，迫使其循规蹈矩地屈居主母之下，做名副其实的"小"妾。李亿想不到夫人如此"豁达大度"，惊喜万分，采纳了夫人的建议。

鱼幼微迁出了官舍。与官舍中的那座小偏院比，位于一条深巷中的新居显得更为逼仄。幼微在室内转来转去，不到一刻钟，就对每个犄角旮旯了如指掌。她感到一种重获自由的舒畅。然而，李亿要分身陪伴夫人，还要参与形形色色的应酬。幼微大半时间只有侍婢做伴。这倒不是李亿有意疏远幼微，实在是因为他太忙了，为了争取晋升，必须经常在社交场上周旋经营。

有时也有意料之外的客人造访——左名场携新婚妻子来这条陋巷看望鱼幼微。鱼幼微非常感激，但她尴尬地发现，自己与左家新妇毫无共同语言。有好几次，鱼幼微从新妇嘴角下撇、眼角上扬的幅度中看出她对自己的轻蔑。

但左名场似乎懵然不知，一次又一次携妻子来访，直至父母召他回泽州老家闭门读书备考。临行，他还以妻子的名义给鱼幼微送来礼物，请她保重身体。

左名场走后，鱼幼微不时想起他，感怀这位"弟弟"的善良和义气。可是，关于爱情，她所能想象的仍然只有李亿。

多少个黄昏,夕阳西下,千门万户升起炊烟,左邻右舍家家团圆,传出各种杂乱的声响,每一个声响都标记着一件平凡的幸福,微不足道,而又弥足珍贵。幼微想象着李亿此刻与夫人共进晚餐,或者在宴席上觥筹交错的模样,就会觉得自己是世界上最孤单的那个女子。

"这个家原是我与子安共同创造的。"她曾经对李亿说出这句"气话",其实是她深深埋藏的心声,"我与子安也立有婚契,结合在前。官舍中的家,难道不是我可以堂堂正正称之为'我的家'的地方?只因娘子出身显贵,就有权把我踩在脚下,与奴婢串通,百般捉弄、刁难于我,这不公平!她才是鸠占鹊巢……"

深巷穷门少侣俦,阮郎唯有梦中留。

香飘罗绮谁家席,风送歌声何处楼。

街近鼓鼙喧晓睡,庭闲鹊语乱春愁。

安能追逐人间事,万里身同不系舟。

她在彩笺纸上写出这首新作的标题——《暮春即事》,蓦然意识到,咸通六年(865)快过去三分之一了。

李夫人分娩满月后,李亿调升至楚地任职,任所在鄂州。李夫人"建议"李亿让幼微携贴身侍婢单独行路,可以拨几个李家的家生奴婢陪同,避免她在旅途中与夫人的陪房奴婢再起冲突,毕竟旅行中非常容易引发人际纠纷。

李亿觉得夫人考虑问题十分周全,便把自己的决定告诉幼微,情意绵绵地安慰她:"蕙兰,我还记得大中十二年,你和飞卿送我东归的情景。此次虽为小别,也请你写诗赠我,我在路上要时时默诵,权当作同你对话。"

幼微泣不成声。这次虽然是小别,但比上次长别更加令她伤惨。上次的分别李亿身边还只有鱼幼微一人,而这一次,李亿有了夫人和孩子,他不再仅仅属于鱼幼微。名为"小别",幼微却大有"永别"之感。

"秦楼几夜惬心期,不料仙郎有别离。睡觉莫言云去处,残灯一盏野蛾飞。"鱼幼微赠给李亿一首《送别》,含悲忍泪地凝视着他,"此诗是我与子安别后,独身生活的写照。我不奢求子安对我行思坐忆,唯愿你偶尔思忆诗中所写的这份孤寂凄清。"

李亿不禁动容,与幼微相拥告别,一字一句地承诺道:"长、相、思。"

"勿相忘。"幼微哽咽着回应。

启程前,他们一起向刘潼辞行。刘潼照例说了一些祝贺和勉励的场面话,末了,仿佛无心地补充一句:"鱼娘子以女流之身,独自携奴婢东行,可要善自珍重啊!"顺势命人取两份程仪来,分别赠予李亿和幼微。他淡淡地对李亿说:"二位是一家人,论理我只赠子安一份即可。但鱼娘子独身行路,旅途辛劳必定双倍于男子,因此我单独赠她一份,且比子安加倍。"

刘潼的"无心"之语在幼微心里升起一轮暖阳。世界上不只有李夫人这样视鱼幼微为眼中钉、肉中刺的人，终究还是有爱护她、善待她的人。尤其是刘潼，作为一个外人、一位高官，却一而再、再而三地帮助她，不求回报。她诚挚地感谢刘潼，祝福他今后万事胜意，希望将来有机会再次为他效力。

刘潼莞尔一笑："有缘定能重逢。"

闺怨：忆君心似西江水

鱼幼微告别太原，先南下长安，再转向东南。旅途中，从蓝田开始，有一段七百多里的山路。幼微知道，这段山路是唐德宗贞元七年，时任商州刺史李西华开辟的一条捷径，经商山、武关，通往内乡。岁月在山路上刻出无数蹄印辙痕，其中隐藏着杜牧、李商隐等人的足印。因此，这条山路虽然辛苦，但可以缩短行程，还承载着特别的历史文化意义，自然成为鱼幼微东行的不二之选。

步入深山，幼微对白居易笔下"人间四月芳菲尽，山寺桃花始盛开"之妙有了更加直观的感受。她在山下已经吟出《暮春即事》，而在高山深处，却还能看见冰雪消融的美景，听见溪涧解冻的欢声。然而她的心与融化中的残冰一样，是分裂的，一半因自由而喜悦，另一半因相思而忧伤。

李亿间或通过家童与幼微互通音信，关心她在旅行途中的安全，约定在鄂州团聚。幼微对前路增添了一些憧憬，赋诗《春情寄子安》一首，回复李亿：

山路欹斜石磴危，不愁行苦苦相思。

冰销远涧怜清韵，雪远寒峰想玉姿。

莫听凡歌春病酒，休招闲客夜贪棋。

如松匪石盟长在，比翼连襟会肯迟。

虽恨独行冬尽日，终期相见月圆时。

别君何物堪持赠，泪落晴光一首诗。

抒发思念之情，表白坚贞的爱情，表达对于团圆之日的期待，也劝诫李亿掌握好应酬的分寸，不要宴乐过度。

她也只能说说而已。说到底，匡正李亿的行为，是正室夫人的责权，还轮不到别宅小妾鱼幼微规劝丈夫。况且在鄂州，幼微仍然不能与李亿共同生活。按照夫人的"建议"，李亿把家安在长江南岸武昌，另在江北租一座小宅安顿鱼幼微。两人隔江而居，定期相会。通常是李亿乘船到江北探望幼微；如果夫人外出，他也接幼微去武昌的大宅幽会。

迁居鄂州之初，鱼幼微大约有一半时间独居。为了排遣寂寞，她经常在江边散步，或者泛舟游江，伫立船头，大江东去。惊涛拍岸，巨响隆隆，荡涤着鱼幼微的身心，激励她写出气势雄浑的《江行》：

大江横抱武昌斜，鹦鹉洲前户万家。

画舸春眠朝未足，梦为蝴蝶也寻花。

烟花已入鸬鹚港，画舸犹沿鹦鹉洲。

醉卧醒吟都不觉，今朝惊在汉江头。

但在游玩过程中，鱼幼微又不免目睹一对对鸳鸯在沙浦上交颈而眠，怅望鹨鹕成双成对，在橘林里悠闲地飞来飞去。在日常生活中，也每每看到邻居夫妻美满团圆，深受刺激。她触景伤怀，写下一首题为《隔汉江寄子安》的情诗，寄给李亿：

江南江北愁望，相思相忆空吟。

鸳鸯暖卧沙浦，鹨鹕闲飞橘林。

烟里歌声隐隐，渡头月色沉沉。

含情咫尺千里，况听家家远砧。

每次幽会结束，她也会吟咏新作《送别》，直白地向李亿表达内心的哀怨：

水柔逐器知难定，云出无心肯再归。

惆怅春风楚江暮，鸳鸯一只失群飞。

李亿总是安慰幼微，说一切都会好起来。可是，两人见面的次数却逐渐减少。究其原因，李亿公务繁忙、应酬增多，固然占相当大的比例，但夫人在他生活中越来越重要，也是李亿心知肚明的事实，只是瞒着幼微，不敢让她看破。

然而，像鱼幼微这样蕙质兰心的才女，对外界事物异常敏感的诗人，对于感情的变异怎么会一无所知？只不过她暂时还不能正视、不肯承认这一点。

鱼幼微相继写下《秋怨》和《闺怨》，发泄自己的怨气和愁苦：

自叹多情是足愁，况当风月满庭秋。

洞房偏与更声近，夜夜灯前欲白头。

靡芜盈手泣斜晖，闻道邻家夫婿归。

别日南鸿才北去，今朝北雁又南飞。

春来秋去相思在，秋去春来信息稀。

扃闭朱门人不到，砧声何事透罗帏。

诗歌并不能改善她的处境。咸通六年早秋，鱼幼微扬帆出行，赴江陵游玩，希望用出游化解心中堆积的幽怨。

这注定不会是一次快乐的旅行。启程之前，鱼幼微甚至觉得自己不可能再与李亿重逢，以至于写下一首灰心丧气的《书情寄李子安》，追忆山西那段短暂的幸福，抒写情路茫茫的无力感：

饮冰食檗志无功，晋水壶关在梦中。

秦镜欲分愁堕鹊，舜琴将弄怨飞鸿。

井边桐叶鸣秋雨，窗下银灯暗晓风。

书信茫茫何处问，持竿尽日碧江空。

鱼幼微正处于有生以来心情最为低落的时期，往昔那个勇敢、泼辣、开朗的女孩已不见踪影。唯一可以安慰她的，大概就是感情上的失意所激发出的旺盛诗情了。

她乘坐的航船绕过鄂州城郭，仿佛一片落单的秋叶，向目的地漂去。船桨破开浪花，水中浮出一位名叫莫愁的女子。传说六朝时期，郢州石城（今湖北钟祥）女子莫愁能歌善舞，远近闻名，当时的流行歌曲《石城乐》和声中也含有"莫愁"二字。"闻欢远行去，相送方山亭。风吹黄檗藩，恶闻苦离声。"——《石城乐》的这段歌词记录了莫愁与情郎分别的情景。世人受《石城乐》启发，演绎出《莫愁乐》两首：

莫愁在何处？莫愁石城西。

艇子打两桨，催送莫愁来。

闻欢下扬州，相送楚山头。

探手抱腰看，江水断不流。

用另一种方式描绘莫愁与情郎的离合悲欢。

鱼幼微与莫愁对视，仿佛看见自己的影子。航船把江水划出宫商角徵羽，在幼微心中拨响一曲《过鄂州》：

柳拂兰桡花满枝，石城城下暮帆迟。

折牌峰上三间墓，远火山头五马旗。

白雪调高题旧寺，阳春歌在换新词。

莫愁魂逐清江去，空使行人万首诗。

她还是忘不了李亿。在江陵，她看见江边落木萧萧，夹岸枫林成海，那片广袤的深红从容不迫地吞吐着来往船只。她幻想其中一只船载来李亿。可是，纵然极目远眺，望穿天际，也没有一艘船为鱼幼微而来。她的眼泪落在了枫叶上，被染成一滴血：

> 枫叶千枝复万枝，江桥掩映暮帆迟。
>
> 忆君心似西江水，日夜东流无歇时。

这首《江陵愁望寄子安》飞回鄂州，换来李亿一声召唤："蕙兰，我也想你。你早些回来吧……"

鱼幼微折返鄂州，如同一只执迷不悟的飞蛾，扑向李亿那一点星星之火。

"别宅妇"的生活依然如故。李亿隔三岔五与她相聚，偶尔戏问一句："蕙兰何时为我添丁进口？"

幼微无言以对。她的肚子毫无动静，夫人却再度宣告怀孕。李亿益加不在乎幼微的生育问题，然而也不再悄悄接幼微回大宅相会。表面上的理由是夫人在家养胎不出，陪嫁奴婢随时杵在大宅里，他担心幼微与之碰面滋事。

鱼幼微鼓励自己："子安所言句句属实，全是为我着想。"脚下却陡地一空，仿佛秤杆上的秤砣突然从这一端滑到另一端，身体虚浮起来。幼微痛苦地躲闪，拒绝面对一个真相：那个打破平衡的秤砣，正是李亿。

她在烦闷中收到两封来自长安的书信。一封是鱼家父母写来的，给她搜罗了很多怀孕求子的偏方。她大皱眉头，把信笺倒扣在书案上，嫌厌地说："生、生、生！女子的价值难道只在生育？早知如此，你们何苦教我习学琴棋书画、诗词歌赋？"

鱼幼微气得不想拆开另一封信。那是京城一位朋友受诗友之托带来的,不知会不会询问她与李亿及夫人的关系?或许还会打听她是否怀孕……踌躇再三,她终归拆开了诗友的来信。毕竟,她与京城的朋友们分别已久,也有些思念,想了解对方的近况。

"朱楼影直日当午,玉树阴低月已三。腻粉暗销银镂合,错刀闲剪泥金衫……"幼微没有想到,信中的第一段文字就像散开一串珍珠,原本遮盖了明眸的重重心事破开裂隙,珍珠的柔辉透进来,焕发新的光彩。

朋友带来的,是京城光、威、哀三姐妹共同创作的一组联句。姐妹三人家住朋友家东邻,幼年丧父,但一直坚强地成长,勤学上进,诗赋、女红、音乐无一不精,如今刚刚长成妙龄少女,就作出这首高水平的联句。

鱼幼微深受触动。对于爱诗的人来说,诗歌永远是一帖缓解心病的灵药。尽管三姐妹联句中"绣床怕引乌龙吠,锦字愁教青鸟衔。百味炼来怜益母,千花开处斗宜男。鸳鸯有伴谁能羡,鹦鹉无言我自惭"的诗句赤裸裸地抒发对爱情、婚姻乃至生育的向往,让鱼幼微不由得联想到自己的痛苦经历,但诗文本身的纯美仍然令她欢喜。

"浪喜游蜂飞扑扑,伴惊孤燕语喃喃。偏怜爱数蟢蛛掌,每忆光抽玳瑁簪。烟洞几年悲尚在,星桥一夕帐空含。窗前时节羞虚掷,世上风流笑苦谙。独结香绡偷饷送,暗垂檀袖学通参。须知化石心难定,却是为云分易甘。看见风光零落尽,弦声犹逐望江南。"

三姐妹暗地里已在垂下檀袖,练习与未来婆家人见面的礼仪,只是还没有如意郎君上门提亲。联句的每一个字都流溢着三姐妹思春恨嫁的迫切心情。

鱼幼微不由得露出苦涩的笑:"纵然嫁给真心相爱的郎君,也未必能幸福……"然而,她随即把自己的心事搁置一旁,提笔给光、威、哀三姐妹写了一首次韵诗,表达真诚的感佩和祝福之意:

昔闻南国容华少,今日东邻姊妹三。
妆阁相看鹦鹉赋,碧窗应绣凤凰衫。
红芳满院参差折,绿醑盈杯次第衔。
恐向瑶池曾作女,谪来尘世未为男。
文姬有貌终堪比,西子无言我更惭。
一曲艳歌琴杳杳,四弦轻拨语喃喃。
当台竞斗青丝发,对月争夸白玉簪。
小有洞中松露滴,大罗天上柳烟含。
但能为雨心长在,不怕吹箫事未谙。
阿母几嗔花下语,潘郎曾向梦中参。
暂持清句魂犹断,若睹红颜死亦甘。
怅望佳人何处在,行云归北又归南。

鱼幼微想象着这首次韵诗经朋友之手传回京城,送进光、威、哀三姐妹闺房的画面,忽然产生一种强烈的冲动:回长安。

长安没有李亿，也不再有新昌坊那个甜甜蜜蜜的小家庭，可是有鱼幼微所熟悉的诗坛，有很多志同道合的朋友。在那个圈子里，"鱼幼微"代表着她存在的价值，而不是匍匐在李夫人脚下的一个"贱妾"。

　　不过幼微依旧割舍不下李亿。毕竟，他每隔几天总要来和她团聚一次；每次相会，他对她还是怜爱有加；在物质生活上，他也从来不曾亏待她……

　　"我与子安终究有多年的缘分，情深义重……"幼微拼命把"李亿"这个名字推回心门，用回忆把门闩好。假如放任李亿离开自己的心，承认这段感情失败，也意味着否定自己的过往。而那是一段多么认真努力走过来的"过往"啊！怎能轻言放弃？

　　她不能。

决裂：何必恨王昌？

咸通六年秋季的某一天，李亿抽空来幼微住所小聚。幼微和他谈论静海军节度使高骈大破蛮军、收复安南府的新闻，精神大振。李亿陪她说笑一阵，慢慢收敛笑容，向她说明此行的另一个重要目的："蕙兰才名远播，自然是极好的事，我也与有荣焉。不过……"

李亿说，李夫人的娘家亲属从长安来探亲，告诉他们一件令人大为光火的传闻。起因在于幼微写给温庭筠的那首诗——《冬夜寄温飞卿》。由于诗中有"不眠长夜怕寒衾""幽栖莫定梧桐处"之类的词句，导致无聊路人想入非非，猜测鱼幼微与温庭筠关系暧昧，渐渐编派出五花八门的香艳故事。

"我当然不信。可是……"李亿皱皱眉头，用一种语重心长的口吻告诫幼微，"今非昔比。我即将回京升任补阙一职，飞卿亦在京中任国子监助教。我与他又是好友。倘若传出'闺门德行有亏'之类的不雅传闻，对大家都有害……"

幼微突然觉得，面前这个李亿不是自己所熟识的李亿。自始至终，他没有站在幼微的立场说过半句话。幼微可能被夫人陷害，蒙受冤屈，伤心愤慨……这些对于李亿而言都是无关痛痒的小事。他关心自己的名声和仕途，连一个安慰的字都忘记敷衍幼微了。

"因为他习惯于我在乎他、为他忍让。我做什么都是应该做的，他不会感激，自然也不会体贴我、心疼我……这竟然是我为之倾注七年心力，曾经以为海枯石烂、永不变心的爱情……"是夜，鱼幼微辗转难眠，抑制不住失望的眼泪。

同一个夜晚，某户邻居家的妇人也在彻夜哭泣，一边嘤嘤啼哭，一边自怨自艾地数落着什么。民宅并不隔音，鱼幼微想不听都不行。折腾到下半夜，她渐渐明白了事情的起因：那位妇人也是人家的外宅小妾，侍奉男主人十年。近来，主人喜新厌旧，支付一笔赡养费后宣布与妇人了断关系，不复相见。妇人对主人却是一片真情，不甘心被弃，三番五次携带主人给予的财物去大宅求见，恳请退还赡养费，与主人复合，都吃了闭门羹。今天，主人嫌她拖泥带水的太麻烦，竟命奴婢持烧火棍把她当街一顿痛殴，以断绝她的痴心妄想。

"我与子安会走到这步田地吗？万一走到这一步，我又该如何处之？"鱼幼微听着自己的心"刺刺"地撕开一道道细微的裂缝，眼泪湿透了枕头。

幼微一连消沉了几天。李亿看似毫不知情，幼微也没有对他剖白心迹，潜意识里存在一种恐惧，担心"打开天窗说亮话"会引出自己无法承受的变数。

未几，李亿又一次渡江来小宅团聚，照例留宿一晚，与幼微同寝，并要求幼微次日陪他同去一位官场朋友家赴宴。他说，宾主大多是幼微认识的人，宴席不会拘谨，请幼微放心。

陪同丈夫赴宴算是当时小妾的一项职责，也可以说是男主人赐予小妾的一份殊荣，尤其在正室夫人因故不能出面应酬的情况下。在那个年代的人们看来，小妾对此应该感恩戴德，引以为荣。不过，鱼幼微仍然希望李亿是对自己的失误有所醒悟，特地用这种方式致以歉意。

事实看起来也是如此。出门做客之前，她对镜梳妆，李亿从背后抱住她，把脸贴在她耳边，口中念念叨叨："蕙兰，我想你想得极苦。我离不开你……真的……"

大概正是念及这一点，鱼幼微在宴席上尽职尽责地扮演李亿红颜知己的角色，没有流露出任何异常的情绪。这一天，李亿的朋友们所看到的，是他们见过的最美的鱼幼微，艳如桃李，顾盼神飞，出口成章。李亿被众人的啧啧称羡声包围，端着矜持的微笑。

幼微忽然感到，自己只不过是给李亿增长面子的装点。这是周围这些人所认为的"鱼幼微"存在的意义，却不是她真正想要的生活。

主人家的爱妾邀请幼微到偏房叙谈。她去应了一阵景,到底还是惦记李亿,担心他饮酒过度伤身,托故出来打探情况。

正堂之上,众人推杯换盏,鼓乐喧阗,宴乐正酣。有人在对李亿说醉话:"……圣人云,唯女子与小人难养也。子安却能将一对娇妻美妾玩弄于股掌之间,让她二人使出浑身解数,争先恐后取悦夫君。谁是赢家?子安才是真正的赢家!哈哈哈……"一群人在旁边起哄,要求李亿传授经验。

鱼幼微在廊上听见这段话,顿时怒发冲冠。她蹑手蹑脚靠近正堂,把视线转向李亿,偷窥他的反应。不止鱼幼微,李夫人作为"人"的尊严也在遭受无聊男子明火执仗的践踏,李亿应该立即予以严正的反击。

然而,李亿只是微笑着品酒,故弄玄虚,稍后才做出回答:"呵……在妇人之间周旋哪有诸位所说的那般困难?不外乎让她们各展其长。对于她们的好处,男子及时予以褒奖,足矣。呵呵……"

幼微仿佛被打了一记耳光,脑袋嗡嗡作响。正堂内,旁人又问李亿:"子安将回京高就新职,听说本地同僚将以美婢一名相赠,作为离别纪念。子安想必来者不拒了?"

"不,并非来者不拒……"李亿笑答。众人,包括躲在外面偷听的鱼幼微,全部屏住呼吸,静等下文。

"是却之不恭。"随着李亿解开悬念,正堂内爆出一片狎邪的大笑:"哈哈哈……恭敬不如从命……"

鱼幼微如同跌进了冰窟,全身发抖。无边无际的寒凉渗入骨髓,侵蚀心房,吞噬血肉,啃得她只剩外面那层躯壳,艳丽而虚弱,只要从心脏的碎屑里发出一声自嘲的嗤笑,就可以把自己吹倒。

也许这是李亿隐藏至今的本质;也许他本性并非如此,而是近墨者黑,性情变化。但无论如何,这就是鱼幼微曾经爱恋至深的男人。现在的他,虚伪,视女性为玩物,对幼微的感情已经变质,散发着令人作呕的腐臭气。这样的李亿,还值得鱼幼微一生相随吗?

幼微不辞而别,机械地迈动麻木的双腿,如行尸走肉般,一步一步挪回住所。可是她没有哭,一滴泪也掉不下来。大概是因为前几天,她已经把带有"李亿"烙印的眼泪流干了。

李亿找不到幼微,从主人守门家奴那里获悉她已提前离开,感到大伤颜面,散席后他到小宅质问幼微是不是生病糊涂了?为什么突然行为失常,不遵守社交礼仪、不照顾丈夫的体面?

幼微泥塑木雕似的坐在书案前,不置一词。李亿看出她身体无恙,越发恼怒,丢下一句话:"你且痛切反省,过几日清醒了再谈!"悻悻而去。

院门被李亿摔开又摔合,"吱吱呀呀"地叫唤,间隙里传出他半高不低的话音:"娘子所言不虚,教养是与生俱来的……"他所说的"娘子"是指正室夫人,整句话是对鱼幼微的威吓。

"哼！恩威并用，想必也是他驾驭妻妾的一种手段。"幼微冷笑。

墙外，邻家妇人又开始哭泣。鱼幼微可怜她，怜惜自己，甚至也可怜李夫人。她们都想得到一个赤诚专情的伴侣，但在这个世间，要实现这一点渺小的愿望，真是比寻觅无价之宝还难。

那么，鱼幼微应该何去何从？是像邻家妇人一样夜夜泪湿枕巾，伤心断肠；像李夫人一样把宝贵的才智用于和丈夫的其他女人做斗争；还是稀里糊涂地在李亿的麻醉中混下去，继续做他的花瓶和宠物？

"不！"这些都不是鱼幼微想要的。她不寒而栗，喊出声来。

烛火摇曳，焰心浮现出一个卖酒女子的面容。她向幼微嫣然一笑，又转身心无旁骛地吆喝生意。幼微认出她是杜牧笔下的张好好。

张好好是杜牧在江西观察使沈传师手下做幕僚时结识的歌伎，具备"翠茁凤生尾，丹叶莲含跗"的风姿和"众音不能逐，袅袅穿云衢"的歌艺，深得沈传师欣赏，与杜牧多有来往。后来，经由沈传师做媒，张好好做了他的弟弟、著作郎沈述师的小妾。从此，"洞闭水声远，月高蟾影孤"，张好好与杜牧等旧友不通音问。不料，两年后，"洛城重相见，婥婥为当垆"，杜牧竟然在洛阳东城的一家酒肆与张好好重逢，得知她与丈夫断绝关系，以当垆卖酒为生。杜牧怜悯张好好，怀念她"玉质随月满，艳态逐春舒。绛唇渐轻巧，云步转虚徐"的往昔。张好好却泰然自若，反过来关心杜牧："你这几年遭遇了什么难事，以至于青春年少就长出了白胡子？"

在杜牧看来，张好好是失意的；但在张好好看来，如果依附丈夫的代价是屈辱和不自由，那么，为了主宰自己的命运，当垆卖酒也无妨。

鱼幼微目光灼灼，头脑前所未有的通透明亮，一眼洞穿十六圈年轮，重新看见童年时代的理想：做诗人，住进长安城。这是她在大中六年（852）惊悉杜牧逝世消息后树立的目标，简单、纯粹、真实。爱情也应该如此快意才对。世间又不止李亿一个男子。对于值得的人，当然可以主动追求，即使是战国时期美男兼才子宋玉这样的佳公子，也并非高不可攀。反之，对于不值得的人，何必苦苦攀缘？

由他去吧！鱼幼微就应当作为"鱼幼微"这个大写的人，独立自主地生活，对待爱情也应该如此。

羞日遮罗袖，愁春懒起妆。

易求无价宝，难得有心郎。

枕上潜垂泪，花间暗断肠。

自能窥宋玉，何必恨王昌。

鱼幼微写下一首《赠邻女》，赠予邻家妇人，与之共勉。

当李亿收到这首宣示决裂的诗，匆忙渡江赶到小宅时，宅中已是人去楼空。街坊邻居告诉他，"鱼娘子"已经动身好几天了，看样子是要做一次远行。

鱼幼微离开鄂州后，没有直接北上，而是往东绕了一大圈，躲避李亿的追踪。她游历各处名胜古迹，作了一首怀古诗《浣纱庙》：

吴越相谋计策多，浣纱神女已相和。

一双笑靥才回面，十万精兵尽倒戈。

范蠡功成身隐遁，伍胥谏死国消磨。

只今诸暨长江畔，空有青山号苎萝。

"只今诸暨长江畔，空有青山号苎萝。"鱼幼微彻悟：历史上杰出的人物也无法阻挡历史的洪流。一个李亿算什么？他和千千万万普通人一样，都不过是浮云朝露。在时代的浪潮中，他们最终将是无人问津的沉渣。

鱼幼微与长安旧友重逢，大约是在咸通七年的春天。但朋友们所见到的，已不再是"鱼幼微"，而是咸宜观女道士"鱼玄机"。

关于鱼玄机披戴入道的原因有各种猜测。有人说她不能为李夫人所容，被李亿遣送至咸宜观；有人说与李亿无关，是她本身"志慕清虚"，基于虔诚的宗教信仰，自主选择的结果；也有人说，是因为李亿对鱼玄机"爱衰"，致使后者灰心入道。以上推测或许都有一定的道理，然而，我们不能忽视鱼玄机在《和人》一诗中透露的信号。

茫茫九陌无知己，暮去朝来典绣衣。

宝匣镜昏蝉鬓乱，博山炉暖麝烟微。

多情公子春留句，少思文君昼掩扉。

莫惜羊车频列载,柳丝梅绽正芳菲。

——由"暮去朝来典绣衣"一句可以看出,鱼幼微似乎在离开李亿之后经历过一段经济窘迫的时光,要依靠典当"绣衣"补贴生活开支。当年,她用李亿赠予的濠州钟离郡土贡丝布、越州会稽花纱做的锦绣嫁衣想必也在此列。她把"绣衣"送进"质库",也就从自己的世界里干干净净地抹去了李亿。尽管李亿已回京就任"补阙",前程似锦,鱼幼微也不肯再攀附他了。

只是精神上的自我解脱无助于改善经济状况。此时,鱼幼微忆起罗浮山道士轩辕集,他享有的自由正是她一直以来所憧憬的。"女道士"还是当时女性所能从事的为数不多的独立职业之一,可以赖以谋生。在唐代的社会环境中,鱼幼微选择入道,其实就是选择一种自由的职业女性生涯,完全放弃对于家庭或某个男人的依赖——至少她愿意为此努力奋斗。

> 大江横抱武昌斜，鹦鹉洲前户万家。画舸春眠朝未足，梦为蝴蝶也寻花。烟花已入鸬鹚港，画舸犹沿鹦鹉洲。醉卧醒吟都不觉，今朝惊在汉江头。
>
> ——《江行》·鱼玄机

第四篇 自由与孤独

毅然斩断过往，鱼幼微变身女冠诗人鱼玄机，奔向自由广阔的新世界。她在诗坛崭露头角，也没有放弃对爱情的追求。不过，温存总嫌短暂，孤独才是永恒。

昙花一现：如何做得双成？

咸通七年春，鱼玄机与温庭筠在咸宜观会面。这一天，距离上一次相见，又过去了三年。看着头戴平冠、身披黄帔的新入道女冠鱼玄机，温庭筠有些伤感，眼神酸楚。当初他诚心诚意撮合李亿和鱼幼微，希望给幼微一个美满的归宿，不料结局竟是劳燕分飞，昔日爱侣同住一城，却永不相见。

况且，近些年，"女道士"在世人眼中并不是一种名誉的职业。很多女道士浓妆丽饰，生活奔放，感情世界五彩斑斓，公开接受交往对象的资助或馈赠，因而被世人视作交际花、高级暗娼。鱼玄机毕竟是温庭筠的忘年知交，俨然已成为他人生不可剥离的一部分，他不喜欢自己的这个"部分"被世人指指戳戳。

鱼玄机对温庭筠报以豁朗淡定的微笑，告诉他自己现在过得很好，能够与各种风雅有趣的人物自由交往，其中包括不少新科进士。她和他们一同谈诗论文、吟风弄月、养生修道……还应丧家之邀作诗悼亡，收入来源很多，足以支撑一份宽裕的生活。她甚至有能力从穷凶极恶的牙人手里买下一名叫作绿翘的可怜少女，将其从饥寒交迫的苦难深渊中解救出来。

鱼玄机怜爱地看着绿翘忙进忙出的健朗身姿，带着一种满足感对温庭筠说，今日谁也想象不出绿翘当初抱着头躲避牙人的殴打，向偶然路过的她哭喊"炼师救命"的羸弱模样。

温庭筠听过别人传唱鱼玄机的近作，如《代人悼亡》《和新及第悼亡二首》等诗。从"曾睹夭桃想玉姿，带风杨柳认蛾眉。珠归龙窟知谁见，镜在鸾台话向谁。从此梦悲烟雨夜，不堪吟苦寂寥时。西山日落东山月，恨想无因有了期"到"仙籍人间不久留，片时已过十经秋。鸳鸯帐下香犹暖，鹦鹉笼中语未休。朝露缀花如脸恨，晚风欹柳似眉愁。彩云一去无消息，潘岳多情欲白头。一枝月桂和烟秀，万树江桃带雨红。且醉尊前休怅望，古来悲乐与今同"，温庭筠惊叹鱼玄机的诗作已升华至一个全新的境界，如今得知她能凭借诗才安身立命，略觉宽慰——女诗人鱼玄机终究鹤立鸡群，那些庸脂俗粉的普通"女道士"不能和她同日而语。

温庭筠和鱼玄机谈论三年来各自的情况。鱼玄机说她很欣慰，不但广交新朋，长安、山西、鄂州的旧友也不曾遗忘她。

鱼玄机并非打肿脸充胖子。譬如山西泽州人左名场，获悉她离开李家，遁入道门，便来信安慰，鼓励她谱写新的人生篇章，并赠送她黄精。黄精是一种富含淀粉和糖分的植物，可替代谷物食用，也可入药。道家辟谷，不食谷米，将黄精视为仙粮食用。鱼玄机说，细数起来，她和左名场并没有多长时间的交情，况且当时她还是李亿的妾室，也不可能与左名场有单独、深入的交往，左名场却能做到这个地步，实在难能可贵。

而对于温庭筠炫耀自己将于今年十月主持国子监秋试，言下踌躇满志，扬扬得意。鱼玄机却感到一丝不安。月盈则亏，水满则溢，温庭筠总是在自以为"春风得意马蹄疾"的时候摔落马下，而他好像永远也记不住那些头破血流的教训。

会面结束，鱼玄机送温庭筠步出咸宜观的山门，再陪他离开亲仁坊，沿着槐树成荫的街道向温宅走去。

大街上，有一队人马从皇城方向行来。他们的出行排场也与中央各大官署云集的皇城相匹配：配置有清道者二人，㦧弩一骑，青衣六人，车辐六人，革路驾士十四人。仪仗包括刀、榛、弓、箭、槊各五十具，信幡、诞马各四具，仪刀十四具，朱漆团扇、夹槊各二具，繖、曲盖、节各一，幡竿长丈。声势赫赫，众星拱月，只簇拥着一人，一位身材高挑、相貌堂堂的美男子。

温庭筠看清那人的长相，背过身，悄悄朝地上啐了一口，咕哝道："呸！巴结阉人、卖身求荣之辈，斯文败类，我所不齿！"

美男子原来是当朝门下侍郎、同平章事杨收。鱼玄机没有理会温庭筠的愤言愤语。她望着杨收的背影，露出欣赏的笑容。那不仅是一位丰神俊朗的男子，更是十三岁即通晓经义、擅长文咏，人称"神童"的大才子，观之悦目娱心。不是吗？这个世道，男子理所当然地把女性视为美好的事物加以欣赏，甚至玩弄，女子为什么不能以平等的视角欣赏男子？这不公平。

鱼玄机猜测，温庭筠对杨收大概也有一点嫉妒心理。杨收二十六岁进士及第，仕途顺风顺水，历任监察御史、京兆长安县令、翰林学士、中书舍人、翰林承旨，四十多岁便官拜同平章事，实际获得宰相的权位。与之相比，温庭筠可谓寒酸落魄，已过知天命之年，仍担任国子监助教，品秩仅为从六品上。

杨收与天子亲信宦官杨玄价联宗是事实，但鱼玄机认为，杨收侍奉这样一个宠爱宦官的天子，恐怕也有难言的苦衷。杨收于咸通六年建议朝廷设置"镇南军"，屯兵积粮，支援岭南各军击溃南诏、收复交趾城，为国为民立有功劳，这也是事实。鱼玄机相信，至少蔡袭、元惟德等安南殉国将士会为杨收记一功。

在很多问题上，她的思考与温庭筠渐行渐远。她不由得为此心生惆怅。原以为是一生的朋友，却也有产生分歧，乃至缘尽的一天。

鱼玄机珍惜友情，希望那悲哀的一天永远不要到来。可是，那些出现在她生命中的人，总难免来来去去。有的人曾经牵手，但走着走着就散了，例如李亿；也有人陌路相逢，存下一笔隐秘的好感，在后来某个意想不到的时间点突然提现。

咸通七年春三月，鱼玄机在朋友口述的新闻里听见一个熟悉的名字：刘潼。

当年三月戊寅，天子任命河东节度使刘潼为西川节度使。依照惯例，刘潼在赴任前进京朝觐天子，将在长安短期逗留。

这条新闻勾起鱼玄机对山西生活的回忆。对于"李亿"这个名字，她已无悲无喜。但是，对于刘潼给予的鼓励和照顾，她铭记于心，无法忘怀。她作了一首题为《寄刘尚书》的叙旧诗，托朋友转交刘潼。

八座镇雄军，歌谣满路新。

汾川三月雨，晋水百花春。

囹圄长空锁，干戈久覆尘。

儒僧观子夜，羁客醉红茵。

笔砚行随手，诗书坐绕身。

小材多顾盼，得作食鱼人。

——鱼玄机用这首诗表达对刘潼的激赏和感谢之意，并不指望收到回音。然而，出乎她的意料，刘潼很快送来回信，约她会面。

分别一年，刘潼基本没有变化，"鱼幼微"却不见了，取而代之的是一名女道士。鱼玄机预想，刘潼也许会流露出惊讶的神色，询问她入道原因。可刘潼只是神态安详地目视她入内、行礼、请她落座、品茶，不动声色地与她寒暄，连"李亿"两个字都不提，仿佛他一早认识的就只有女道士鱼玄机。

闲散身无事，风光独自游。

断云江上月，解缆海中舟。

琴弄萧梁寺，诗吟庾亮楼。

丛篁堪作伴，片石好为俦。

燕雀徒为贵，金银志不求。

满杯春酒绿，对月夜窗幽。

绕砌澄清沼，抽簪映细流。

卧床书册遍，半醉起梳头。

刘潼吟诵着鱼玄机入道后的诗作《遣怀》，轻笑道："炼师如今所过的，是李太白《下途归石门旧居》中描绘的道家生活，'何当脱屣谢时去，壶中别有日月天'，游山玩景，读书自娱，既可悠闲清静，又可笑傲风月，着实令人歆羡。"

鱼玄机莞尔一笑："也有百无聊赖的时候。所谓'霞彩剪为衣，添香出绣帏。芙蓉花叶密，山水帔裙稀。驻履闻莺语，开笼放鹤飞。高堂春睡觉，暮雨正霏霏'。"这是她另一首描写女冠日常生活的诗作——《寄题炼师》。

刘潼打趣道："还有兴冲冲拜访道友，却败兴而归的时候。'何处同仙侣，青衣独在家。暖炉留煮药，邻院为煎茶。画壁灯光暗，幡竿日影斜。殷勤重回首，墙外数枝花'，对吗？"估计刘潼一直在默默留意鱼玄机的境况，居然流利地背诵出鱼玄机前天刚写的新作《访赵炼师不遇》。

鱼玄机迎上他和煦的目光，大中十二年在鄠杜老家与李亿对坐浴足、眉目传情的那种感觉恍惚又回来了。但也不完全相同，现在的她已是"曾经沧海"，见惯大风大浪的刘潼更不必说，都不会盲目地为异性而心跳。但这种沉淀后的情愫比初恋更令人安心。

鱼玄机和刘潼不约而同地笑出声来,一同回忆太原旧事,谈论左名场等山西旧友的近况。

自此,他们展开一段交往。这段感情出奇地默契,两人的相处状态既像一对相濡以沫的老夫老妻,又像如胶似漆的新婚夫妇。刘潼批阅公文,鱼玄机必定坐在一旁相陪,安静地读书、写诗,也帮刘潼研墨、铺纸,无须刻意察言观色,时机总是把握得恰到好处,不早一分,不晚一秒,准点卡在他需要的时刻。

刘潼让鱼玄机先就寝,不必辛苦久等,她只是微微一笑,从红泥小火炉上端起铜铫,给他的瓷盏倾入滚热的牛乳,轻声说:"尚书尚且不惧辛苦,我又有什么辛苦的?"

闲暇时分,他们相携出游,去过长安近郊山中一个名叫"隐雾亭"的地方,想在那里做几天神仙眷侣。到了那里才发现居室狭小,而且只有一张小榻。

鱼玄机笑说:"我还是去隔壁睡了。"刘潼伸手把她的帔子一拉,缓缓摇一摇头,制止道:"不必。"

鱼玄机嗔道:"那要如何?一起睡这张小榻?"

刘潼也笑:"呵呵,有何不可?莫非你嫌挤?"

"我倒是不嫌。"鱼玄机稍微使劲,拖拽帔子,作势要挣脱他的手,"只怕你嫌挤,要埋怨我的。"

刘潼不露形迹地加力,不放她脱身,正色答道:"我不嫌。"

他们果真在一张小榻上挤了几晚,还特意命奴婢把小榻搬到珠帘下,方便睡前观赏山景。

夜里,两人相拥眺望远山,可以不说一句话,便觉得日子丰盈充实,衾被也是多余的,只要一同枕着星辉、盖着月光,就足够了。

在这里,鱼玄机写下了《题隐雾亭》:

春花秋月入诗篇,白日清宵是散仙。

空卷珠帘不曾下,长移一榻对山眠。

倘若赵炼师等道友派人来请鱼玄机过去做客,她就浅笑着望向刘潼。刘潼必定报以淡定的微笑,不紧不慢地吐出一句话:"你还是不去了吧!"鱼玄机就真的会婉言谢绝邀请。

两个人都想争分夺秒地与对方厮守。他们很清楚,这朵姗姗来迟的爱之花不可能结出果实,花期也十分短暂,仅能在刘潼逗留长安的那段时间盛开,待刘潼赴任西川,就会枯萎。

妨碍这朵爱情之花长开不败的,不是地理上的距离,不是恶劣的交通和通信条件,而是这个世界固有的秩序和规则。女道士有还俗结婚的自由。例如唐玄宗时期,杨贵妃、歌舞伎马凌虚都是以出家入道为过渡,"洗白"旧日身份,再还俗嫁人。但是,以刘潼的身份、家庭背景及社会关系,无法给予鱼玄机所需要的自由和尊严。

鱼玄机也明白,自己与刘潼社会地位悬殊,生活环境迥异。在经历了那段失败的初婚、品尝做妾的屈辱之后,她守护个人自由与尊严的决心变得无比坚定。而她也无权要求刘潼为爱情放弃其他，或者对她负什么责任。刘潼也好，别的男子也好，都没有这个义务。在这种情况下，假设她与刘潼成亲，结果未必比和李亿好多少。

两人心照不宣地避谈未来，只享受当下，把一个月当成一辈子来过。鱼玄机用生命浇灌那朵长在自己和刘潼心里的爱之花，让它怒放到血肉交融。花期一过，他们又果断地把它连根拔起，拒绝因昙花一现而哀伤心碎。

刘潼离京赴任那一天，鱼玄机默然写下一首《寓言》，赠给他作为分别纪念：

红桃处处春色，碧柳家家月明。

楼上新妆待夜，闺中独坐含情。

芙蓉月下鱼戏，蝴蝶天边雀声。

人世悲欢一梦，如何得做双成？

刘潼默诵良久，迟迟不肯开口道别，等他打破沉默，好像已熬过漫长的余生。

"我记住了。"刘潼貌似豁达地笑笑，"至于你，炼师，你永远是自由的，可以记得我，也可以忘记我……"

刘潼停下来整理情绪，但鱼玄机还是从他接下来说出的五个字里听出几许怆然："请珍重……蕙兰……"

他居然叫出鱼玄机的旧名。或许这竟是他的夙愿？第一次叫出口，却也是最后一次，就此了却一段情缘。

鱼玄机潸然泪下。俄顷,她咬一咬牙,强笑道:"也请尚书珍重……"

"人世悲欢一梦,如何得做双成?"——自咸通七年春分别,鱼玄机与刘潼再也没能重逢。

无路接烟波

"吴江女道士,头戴莲花巾。霓衣不湿雨,特异阳台云……"咸通七年初夏的某一天,一位衣冠楚楚的中年男子在咸宜观西邻宅院门口背诵《江上送女道士褚三清游南岳》。

鱼玄机刚刚做完诵经念咒的早坛功课,携绿翘出门散步游逛,听见有人诵读李白这首赞美女道士褚三清的诗,声韵清朗,不由得展眼仔细看他。

男子立即别过脸,避免和鱼玄机打照面,可是又不肯走开,负着手在门口来回踱步,继续背诵:"……足、足下远游履,凌波生、生素尘。寻仙、仙向南岳,应、应……呃呃呃……"还加大了音量,只是口齿忽然变得磕磕巴巴,似乎有些紧张。

扑哧!鱼玄机暗暗发笑。她认得这位"西邻"——苏州松江人李郢,生得一表人才,大中十年进士,曾充任藩镇幕僚,现任侍御史，听说不好女色，禅心寂定，与妻子琴瑟和谐，业余爱好只是钓鱼而已。他对达官贵人广置媵妾、炫耀于人的做法很反感，写过《题水精钗》一诗，用"人间更有不足贵，金雀徒夸十二行"来讽刺这种穷奢极欲的生活方式。

最近，李郢修缮了位于咸宜观以西的这座私宅，举家迁入定居。但他并不是鱼玄机的朋友。对于咸宜观的女道士们，李郢向来敬而远之，出入绕道而行，一年到头也不会路过咸宜观大门一次，偶然碰面也总是爱答不理的。

鱼玄机并不相信李郢毫无欲念。她读过李郢所作的《张郎中宅戏赠二首》：

薄雪燕蓊紫燕钗，钗垂簏簌抱香怀。

一声歌罢刘郎醉，脱取明金压绣鞋。

谢家青妓邈重关，谁省春风见玉颜。

闻道彩鸾三十六，一双双对碧池莲。

她觉得，李郢在这两首诗中以细腻香艳的笔触描写张郎中倚红偎翠的生活，实则暴露出他本人对艳遇刺激的渴望。

不过，既然李郢以清高自许，端着架子，鱼玄机也不想浪费自己的礼貌和热情，便假装不认识，径直从他身边走过。

俄而，她感觉脊背微热，有两束欲说还休的目光在追逐着她的背影。

"应、应……"李郢好像没有记住《江上送女道士褚三清游南岳》的最后一句,吭哧好一会儿仍然未能背出。

"应见魏夫人。"鱼玄机猛地转过身,对上李郢的正脸,替他接上这一句,"看来,侍御史也想效法李太白,与女冠往来酬唱了吗?"

"啊!"心事被揭穿,李郢吓了一大跳,羞愧得满脸通红。

鱼玄机看出他内心纠结,既想与自己结交,又顾着面子,羞答答不敢直接表白,试图用这种含含混混的方式引起她的关注。她也不进一步戳破,抬手指一指咸宜观的门,含笑问道:"侍御史可知我今日步出咸宜观西门之际,在想什么吗?"

李郢茫然摇头。

鱼玄机掩口轻笑:"呵呵!我还能想什么?除了诗,还是诗。当时,我在心中默诵汉乐府《西门行》——'出西门,步念之。今日不作乐,当待何时?夫为乐,为乐当及时。何能坐愁怫郁,当复待来兹……'唉……"她佯装记不清下半首,轻扬柳眉,向李郢请教:"接下来是什么呢?我昏聩,竟已不忆,请侍御史指点迷津!"

一来二去,李郢忐忑的心情有所放松,虽然仍有些结巴,到底给出了回答:"饮醇、醇酒,炙肥牛,请呼心所欢、欢,可用解愁忧。人生不满百,常怀、怀千岁忧。昼短而夜长,何不、何不秉烛、游、游……"

"多谢侍御史指教!侍御史不愧为大中十年进士,饱读诗书,学富五车。"鱼玄机适时打断他的背诵,"我正好备有醇酒、炙肉,愿与侍御史分享,以表谢忱。不知侍御史可否赏光?"

她觉得李郢很有趣,况且才貌俱佳,和这样的男子相处倒是一种享受,不妨交往试试。可是她坚决地回避"秉烛夜游"相关话题,暂时把李郢控制在"普通朋友"的界限之内。

她就像一块磁铁,李郢内心还在挣扎,身体已被她牵引,随她步入咸宜观。

鱼玄机吩咐绿翘摆酒传菜,自己亲手在红泥小火炉上温酒,用长柄银勺为李郢斟酒。

"有劳炼师了……"饮过两盏"阿婆清",李郢的神经基本松弛下来,口舌恢复日常的流利,对于鱼玄机周到的照应有点过意不去,"某两手空空而来,无功受禄,惶恐之至。"

鱼玄机抬起眼皮,认真地看他:"方才我就有言,这一席酒是报答侍御史教授我《西门行》之恩,岂有无功受禄之说?我这院子尽管简素,也不轻易给外人酒肉吃。换作那胸无点墨、不学无术之辈,根本进不了我的院子。倘若侍御史觉得我的谢仪太重,那么,也赠我酒肉如何?"

她顺着话风提出,李郢的私宅刚刚旧貌换新颜,不啻乔迁新居之喜,李郢本人也作诗庆贺此事,自己愿意作诗唱和,请李郢回赠南方名酒"乌程若下"。

她也不用纸笔,拔下银簪,蘸酒在桌面上书写:

一首诗来百度吟,新情字字又声金。

西看已有登垣意,远望能无化石心。

河汉期赊空极目,潇湘梦断罢调琴。

况逢寒节添乡思,叔夜佳醪莫独斟。

李郢赞叹不已,又小心翼翼地指出:"炼师似曾为情所伤。"

鱼玄机微笑不语,取出温庭筠当年赠送给她的古琴,弹奏了几支曲子。她的琴艺未必有多高明,妙在渗透着真情实感,李亿、刘潼……一一从指间穿过,每一段旋律都是一段心事。李郢听得如痴如醉。

鱼玄机奏出最后一个音符,两颗晶亮的泪珠突然从眼角滑落,在琴弦上碎开,结束了这场演奏。

假如晨露在花瓣上盈盈欲坠,花儿会显得更加娇媚,犹如此刻李郢视线中的鱼玄机。

李郢慌乱地立起身,手足无措,焦急的目光投注到鱼玄机身上,把她脸上的泪都烘干了。鱼玄机朗声大笑:"哈哈哈!那些事都过去了!"

笑声一落,她重新调弦抚琴,吟唱李商隐的两首诗:

偷桃窃药事难兼,十二城中锁彩蟾。

应共三英同夜赏,玉楼仍是水精帘。

沦谪千年别帝宸,至今犹谢蕊珠人。

但惊茅许同仙籍,不道刘卢是世亲。

玉检赐书迷凤篆,金华归驾冷龙鳞。

不因杖屦逢周史,徐甲何曾有此身。

唐文宗大和年间，李商隐与女冠宋华阳姐妹交往，据说曾有过一段恋情。李商隐为她们作《月夜重寄宋华阳姊妹》《赠华阳宋真人兼寄清都刘先生》，便是鱼玄机对李郢唱的这两首诗歌。她点到即止，没有做出更多的表示，只给李郢留出充足的遐想与行动空间。

李郢回家后，派奴婢给鱼玄机送来一坛"乌程若下"，并问她想吃哪种肉食？鱼玄机笑答："八水绕长安。现守着帝都八水，又正值夏季，有新鲜的鱼吃吃最好……"

未几，鱼玄机收到李郢亲手钓起的鲜鱼。她用这些鱼做了"切脍"——生鱼片，邀请李郢来咸宜观一同分享。

李郢欣然前往，但言行依然规规矩矩，不敢逾越"普通朋友"的界限。这种稳重、自持的品格让鱼玄机感觉自己受到了尊重，增添了对李郢的好感。

进餐过程中，两人之间滋生出一种异样的空气，就着切脍一起咀嚼，和调味料里的橙丝一样散发酸甜清爽的味道，从舌尖开始，逐渐渗透全身每一个毛孔。

鱼玄机大赞李郢钓鱼技术高超。李郢想要开口，未语脸先红，磨蹭了一会儿，嗫嚅着回应："炼师若能爱上今夏的新鱼，便不会再为旧味而神伤——守着鱼竿时，我就是这样思量的。"稍停，又鼓足勇气补充道："这，是我的……心愿。"

他话里有话，明指食物，实际上是对鱼玄机提出请求，希望她淡忘前尘旧梦，把握今日的良缘。

鱼玄机有些感动。李郢表白如此含蓄，是腼腆拘谨的个性使然。她能感知李郢的诚意，不想太为难对方。

鱼玄机在彩笺纸上写下半首《酬李郢夏日钓鱼回见示》，作为回答：

住处虽同巷，经年不一过。

清词劝旧女，香桂折新柯。

道性欺冰雪，禅心笑绮罗。

"侍御史同情我往昔的遭遇，我却羡慕侍御史蟾宫折桂，忠君报国，一展平生抱负！"鱼玄机笑出一丝苦涩。

李郢并没有注意这一点。他关注的是"道性欺冰雪，禅心笑绮罗"，鱼玄机似乎在开他的玩笑，嘲笑他过去孤高冷傲，不屑于和外面的女子亲近。

这算什么回应？究竟是接受，还是拒绝？

"炼师尚余一句未写。"李郢不好意思直接提问，只能抓着诗不放。

"哈哈哈！"鱼玄机仰头大笑，"侍御史不必性急。这收尾的一句，我尚未构思妥当，须得多吃几尾侍御史钓的鲜鱼才行。否则，再也写不出……"她看看李郢颓丧的表情，收敛起笑声，轻轻地补充："请允许我陪同侍御史一道去——有劳侍御史教我垂钓，如何？"

她云淡风轻的一句话瞬间抚平了李郢眉间的褶皱。

"求之不得。"李郢低声回答，整张脸又涨红了。

他们一起钓了几天鱼。每有战果,鱼玄机就回咸宜观做一两道菜,邀请李郢分享。切脍、烤鱼、鱼胙、鱼羹、含肚……把各种吃法都尝遍。李郢渐渐乐不思归,鱼玄机却出其不意地提醒他:"我给侍御史留着两尾活鱼,养在桶里,一直没有动。"

李郢不解:"为何?炼师一并享用了吧!"

"不……"鱼玄机淡淡地说,"侍御史应该给娘子带回去。你终归……是有妇之夫啊!'谢家生日好风烟,柳暖花春二月天。金凤对翘双翡翠,蜀琴初上七丝弦。鸳鸯交颈期千岁,琴瑟谐和愿百年。应恨客程归未得,绿窗红泪冷涓涓。'——你昔年写给娘子的《为妻作生日寄意》,我也有所耳闻,'鸳鸯交颈期千岁,琴瑟谐和愿百年',多好,多么令人羡慕。"

李郢一愣,略微感到内疚。他对妻子的爱情未能经受住时光的考验,也走到了审美疲劳、心有旁骛的今天。论才华,鱼玄机固然胜过妻子;论青春貌美,已是徐娘半老的妻子更无法与鱼玄机相比。

鱼玄机天生丽质,入道后潜心研修道教养生著作《黄庭经》,日常服用胡麻、柏叶、茯苓,保养有方,连温庭筠都惊叹她比少女时代更加明艳俏丽。之前,李郢读颜真卿《抚州临川县井山华姑仙坛碑铭》,对文中关于女道士黎琼仙坚持进补茯苓、胡麻,年届八旬仍乌发皓齿的说法半信半疑,但在认识鱼玄机之后,他就对此深信不疑了。

李郢有些惭愧:自己终究还是不能免于许多男人的通病——

喜新厌旧。在富有魅力的年轻女子石榴裙下，他的脚可耻地发软了。

李郢稍做沉默，由衷地感佩道："炼师真乃淑质英才，心地淳厚。"

鱼玄机果断地摇头："侍御史谬赞。我哪里有你说的这般好？我有时脾气很坏，呵呵……只是，同为女子，我能体谅你家娘子的心情。"

她是真诚的。经历过与李亿夫妇的那一段纠葛，尤其在看透李亿庸俗的本质之后，她对李夫人不再嫉恨，只剩怜悯，并由此及彼，对所有交往对象的妻妾，都怀有些许的怜惜之情。男人们与鱼玄机调风弄月，甚至打情骂俏、无所不为……他们的妻妾必须忍受这一切，否则就会被贴上"妒妇"的标签。换言之，鱼玄机和男友们风流快活、如鱼得水，是建立在这些女人的痛苦委屈之上的——每当想到这个现实，鱼玄机就想为她们做点什么。

当然，她不会为这些女子放弃自己追求男欢女爱的权利。那不是她的责任。当时的社会道德观无论是对她，抑或是对那些男子，也都不会做出这样的要求。

李郢不知所措，起身告辞。鱼玄机陪他步出咸宜观大门，一路无言，临别，突然往他手里塞了一纸彩笺，附耳叮嘱他在身边无人时方可过目。

鱼玄机心意已决，在自己主动提醒李郢要忠于妻子的情况下,如果他仍然不能压抑情欲,倒向咸宜观,那自己就和他一道信马由缰,纵情驰骋一场。

是夜,李郢翻了半夜的烧饼。他的内心是分裂的。一方面憧憬与鱼玄机进一步亲近,另一方面又舍不得把"道性欺冰雪,禅心笑绮罗"的道德外衣付之一炬。听着枕边妻子的呼吸,回想妻子因他带回两条鱼而喜形于色的惊喜,他也问心有愧。

挨到万籁俱寂的时辰,李郢到底控制不住自己,趁妻子熟睡,偷偷披衣起身,躲进书房,展开了鱼玄机给他的那张彩笺。两行娟秀的字体映入眼帘,灼得他眼睛一热。

"迹登霄汉上,无路接烟波。"鱼玄机终于向他揭晓了《酬李郢夏日钓鱼回见示》的最后一句。

"侍御史登临霄汉,犹如云上之人;我在人间,对你好似高山仰止,却注定追随无门。"鱼玄机出其不意,用这种夸张、谦逊的语言表示自己对李郢已有爱意,也隐晦地表达了自己对于男女情爱的态度:"你若无意,我只能无情;你若爱我,我愿报以火一般的炽热爱情。"

他们以一种曲折婉转的方式确认了彼此的心意,开启了一段恋情。

多情损少年

交往一段时间后,鱼玄机对李郢基本满意。李郢有缺点,例如那种别扭、矛盾的心态。但他也有很多优点,比如待人真诚,还非常守时,每次约会必定比预定的时间略微提前一点抵达鱼玄机的小院,站在院门口等候。这份尊重恰恰是鱼玄机最为看重的。投桃报李,只要听见李郢的脚步声,她都会立即跑出去,亲自开门迎接,不让他多等一秒钟。

李郢和妻子也维持着亲昵的关系。对此,鱼玄机的心态充满矛盾。李郢在咸宜观逗留,鱼玄机可怜他的妻子;李郢陪伴妻子,鱼玄机又难以抑制自己的妒意。

某一天,鱼玄机听说李郢携夫人和幼子郊游,在南池垂钓。日上两竿,竹风习习,池水微波粼粼。幼子给父亲递鱼饵,夫人搓丝结鱼线,李郢钓鱼,一家三口配合得天衣无缝。李郢心情大好,把巾子倒裹在发髻上,撸起衣袖,干劲十足,不时拎起一壶醇香四溢的酒,品上两口。这一幕合家欢场景被李郢记录在新作《南池》中:

小男供饵妇搓丝,溢榼香醪倒接䍦。

日出两竿鱼正食,一家欢笑在南池。

鱼玄机忍不住写了一首《闻李端公垂钓回寄赠》,让绿翘给李郢送去:

无限荷香染暑衣,阮郎何处弄船归。

自惭不及鸳鸯侣,犹得双双近钓矶。

她用这首诗向李郢抒发自己的醋意。

六月天,孩子脸,说变就变。当天黄昏,绿翘淋着瓢泼大雨跑回咸宜观,衣裙湿透,额头、脸蛋、脖子……处处黏着湿漉漉的头发。

"炼师,信已送到李郎手里。"绿翘向她复命,"可惜,彩笺纸被雨淋湿了……"

"那不要紧,你快进屋。"鱼玄机怕绿翘着凉,急忙拉她进门,帮她打水沐浴、更衣。

忙碌间,日落西山,雨无声无息地停歇了。鱼玄机拿起一张干爽的面巾,一面给绿翘揉搓头发,一面闷闷地望着户外灰黑暗沉的天空。

忽然,急促的敲门声响起。鱼玄机惊愕地感受到一种熟悉的气息。她把绿翘安顿在榻上盖好衾被,自己撑起身就往外跑,连鞋子也忘了穿。

绿翘扬声呼唤："炼师，您好歹趿一双谢公屐啊！"鱼玄机置若罔闻，赤脚扑嗒扑嗒地踏着水，冲到院门处，连拉带拽取下门闩，打开大门，迎面对上李郢那张英俊而憨厚的脸。

"炼师，我来看你。"李郢脸颊微红，难为情地说，"今晚，我不回去了……"

鱼玄机情不自禁地露出微笑。她命绿翘送去的诗奏效了。那一刻，她觉得自己是胜利者。昔日在李亿夫人手下尝过的挫败感，似乎在李郢这里得到某种补偿。

一次可能发生的摩擦被扼杀在萌芽状态，鱼玄机和李郢继续他们的爱情之旅。李郢的坦诚与尊重让鱼玄机可以暂时忽略一个现实：这其实是一段三人行的爱情。

有一天，向来守时的李郢破天荒地迟到了。鱼玄机怫然不悦，质问道："侍御史做什么去了？我为您烹好的茶汤都凉了。"

李郢解释，他去安慰一位友人。友人因相好的歌姬去世而悲痛万分，他不能视若无睹。

"原来如此。我错怪你了。"鱼玄机不禁动容。俄而，她又抿嘴巧笑："幸哉。"

李郢纳闷地问："别人分明遭遇不幸，你何出此言？"

"我是说我自己。"鱼玄机深深地凝视着他，"我虽怪错人，却没有爱错人。岂非幸哉？"

李郢脸一红，吭哧吭哧地问："此话……怎讲？"

"因为我所爱的男子重情义,爱护朋友,有同情心。"鱼玄机温情脉脉地瞥了他一眼,转身向厨房走去,"我给你做鱼吃……"

这是两人交往以来吃得最香的一顿饭。李郢告诉鱼玄机,今天在友人家里还遇见了温庭筠。

"好巧啊!"鱼玄机笑道,"原以为你与温飞卿共同的朋友唯有我一人,原来还有别人。"

"正是。"李郢说,"温飞卿当场作《和友人伤歌姬》一首,诗曰,'月缺花残莫怆然,花须终发月终圆。更能何事销芳念,亦有浓华委逝川。一曲艳歌留婉转,九原春草妒婵娟。王孙莫学多情客,自古多情损少年。'"

蓦地,鱼玄机错愕了。记忆中温庭筠的形象突然解体,骨髓里最为本质的颜色在亮晃晃的月光下摊开成一大片惨白。

"王孙莫学多情客,自古多情损少年",温庭筠认为,朋友不应该对歌姬多情。为什么?因为歌姬属于贱流,她生得渺小,死得卑微,不值得王孙贵人为她伤心。那么,以操持"贱业"为生的鄂杜鱼家、贱籍之女鱼幼微,在太原温氏后裔温庭筠的心目中究竟有怎样的地位,也就不言自明了!这想必也是温庭筠当年回避鱼家父母婚姻之议的深层次原因。

鱼玄机十分失望,而且愤慨。她连盘中的鱼的滋味都尝不出来了,手中揪紧一方罗帕,仿佛揪住温庭筠的衣领,责问他:"你这算什么?算什么?你到底如何看待我?如何看待我的家人?"

少顷,她又为自己的激动而后悔。她感到喉咙刺痛。只因生温庭筠的气,她被鱼刺卡住了。

不值得啊,不值得!

在那个年代,取鱼刺可不是一件容易的事。李郢吓得跳了起来。在此后的几天里,他心急如焚,东奔西跑,翻查医家典籍,到处为鱼玄机寻医问药。

他按照《外台秘要》的记载,派人采来蔷薇,切掉花根,用粗布磨去毛刺,把蔷薇锉得又细又碎,在浆水里浸泡,再以文火蒸煮整晚,第二天在太阳下晒干,送给鱼玄机吞服,效果不彰。

他又根据孙思邈《千金翼方》的指引,想方设法弄到一副獭肝,烧给鱼玄机吃,鱼刺仍然纹丝不动。

鱼玄机心急,也有些丧气,劝他道:"侍御史不必再奔忙了。为一根鱼刺大费周章,空耗财帛,也不见效验。可见祸福由命,非人力所能挽回。"

李郢不答应:"医书上记载的除鲠方子很多,这两个无效,也还有别的,总要一一试过才是,不可灰心!"

他再次查阅《外台秘要》,找到一个法子,悄悄把自己家的琥珀珠子搬出来,挑选出尺寸最为小巧的一批,请工匠全部打上孔,用纤细的丝线串联起来,交给闾阎医工施法。具体做法是把珠串的一端放入病人的喉咙,使之挂住鱼刺,另一端绑在弓上,借力把鱼刺牵引而出。

这种方法有一定的风险，李郢不放心，握着鱼玄机的手不肯走，要守在病榻旁，亲眼监督治疗过程。

间阎医工正准备动手，李家的奴婢跑来禀告：李郢夫人病倒了。她发现家中珍藏的琥珀珠子不见了，以为家中失窃，又惊又急，加之天气炎热，中了暑，竟瘫软在床，无法起身，家人正乱着延医救治。

最初，李郢抓着鱼玄机手指的那只手抖了一下。在奴婢讲述夫人病状的过程中，那只手抖动得越来越明显，越来越频繁。这些变化都逃不过鱼玄机敏锐的感觉。

她还看见，李郢的眸子里有两道酸涩的光在抽动，一下、又一下，焦急地、惭愧地，那一头连着躺在李宅内院的李夫人，这一头连着李郢的心。

鱼玄机心头一酸。她吃醋了。李郢对妻子是真爱。这个事实增进了鱼玄机对李郢的敬意，也令她骤然对这段恋情感到意兴阑珊。

她从来就不是所谓的"胜利者"。李郢再好，终归是别人的丈夫。他们不可能有任何结果，也无法长期保持眼下的感情热度。况且，即使在"眼下"，她也不是李郢的唯一。

"你先回去吧。我有医工和绿翘照顾。"鱼玄机索性主动撵李郢走，"你回家，陪护娘子……"

李郢疾步离去的声响传来，鱼玄机不禁发出自嘲的冷笑。在她"呵呵"笑出声的刹那，喉咙陡地一松，那根鱼刺摆顺了位置，被她顺畅地吞咽下去。

"将琥珀珠子送回西邻李宅,禀报侍御史,我用不着它们了。"鱼玄机对绿翘说着话,冲窗外挥一挥手,仿佛在和什么人道别。

从这一天开始,李郢再来咸宜观求见,鱼玄机都闭门不纳。李郢问原因,鱼玄机回答,不是他不好,只是自己觉得,他应该回家了。

赵炼师等朋友劝鱼玄机不要犯怪脾气,李郢这样的老实人打着灯笼也不好找,应该珍惜。鱼玄机却说,爱情变幻莫测,有时会糊里糊涂爱上一个人,也可能莫名其妙终结一段恋情,勉强不得。

未几,李郢调任越州。离京前夕,他托人给鱼玄机捎来一首《江边柳》,作为离别留念:

东风晴色挂阑干,眉叶初晴畏晓寒。

江上别筵终日有,绿条春在长应难。

鱼玄机作《赋得江边柳》回赠:

翠色连荒岸,烟姿入远楼。

影铺秋水面,花落钓人头。

根老藏鱼窟,枝低系客舟。

萧萧风雨夜,惊梦复添愁。

山水迢迢,锦书难托。纵然心中仍有眷恋,也就这样断了线。

桐庐县前洲渚平,桐庐江上晚潮生。

莫言独有山川秀，过日仍闻官长清。
麦陇虚凉当水店，鲈鱼鲜美称莼羹。
王孙客棹残春去，相送河桥羡此行。

十月份，温庭筠带来这首李郢近作《友人适越路过桐庐寄题江驿》。鱼玄机淡淡地一笑："呵！他还是那么喜欢吃鱼啊！"

她不知道，这将是她所能听到的最后一条关于李郢的消息。对待温庭筠，她最近也一直是淡淡的，从不主动约见。

"唉！"温庭筠愁眉深锁，脸皱缩得宛如一只苦瓜，"蕙兰，我也要走了……"

鱼玄机的预感应验了。近日，归义军节度使张义潮派遣回鹘首领仆固俊与吐蕃大将尚恐热作战，大获全胜，尚恐热被诛，传首京师；尚婢婢部将拓跋怀光率领五百骑攻克廓州，处死吐蕃将领尚恐热，传首京师。大唐天子敕令将尚恐热残部迁徙至岭南安置，吐蕃由此衰败。在南方，静海军节度使高骈收复交趾，斩敌首三万余级，招降一万七千多人，安南府全境光复。形势一片大好，温庭筠偏偏不肯高唱英雄赞歌，在主持国子监秋试期间，怂恿学生张贴大字报，以尖锐的文字针砭时弊，触怒当朝宰相杨收，被贬为方城县尉。

世上没有后悔药吃。万般无奈之下，温庭筠恋恋不舍地告别众亲友，离开了长安城。

尽管对温庭筠有气，鱼玄机念及旧谊，还是一路陪送他走到灞桥，慰勉道："我想，此番你也只是如以往一样，最多在外混个三年五载就好。我们留在长安,等候飞卿归来。"

"好,好!"温庭筠老泪纵横,"蕙兰,我会回来的……"

十一月十日,咸通天子驾临宣政殿,降下赦旨,大赦天下,以庆祝安南光复。鱼玄机和朋友们谈论此事,都认为温庭筠有望提早回京。

可是,他再也没能回来。

咸通七年冬,温庭筠病逝于外地。弟弟温庭皓为他撰写了《唐国子助教温庭筠墓志铭》。

惊闻温庭筠死讯,鱼玄机默然无语,冲出咸宜观,在长安城内漫无目的地游走,浑身缀满了雪珠。北风吹乱她的秀发,泪水在脸上凝结为两行冰凌,寒凉而生硬,割痛了肌肤,刺痛着心。

在天人永隔的时刻,她才承认,怨恨也好,嫌弃也罢,温庭筠对于她,都是亲人般的存在。他在鱼玄机生命中的意义,没有人能够取代。

临风兴叹落花频,芳意潜消又一春。

应为价高人不问,却缘香甚蝶难亲。

红英只称生宫里,翠叶那堪染路尘。

及至移根上林苑,王孙方恨买无因。

鱼玄机翻来覆去地念叨《卖残牡丹》。十岁那年,她在温庭筠的点拨下,创作出平生第一首诗歌,正是这首《卖残牡丹》。

那时,温庭筠喜上眉梢,惊叹:"蕙兰,不枉我教你一场!"

他还送给"鱼幼微"一束牡丹——"太平楼阁",表达一腔祝福:"鱼幼微生逢太平之世,得享一世长安。"

如今,那个美好的中兴时代已经远去,温庭筠也已远走高飞。只剩下鱼玄机,在沉疴日深的咸通朝踽踽独行,艰苦跋涉。

"飞卿!飞卿!飞卿!"鱼玄机不顾路人惊讶的目光,一边向地平线狂奔,一边大喊大叫。她真的什么也不在乎了。

苦思搜诗灯下吟,不眠长夜怕寒衾。满庭木叶愁风起,透幌纱窗惜月沉。疏散未闲终遂愿,盛衰空见本来心。幽栖莫定梧桐处,暮雀啾啾空绕林。

——《冬夜寄温飞卿》·鱼玄机

第五篇 觅知音

温庭筠去世，鱼玄机痛失知己，在精神世界里，她孑然一身。对诗歌和生活未灭的热情拖着她伶仃的躯壳在纷繁复杂的人间艰难跋涉，追求者来来往往，谁是新的知音？

物是人非

雪地湿滑，鱼玄机摔倒了。她耗费了太多体力，加上心情极度悲痛，很难爬起来。幸而一位好心人伸出援手，搀扶她起身。

"炼师当心啊！"路人根据鱼玄机的装束识别出她的身份，把自己的伞撑过来，为她遮挡风雪。

这话音富于磁性，悦耳入心，让沉浸在悲伤中的鱼玄机禁不住心头一动。

她转身看他，想要说一点感谢的话，但嘴唇冻得直哆嗦，没有力气说出连贯的言语。

"没关系，没关系。"撑伞的人长着一张俊俏而英毅的脸，黑白分明的眼睛一眨，便读懂了鱼玄机的心思。他绽开一抹温柔而有力度的微笑，一颗白净的小虎牙露出来，给那张勾魂夺魄的俏脸增添几分顽皮可爱的神气。

他俯身拾起鱼玄机掉落的罗帕，却没有立刻还给她，而是用罗帕轻柔地为鱼玄机擦拭脸上的泪和污水："天气不好，炼师孤身行走非常危险。倘若您信得过我，就允许我护送您回宫观吧。"

这样一个人让此时的鱼玄机无法拒绝。她仿佛着了魔，没有经过太多思考，点头同意这个陌生男子搀扶自己回咸宜观。

所幸他不是坏人。他在陪鱼玄机回道馆的路上，坦言自己是一名身份微贱的伶人，艺名"国香"，山西河中人士。说这些的时候，他态度坦然，眼神平和，既不自卑，也不假装超脱。

鱼玄机对"国香"这个名字有一点稀薄的记忆，好像是一位颇有名气的优伶，没想到此番偶然遇上了本人。鱼玄机本来对优伶兴趣不大，对某些人追逐名伶的行为，她还会加以嘲笑。可是，国香表现出的这份淡定从容，由不得她不欣赏。

于是她对国香表明身份未露丝毫情绪，平静地对他说："我其实和你差不多。入道之前，我是官宦人家出身贱籍的小妾。更早，在脱籍嫁人之前，我是倡家杂户的女儿。"

两人相视而笑。鱼玄机转过脸，举目平视前方。前方的道路似乎又变得敞亮起来。

刚从悲痛情绪中稍稍平复下来的鱼玄机发现路上许多官吏打扮的人行色匆匆赶向城门方向，在这些人中，她看到了一个认得的人——杨收。正是他把温庭筠贬谪外地，间接害温庭筠客死他乡。他依然姿仪英挺，但脸色挂了一层寒冰，连目光也布满灰暗肃杀。上次环绕在他周围的那些气派仪仗都消失了。随从们无精打采，好像一畦霜打的茄子。

鱼玄机不清楚发生了什么变故。国香告诉她，宦官杨玄价兄弟倚仗自己对杨收照拂提携有恩，还有联宗之谊，收受藩镇贿赂，屡次请杨收徇私通融，满以为他会有求必应。不料，杨收也有身为宰相的立场，不肯照单全收。杨玄价认为杨收背叛了自己，恼羞成怒，在天子御前挑拨构陷，致使杨收失宠，被免去门下侍郎、同平章事职务，降为宣歙观察使。看来杨收今天是离京赴任去了。

鱼玄机不由得深吸一口气，心脏战栗不已。前不久，杨收将温庭筠贬官，遣送出京；今日，他自己被天子贬官，发配地方。这或许是因果报应，但鱼玄机更在意事件戏剧性背后的实质：天威难测，祸福无定。诗人、才子、国子监助教、宰相……这些大众心目中的风流人物，命运都被那个端坐在大明宫御床上的"九五至尊"操控在手，而奸险如杨玄价之流却是不倒翁，圣眷不衰。这是多么悲哀的世界！

鱼玄机突然觉得，在某种意义上，温庭筠离世也不是什么坏事；他是进入另一个世界，开启全新的生活，或许，那里天朗气清，政通人和，是一方美丽的新天地。

"早知今日，杨藏之何必当初？"国香感叹，"温飞卿在天有灵，想必不会幸灾乐祸，必定萌生同病相怜之情、同忧相救之心。"

鱼玄机深以为然，也稍感诧异。在一般人看来，伶人难免见识短浅，而国香显然并非如此。

两人抵达咸宜观大门，国香拱手告辞。鱼玄机请他留步："如蒙不弃，还请入内小坐片刻。承蒙郎君一路照应，我也该烹一铫茶作为答谢才是。"

国香也不假模假式地跟她客套，答应得很爽利。

鱼玄机用小青竹夹取出一块茶饼，对国香笑道："你初来，不知道我的习惯。我是不会事先烤好茶饼预备着的，都是在客人光临时现烤。少不得要劳你多等一刻，先将就喝一盏苏子朱佩饮润一润喉咙。"

"无妨。冬日天寒，正好烤火取暖——让我来吧。"国香一边应答，一边从鱼玄机手里拿过竹夹，自己动手烤茶饼。他做得非常自然，俨然是一位熟门熟路的老朋友。

鱼玄机注意到，国香烤茶饼的动作很娴熟。尤其难得的是，这些灵巧的动作出自一双极为漂亮的手。国香十指修长，粗细适中，骨节匀称，太阴丘和金星丘都很饱满，每一片指甲都认真清洗修剪过，干净整洁，泛着健康的光泽。随着这双手一次次灵活的翻转，一股清香渐渐从茶饼里蒸腾出来。鱼玄机目不转睛地注视国香行云流水的动作，即使看上一整晚，估计也不会厌倦。

"青竹夹最好，给茶饼增添一缕天然的香气。"国香抬起头，对她粲然一笑。

鱼玄机发现，国香不仅长着一颗小虎牙，一边嘴角还有一窝小梨涡。涡里盛着一杯香醪，比岭南名酒"灵犀博罗"更加醉人，足以甜醉她的心。

"郎君可知我是何许人？"鱼玄机稳住心神，微笑着问他，"你尚未问明我的姓名，就要帮我烤茶饼、饮我煮的茶汤，不怕我害你？"

"炼师能如何害我？"国香抬头看她，"作诗骂我？那我还要感谢炼师帮忙拉抬我的名气了。"

"你认识我？"鱼玄机吃了一惊。

国香点点头，神情变得有些凝重："一位女冠，不畏严寒，顶风冒雪，在长安城中大呼'飞卿'，公开悼念亡友，又住在亲仁坊咸宜观，除了女诗人鱼玄机，再不会有第二个人。"

"……居然被你看见了。"鱼玄机沉默片刻，禁不住望向天空，轻声念道，"飞卿……"

"我能目睹那一幕，是上天赐给我的福气。"国香敲着茶饼，如同老朋友闲话家常一般，对鱼玄机倾心吐胆，"或许，冥冥中，正是温飞卿的英灵引导我来到炼师身边，让我安慰你。"

鱼玄机定定地看了他一会儿，唇角浮出笑意："方才，我竟是不该留你的。"

国香面不改色："实不相瞒，设若炼师不肯留我，我也会托人穿针引线，登门求见。"

"为何？"鱼玄机把下巴略微一收，用犀利的目光斜了他一眼。

国香敲碎最后一个茶块:"因为,这是我的使命。"

这个男人如此自信而诚恳,鱼玄机无话可说。俄顷,她取出茶碾,开始研磨国香敲打出的茶饼碎块。

国香轻轻地把茶碾抢了过去,低声说:"还是我来吧。"

鱼玄机没有拒绝。刚才,国香碰到她的手,肌肤温热。她整个人都需要这种温度。

从此,伶人国香填补了鱼玄机感情世界的空白。

和鱼玄机交往过的其他男子相比,国香的成长环境可以说非常糟糕,甚至是一片黑暗。他也不可能享有如李亿、刘潼、李郢、温庭筠那样优越的教育条件。但他从小接受严酷的训练,琴棋书画无所不通,诗词歌赋信手拈来,又经常接触贵家富户,出入中上层社会,对各种典章掌故和时事要闻都能做到如数家珍。

在待人接物上,国香也得到全面的历练,处事圆融通达,谈吐得体大方。鱼玄机从未结交过如此讨喜的男人。李亿、刘潼、李郢……他们在不同时期"走进"她的心里,而国香仿佛从一开始就"长在"她的心里。与国香相处,鱼玄机每时每刻都得到最周全的呵护,身心无一处不服帖,无一处不顺意。鱼玄机热烈地拥抱着国香,从恋爱的花蕊中贪婪地吮吸这种极致美妙的甘蜜。

咸通七年十二月,国香应邀去一户贵家做宴会演出。鱼玄机作为京城著名的女冠诗人,也受到邀请。主人举办如此盛大的宴会,邀集名伶、女冠助兴,有一个冠冕堂皇的借口——与国同庆,共襄盛举。近来,黠戛斯委派将军乙支连几入朝进贡,奏请大唐天子遣使册立。加上收复安南府、击溃吐蕃等一系列战绩,证明大唐雄风犹存。虽然咸通朝并非完美无缺,但整体来看还是呈现江山日暖的气象。

宴会前夜,国香留在咸宜观过夜,因为要准备演出,次日凌晨就得起身。鱼玄机叫苦不迭,说自己第一次起得这样早。国香笑她:"你们女冠难道不做早坛功课?想来日常起床不比我晚多少。"

鱼玄机嗤笑着打他的手:"去!我们早坛还不是三天打鱼,两天晒网。"

"对,你就是一个假道士,真尤物。"国香俯身靠在她枕边,低声应道。他说这种调情的话也与李亿等人风格不同,比他们热辣,但也绝不粗俗,还有几分才情,鱼玄机听着很受用。

她挣扎起身,国香把她按回枕上:"我与你说笑,你怎么当真了?天冷,你多歇一会儿,连绿翘那婢子也不必起床。我有弟子相随,衣食无须你操心。"国香虽然地位低下,收入却不菲,徒弟等同半个奴婢,为他承担各种庶务。

徒弟下厨做饭,国香跟进去叮嘱:"炼师辟谷,只以胡麻煮粥,要熬得烂烂的,入口即化,但不可掺入杂物。"

从厨房出来,国香拿出自带的天竺产的石蜜,用铜铫装着,搁在红泥小火炉上加热,准备给鱼玄机的胡麻粥调味用。然后站在鱼玄机的卧榻旁,一边看着火候,一边陪她聊天。

红叶未扫待知音

当晚宴会上,鱼玄机和国香都受到客人们的追捧。不过众星拱月般围绕着鱼玄机的多半是男子,以谈论诗文、探讨道法为由,光明正大地与她接近。女客们则是用遮遮掩掩的目光追随着舞台上英姿飒爽的国香。

可是,这样的场合带给鱼玄机的不只是欢乐,也会有麻烦。她的某个仰慕者多喝了几杯酒,就把士人的外壳褪去一半,用露骨的语言试探她,看自己是否有机会去咸宜观做客,甚至一亲芳泽。

国香当然看不到这一幕,鱼玄机没有给这位仰慕者留下半点遐想的空间,她坦率地告诉对方,自己正在和国香交往。

"他?"这位仰慕者撇撇嘴,喷着酒气嘟囔:"他不配!天下岂无男子?炼师总归做过李补阙的妾室,不应屈就优伶。"

大致类似于现代人议论别人的私生活:"女孩子和没房、没车、没钱的男人谈恋爱,是父母没有教育好。"

"你所重视的,就是我所蔑视的"——鱼玄机觉得,这是对付讨厌鬼的最佳方式,认真和他生气、理论,反而是为这种无聊之人助兴。她笑容满面地回应:"那些都无关紧要。国香让我欢喜,这便足够了;若不能,我必将其拒之门外。"

其他客人出来转移话题,请她即兴赋诗。鱼玄机借题发挥,说这几天有一位朋友从外地写信来求诗,正好就在这场盛宴上写一首《感怀寄人》赠给他,顺便也可以满足大家的要求。

恨寄朱弦上,含情意不任。

早知云雨会,未起蕙兰心。

灼灼桃兼李,无妨国士寻。

苍苍松与桂,仍美世人钦。

月色苔阶净,歌声竹院深。

门前红叶地,不扫待知音。

鱼玄机赋诗明志,表明自己愿意与知音同奏《高山流水》,但是,她绝非人尽可夫的娼妓,她的家门只向她所喜欢的人敞开。

事后,国香问鱼玄机:"炼师也不怕因我得罪了贵人?"

鱼玄机反问:"难道我应该为取悦贵人而得罪你?"

她说,孩提时代,鱼幼微曾经当面驳斥那些轻贱她父母的路人;今天,鱼玄机也不会允许任何人侮辱她所爱的人。

"你只需琢磨如何谢我就好了。"她意味深长地一笑,撇开国香,快步往前走去。

年末,国香没有回河中老家与亲人团聚,而是留在长安陪伴鱼玄机共度新春佳节。

假日慵懒闲散的状态持续到咸通八年春正月丁未。那天,二人在咸宜观里做着同一个缱绻甜腻的梦。半睡半醒之间,鱼玄机突然被一阵晃动惊醒,是床榻在轻微摇晃。

她以为是国香在闹腾,但转身一看,发现国香仍在安静地熟睡。绿翘跑进来,惊恐地叫嚷:"不知哪里的大鳌翻身了!"

"大鳌翻身?"鱼玄机蓦然忆起大中三年那场地震,的确和刚才的感觉非常相似。

咸通八年春正月丁未日,山西大地震,房屋倾圮,百姓死伤。长安只是有一定震感,按理不会影响鱼玄机和国香的生活。然而,这却是一场改变国香命运的大灾难。国香的老家就在此次地震的重灾区——山西河中,家中房舍坍毁,有人口伤亡,幸存者无家可归。

为了安置亲属、修复房舍,国香花费了大笔积蓄。二月初,他暂别京城,远走洛阳等地演出,以增加收入,尽快挽回损失。

国香身为优伶不便带着女道士巡演,所以鱼玄机只能待在长安。她曾经以为,自己阅人无数,不会再为情所困,并曾创作过一首《愁思》,抒写超脱旷达的心境:

落叶纷纷暮雨和,朱丝独抚自清歌。

放情休恨无心友,养性空抛苦海波。

长者车音门外有,道家书卷枕前多。

布衣终作云霄客,绿水青山时一过。

但情海的波涛哪里是理智所能控制的?如今,她又做了国香的俘虏。对于她而言,咸通八年的春天和往年有很大不同,无趣、漫长、难熬。往年,她总想把春天留住,这一年却只想把春天赶走。因为国香计划于初夏时节回归长安。

国香不在的日子需要用诗歌来填充。鱼玄机把满腔情思倾泻于笔端,创作了一首《寄国香》:

旦夕醉吟身,相思又此春。

雨中寄书使,窗下断肠人。

山卷珠帘看,愁随芳草新。

别来清宴上,几度落梁尘。

国香回信安慰她,承诺一定按时回到她身边。细心的国香还随信捎回河南府土贡枸杞和丝葛,嘱咐道:"请炼师用这匹丝葛做两身夏日的衣裳,一套给你自己穿,另一套留着给我回京后穿戴。还有枸杞,请你每日食用进补,待枸杞用尽,我的归期也便到了……"

差不多有三个月的时间,鱼玄机一半以上的生活情趣就靠国香捎的这两份礼物维持。在此期间,她也收到了山西旧友左名场捎来的问候信和礼物。她很高兴,也及时给左名场回信和回礼。然而,远方的老朋友并不能替代恋人的位置。

入夏,国香终于回到长安。但是,日盼夜盼的鱼玄机并没有盼来国香的身影，只收到他派徒弟送来的一卷书信——绝交信。

国香在洛阳结识了一位富有的寡妇。这位新欢愿意做国香的金主，为国香及其受灾的亲属提供大额资助，前提自然是国香必须用情专一，第一条就是和其他女人断绝关系。国香在信中坦言：自己无颜面对鱼玄机，不指望得到她的谅解。但国香乞求鱼玄机给他留一线复合的希望。等挨过这艰苦的两三年，那风流寡妇的心想必也淡了，届时，国香就与寡妇分手，和鱼玄机破镜重圆。

这一通焦雷把鱼玄机炸得发了狂。她把国香留在咸宜观的物品全部翻出来，烧的烧，撕的撕，实在破坏不动的，便统统朝国香的徒弟身上砸，把这个可怜的替罪羊打得鼻青脸肿，连滚带爬逃出房门。

鱼玄机还不解恨，一眼看见用国香所赠丝葛缝制的衣服，怒火万丈，提起剪刀就剪，把两套漂漂亮亮的衣服当作国香，生吞活剥，碎尸万段。

"回去告诉你师父，要我招之即来，挥之即去，妄想！"鱼玄机字字沁血，冲着国香徒弟的背影喊出这句话，随即晕倒在地，不省人事。

国香的背叛给鱼玄机造成的打击几乎超过她与李亿的那场情变。当年，李亿让她明白了一个道理：爱情可以超越悬殊的门第，但敌不过善变的人心。如今，国香当头给她另外一记闷棍，教训她爱情可以不考虑金钱，但金钱可以不费吹灰之力就把爱情打个落花流水。

女冠鱼玄机不在乎经济上是否富庶，生活小康就能让她知足常乐，但国香在乎；诗人鱼玄机有的只是才华，而国香迫切需要解决自己的燃眉之急。他想要的，富甲一方的新欢能够给他。因此，经济上处于绝对劣势的鱼玄机只能承受爱情的背叛。

而不论鱼玄机本人，还是她身边的亲友都未能预见到一个比情变更为严重的问题：在与国香的情感波折中，鱼玄机更为显露出她冲动暴躁、不能自控的极端倾向。

朋友赵炼师劝她，说并不是所有人都能达到鱼玄机的境界，正因为国香出身贫贱——俗语谓之"穷怕了"，他才比任何人都更加重视金钱。比不得温庭筠、李郢之类的贵族子弟，千金之财，随手散去。鱼玄机听不进去，兜头给赵炼师一顿歇斯底里的驳斥，问她究竟是鱼玄机的朋友，还是国香的朋友？凭什么要求鱼玄机理解国香？

又因为赵炼师提及温庭筠，触发哀思，鱼玄机更是哭得哀婉凄绝。

之后的几天，鱼玄机水米不进，终日昏昏沉沉，不能下床。赵炼师等密友不得不向鄠杜鱼家告急。父母赶到咸宜观，与朋友们合力把鱼玄机抬上一架骡车，送入终南山休养，借住在赵炼师名下的一所茅屋里。

父母留在山中照顾鱼玄机。母亲抱着她痛哭，大骂戏子无义，告诫她今后擦亮眼睛,不要再中"下九流"之辈的圈套。鱼玄机听见母亲的话,总算发出声音来:"阿娘别忘了,咱们全家也是'下九流'之辈!"

"话可不能这么讲!人和人不一样、不一样!"母亲松了口气,吩咐绿翘搀扶鱼玄机出门散心。

父亲坐在屋檐下劈柴,预备熬胡麻茯苓粥给全家吃。鱼玄机忽然发觉,尚在盛壮之龄的父亲,腰背竟有些佝偻了。那是腰病长期无法断根所致。

鱼玄机回忆童年时期跨坐在父亲后颈上进城游玩的情景,悄悄落了几点泪。她在父亲身后默立了一会儿,开口说话:"请阿爷放心,就算为了您和阿娘,儿也不会一蹶不振。"

父亲停下手中的活计,露出欣慰的笑容:"那就好,那就好!蕙兰,既然你坚持要待在长安,那就自己要坚强,好自为之吧。"

父母对女儿入道后的生活方式并不赞同。用他们世故老到的眼光来看,鱼玄机已陷入一个恶性循环。女道士被视为"不正经"的女人,而她交往的男子一个接一个地更换,又授人以口实。越是如此,越没有体面的男子愿意接纳鱼玄机还俗、改嫁。这不符合父母的期待。

然而,这只是父母的期待,并不是鱼玄机的期待。对于未来,她有自己的想法,那就是"自由"。女儿已经长大成人,路也走到了这一步,不是贱籍身份的父母所能左右的。父母只能为她祈求多福多寿,仅此而已。

因女儿恢复如常,父母返回鄂杜操持生业。鱼玄机继续待在终南山避暑。她把这段清闲的生活记录在一首题为《夏日山居》的诗中:

移得仙居此地来,花丛自遍不曾栽。

庭前亚树张衣桁,坐上新泉泛酒杯。

轩槛暗传深竹径,绮罗长拥乱书堆。

闲乘画舫吟明月,信任轻风吹却回。

这首诗被人们传唱回长安城,激发起一个人对鱼玄机的好奇心。

此人携带自己的诗稿,专程前往终南山,叩响茅屋的柴门,自称姓李名郢,官居弘文馆学士,请求鱼玄机不吝赐教。

何事玉郎扣柴关

鱼玄机不应，只透过柴扉缝隙向外窥探，看清此人长得细皮白肉，浓眉大眼，顿时兴趣勃发。

之前，她只对父母说了半截话。事实上，经过国香的背叛，她不但要舔净伤口，坚强前行，还要过得比任何女子都要精彩。游戏人间、逢场作戏也无妨，只要能让她快乐。

鱼玄机没有开门，对李郢提出一个问题："李学士过谦了。想那帝京城中，遍地都是被朱佩紫的贵人，我只是一个喜欢吟几句诗的女冠、白衣庶民，平日在僻巷深处的咸宜观内幽居，不知有汉，无论魏晋，孤陋寡闻，识悟狭浅。李学士为何不与官场中的朋友们扬风扢雅，却来找我品评您的大作？"

李郢答称，久仰鱼玄机咏絮之才，宛如东晋大才女谢道韫再世，深居咸宜观实为效法孔子高徒颜回。因此，他非得向鱼玄机请益不可。"

鱼玄机连称"不敢当",请李郢从门缝里把诗稿递进来。她认真读了几遍,感觉李郢笔力不弱,值得交往,便和诗一首,题为《和人次韵》,仍经由门缝递出去,并将李郢的诗稿一并退回。

喧喧朱紫杂人寰,独自清吟日色间。
何事玉郎搜藻思,忽将琼韵扣柴关。
白花发咏惭称谢,僻巷深居谬学颜。
不用多情欲相见,松萝高处是前山。

李郢看了这首和诗,有些摸门不着。此诗前三句描写刚才两人的对话,好像有那么一点意思,然而末尾"不用多情欲相见,松萝高处是前山"一句,意指她是一位有修为的女道士,并不喜欢听男人的恭维话,似乎已婉拒李郢的求见。

李郢不知如何是好,索性展开诗稿,肃立在门外,一首接一首,朗声诵读自己的诗作。

鱼玄机等他读完全部诗稿,方才打开柴扉,跨出门来,深施一礼,邀请李郢入茅屋叙谈。

小院中有一架紫藤。两人在紫阴阴的花棚下落座品茗。鱼玄机披着一身白紫相间的花影,轻启朱唇,把自己对于诗歌的看法娓娓道来。这模样看在李郢眼里,恍如天女下凡,降临终南山中。而他,便是有幸遇见天女的凡夫俗子。

中午,鱼玄机起身走到篱笆墙下,捧起一个圆箩。里面盛放着菰米,已经晒干了。

客子庖厨薄，江楼枕席清。

衰年病只瘦，长夏想为情。

滑忆雕胡饭，香闻锦带羹。

溜匙兼暖腹，谁欲致杯罂。

鱼玄机背诵着杜甫诗作《江阁卧病走笔寄呈崔、卢两侍御》，旋身对李郢微笑，"每读杜工部此诗，总不免回味儿时家母做的雕菰饭的味道。山居寒素，也没有什么可吃的，就为李学士做一餐雕菰饭吧。"

鱼玄机亲自掌勺，煮了一大碗香喷喷的菰米饭，连同葵菜汤、醋芹两样佐餐蔬菜一起端上餐桌，招待李郢用饭。她自己却不吃，坐在一旁帮客人盛汤，还意味深长地告诉客人，制作醋芹用的不是普通的米醋，而是"桃花醋"……

李郢饿了，狼吞虎咽吃得很香，可是看见鱼玄机不吃，又很不好意思，停箸向她道歉。

鱼玄机嫣然一笑："李学士不必客气。女冠辟谷，不食菰米。我已吃过胡麻饭和茯苓了。说起来，抱歉的应该是我才对，未曾预备酒肉奉与客人。"

她把一小碗葵菜汤递给李郢，请他趁热喝，又柔声吟诵起王维诗作《晚春严少尹与诸公见过》：

松菊荒三径，图书共五车。

烹葵邀上客，看竹到贫家。

鹊乳先春草，莺啼过落花。

自怜黄发暮，一倍惜年华。

"烹葵邀上客。"李郢禁不住跟着她背诵，由衷感叹，"有炼师在终南山中'烹葵邀上客'，即便长安城内贵家高门大鱼大肉邀我赴宴，我也不去。"

"呵呵！"鱼玄机轻笑一声，"葵菜只是最寻常不过的家常菜，当不起这般重任。旁的不说，吃这样的粗茶淡饭，恐怕您都喝不下酒。"

李郢看着她一颦一笑，情不自禁地说："炼师在旁吟诗，便是最好的佐酒菜肴，我还要山珍海味做什么？"

双方交流到这个程度，似乎很可以往深层次关系发展了。李郢也很清楚，鱼玄机并不是羞羞答答的黄花闺女，所以，他进山求见之前，大概也抱有某种逾越诗友界限的期待。

然而，鱼玄机只招待他吃过这顿饭，就表示女冠孤身隐居，不便虚留男客，请他自便。

李郢多少有些失望。不过，他这辆车已经被鱼玄机发动，刹不住了。

回到长安城的第二天，李郢又遣奴婢进终南山，给鱼玄机送去一张蕲州竹簟，说是供她消暑使用，并附手抄韩愈诗和白居易诗各一首。

韩诗云："蕲州笛竹天下知，郑君所宝尤瑰奇。携来当昼不得卧，一府传看黄琉璃。体坚色净又藏节，尽眼凝滑无瑕疵。法曹贫贱众所易，腰腹空大何能为？自从五月困暑湿，如坐深甑遭烝炊。手磨袖拂心语口，慢肤多汗真相宜。日暮归来独惆怅，有卖直欲倾家资。谁谓故人知我意，卷送八尺含风漪。呼奴扫地铺未了，光彩照耀惊童儿。青蝇侧翅蚤虱避，肃肃疑有清飙吹。倒身甘寝百疾愈，却愿天日恒炎曦。明珠青玉不足报，赠子相好无时衰。"

白诗云："笛竹出蕲春，霜刀劈翠筠。织成双锁簟，寄与独眠人。卷作筒中信，舒为席上珍。滑如铺菏叶，冷似卧龙鳞。清润宜乘露，鲜华不受尘。通州炎瘴地，此物最关身。"

李鹭做了一个批注，说明他赠予鱼玄机的这张蕲州竹簟和当年韩愈友人郑君赠予韩愈的蕲州竹簟、白居易赠予元稹的蕲簟是同款。

"哈哈哈！"李家奴婢一走，鱼玄机立刻笑出声来。她和李鹭都是情爱经验丰富的成年男女，李鹭巧借效仿前辈诗人的风雅名目，用一张凉席暗戳戳地请求与鱼玄机同赴床笫之欢，她怎么会看不透呢？

但是，想和女冠诗人鱼玄机巫山云雨，哪有这么容易？她佯装不懂，写信一本正经地道谢，手抄元稹《竹簟》全诗回赠：

竹簟衬重茵，未忍都令卷。

忆昨初来日，看君自施展。

她在信中只与李鹭谈诗，还问他长安城中有什么有趣的新闻？请他抽空回信告知。

李鹭倒也沉得住气，满足了鱼玄机的要求。从此，两人频繁通信，几乎跑断李家奴婢一条腿。

经过一段时间的笔谈，鱼玄机感到双方不乏共同语言，对李郢也燃起一些好感，便悄然返回长安城，派绿翘给李郢送去一首《酬李学士寄簟》：

珍簟新铺翡翠楼，泓澄玉水记方流。

唯应云扇情相似，同向银床恨早秋。

鱼玄机借此诗表示对李郢已有爱意，但也直言自己担心李郢朝三暮四，只怕夏天一过，进入早秋，她就会和凉席一样被李郢抛弃。

李郢阅毕来信，折回书房拎起一个小箧，纵身跃上坐骑，扬鞭冲到咸宜观，敲响鱼玄机的院门，隔墙表白："炼师原来担心我是薄幸之人！我深知炼师并非爱财之辈，但为明心意，别无他法，望炼师恕我无礼！"他用马鞭把小箧捆扎好，奋力抛过院墙，摔到鱼玄机脚下。

小箧中装有四种从蕃夷外邦舶来的宝物：波剌斯水晶、乌铩白玉、吐火罗红碧玻璃、拂菻珊瑚，每种各两件，都用丝绸层层包裹。对于交往对象的馈赠，只要不超出赠予者的经济能力，鱼玄机一向来者不拒。但在关系尚未确立、感情尚不稳定的情况下，她不会收受财物。这是她矢志坚守的底线，以证明自己并非青楼女子，绝不出卖肉体。

她命绿翘把珠宝归还李郢。李郢不依，和绿翘推来让去。鱼玄机气得跺一跺脚，责备道："学士既然素知我志，预见我会生气,为何还要这般羞辱我?"

李郢听她把话说得很重,不敢再坚持,收起财物,拱手致歉。

鱼玄机让他进屋,煮茶汤给他喝,也不再提刚才的插曲,只与他弈棋,天文地理地闲聊。

李郢问,要怎样才能得到她的信任?

鱼玄机答,需要时间。等过完夏天和秋天,假如李郢在入冬之后仍然爱她,她就与他钿合金钗,鸳帐定情。

李郢居然答应了。于是,两人以普通朋友的身份交往,频频约会,却没有发生肌肤之亲。在鱼玄机的启发下,李郢的诗作倒是进益不少。

赵炼师等朋友劝鱼玄机不要总吊着李郢,他才貌双全、出手阔绰,为人似乎也比较忠厚,万一气走他,未免太可惜。鱼玄机正色应道:"我这里可不是平康坊!倘若他连短短数月也等不得,便是诚意欠奉,纵然被气走,也不足挂齿。由他去!"

李郢没有辜负鱼玄机的期望,一直坚守礼仪,与她彼此尊重。

在此期间,也有美男子——祠部员外郎李近仁等人向鱼玄机示好。但她认为自己已和李郢许下一个关于未来的约定,因此对其他人的求爱一概婉言谢绝。

一天,李郢休沐放假,不用去官署办公,跑来咸宜观接鱼玄机外出玩耍。鱼玄机提议游曲江,吹一吹水上的风,比别处凉快。

两人各骑一匹马,兴冲冲驰往曲江,却在半路上被禁军、胥吏拦下。对方告知："至尊游幸曲江，前方已净街。"

两人只好掉转马头，打道回咸宜观。鱼玄机怏怏不乐，对李郢嘀咕，说当今天子酷好音乐宴游果然不假，供养乐工五百人，每月设宴十多次，动辄掏出千缗财帛赏赐臣子、乐工，这些事和普通人关系不大，姑且可以容忍；但是他动不动就要游幸曲江、昆明、灞浐、南宫、北苑、昭应、咸阳等地，而且说走就走，不按帝王巡幸的规矩办事，搞得有司必须随时准备好音乐、饮食和幄帟待命。每次御驾行幸，宗室诸王全部陪从，动员内外各官署十余万官吏，靡费甚巨，最可气的是还要时时清街扰民！

鱼玄机越说越气，又说天子坐拥"凉殿"，殿内四个墙角造有人工瀑布，冰水飞洒，御座后还设有以水帘驱动的扇车，源源不断地给天子奉上凉风，所以天子不惧暑热，但他也不想想外面冰价高昂，普通百姓不能经常购买冰块解暑。天子只为一己之私，任意剥夺百姓游江纳凉的权利，毫无怜下之心，还算什么"君父"？

李郢吓得四面张望，劝鱼玄机噤声："你何苦琢磨这些事！所幸没有衙司的人听见你方才那些话。"

鱼玄机反问，她为什么不能琢磨此事？太宗、宣宗广开言路，鼓励士民进忠言；则天皇后设"理匦"，以便百姓鸣冤、言事。如今她连抱怨几句也不行？

"我可是长安人！"她说。她曾向李郢忆述童年时代在长安街头与食肆店主借诗言事、讨论牛李党争的往事。

李郢哭笑不得:"你虽是被人尊称为'炼师'的人,却还这般孩子气!的确,你一直是长安人,但天子已不是昔年那个天子……嗯……你到底只是女流。"他和鱼玄机说话已经很随便了。

"女流!女流又如何?"鱼玄机气得柳眉倒竖,甩掉李郢,打马向前跑去。

李郢慌忙追赶,为自己开脱道:"炼师,你我偶尔开个无伤大雅的玩笑,也不妨事嘛!"

鱼玄机不理睬,越跑越快。结果,坐骑不知是受到惊吓,还是难以忍受她的脾气,突然发起疯来,差点把她颠下去。

鱼玄机不具备安抚受惊马匹的经验,只能下意识地把身体压在马背上,双臂紧紧环抱住马颈,一边大喊"救命"。

李郢急了,追上鱼玄机的马,奋力将她救下,抱上自己的马。

在李郢的努力下,鱼玄机的坐骑也慢慢恢复了平静。此时,鱼玄机的后背已经被汗水湿透,二人共骑一马,挨得极近,似乎可以听见彼此的心跳。

李郢顾虑公众观瞻,轻轻坐直身体,和鱼玄机拉开一点距离。鱼玄机敏捷地捉住他的手,低低隐隐地说:"不必。就如方才那般靠着我,甚好。"

李郢仓皇四顾,十分难为情:"大庭广众……"他毕竟是士大夫的身份,在大街上这般亲密对于他来说已是出格的行为。

他翻身下马,牵着两人的马,默默往咸宜观走。途经东市,鱼玄机提醒道:"我这匹马是从东市骡马行赁来的,得去归还。"

李郢毫不在乎:"不用还了。留下给你骑吧。我会打发家奴去赎买。"

鱼玄机说:"我可养不起马。"这不是她矫情。当时有一种说法,"一马伏枥,当中家六口之食"。私人养马可能不如官马昂贵,但养马成本之高是毋庸置疑的。换算过来一定比现代人养车费用高。所以鱼玄机没有饲养私家马匹,如果需要乘马就去东市或西市的骡马行租赁一匹,临时使用,大概相当于现代人租用豪华型轿车。当然,对于家财万贯的李郢来说,养马只是小事一桩。

"我来替你养。"他不假思索地回答。

鱼玄机又说:"这匹马的性子似乎有些刚烈,我恐怕驯服不了。"

"我来帮你驯服。"李郢拍一拍她的坐骑,"你不懂。这是一匹良马,稍加调教即可。"

鱼玄机笑了,不再多言。

当晚,他们如同新婚夫妇一般度过良宵。

鸳鸯枕上,鱼玄机问李郢为什么要救她?没有考虑自身的安危吗?

李郢苦思良久,挠头道:"我竟回答不出。彼时,当真什么也顾不上想。"

鱼玄机也不追问,只顽皮地屈起两根手指,敲一敲李郢的胸膛。她觉得，李鹭刚才的回答就很够分量了，而他的胸膛也很坚实，应该靠得住。

同向银床恨早秋

鱼玄机和李郢的交往状态近似于一对经过马拉松恋爱之后终成眷属的新婚夫妻，浪漫元素不多。李郢的言谈吐属也不如国香那样讨人喜欢。在他这里，鱼玄机享受的是一种安定感，仿佛一头奔驰太久的宝驹路过一片水草丰美的草原，停下来解乏、补充能量，身心都得到最好的慰藉。

她接受李郢出资为她养马，也接受了李郢上次就要赠予她的异域四宝。

这一年的夏天，长安酷暑难当，李郢从家中带来冰屑麻节饮和大桶大桶的冰块，供鱼玄机解暑散热。

鱼玄机知道，冰屑麻节饮是用宫廷代代相传的秘方制成，用材、工艺都很考究，比一般的民间小吃贵得多。她让李郢先吃。

李郢叫她不必客气："我不缺这个吃。"

鱼玄机笑道："李学士就是《广绝交论》中所说的'富埒陶白，赀巨程罗'，我岂不知？想来八珍玉食都吃腻了，何况一个冰饮？只是，我一人吃着不香。"

李郢会意，喜滋滋地一笑，命绿翘给自己也倒一盏，陪鱼玄机一起吃起来。

鱼玄机又分一盏给绿翘出去吃，自己和李郢单独待在内室，边吃边聊。

他们从诗歌文章，不知不觉说到军政要闻。鱼玄机提及年初那场间接造成她和国香分手的大地震，认为这是上天对当今天子的警告。天子骄奢淫逸，加上安南府之役消耗大笔军费，国家有可能出现财政危机。将来如何养兵、养官？在可以预见的未来，百姓负担将有增无减，大唐国运堪忧。

李郢不赞同，说世事无完美，身为臣民，不能只看见社会的黑暗面，也要看见光明面。安南全境光复，静海节度使高骈又招募工匠开凿了从安南通往邕州、广州的运河，一举解决海路暗礁多、容易酿成船难的问题，从此，安南到岭南的交通更加便捷。这难道不是振奋人心的喜讯？

"再者，"李郢皱皱眉头，叽咕道，"我早就说过，你不过是一介女流，不用过问国事。"

鱼玄机放下了手里的瓷盏。

"一介女流"？而且，还"不过是"一介女流？

她冷峻地回应："'自恨罗衣掩诗句，举头空羡榜中名！'

我写《游崇真观南楼睹新及第题名处》，并不是看不起自己的女儿身，而是嫌弃这个世道不给女子施展抱负的机会。我可不觉得自己只不过是'一介女流'！"

李鹭打个马虎眼，想敷衍过去："我哪有看不起你？随口说出一句无心之语，你不该较真的。"

鱼玄机恼了："无心？随口说的才是真心话呢！原来你并非真心敬我，一直轻视我为'无知'女流！"

李鹭不擅长哄女人，正在搜肠刮肚，想编出一篇话来劝鱼玄机消气，室外忽然吵闹起来。

鱼玄机闻声出门察看，原来是一群奴婢打扮的男女闯进这座小院。其中两名仆妇抓住绿翘，把她的胳膊反剪在背后，让她动弹不得，其他人摔摔打打，大搞破坏。鱼玄机晾在院中的墨宝、书卷和各种药材被他们撕的撕，踢的踢，弄得七零八落。

鱼玄机怒极，一面厉声呵斥，一面抄起门闩冲向那两名仆妇，往死里一通狂殴，喝令她们放开绿翘。

仆妇把绿翘丢在一边，反扑过来揪打鱼玄机，掐脸、抓髻、抱腰、咬手……使出泼妇打架的十八般武艺，逼得她左支右绌。她呼唤绿翘帮忙，那孩子却已吓瘫，瑟缩在墙角哭泣。

尽管如此，鱼玄机也不肯示弱，犹如一头宁折不弯的困兽，拼尽全力，与入侵者对骂、对打，同时向李鹭呼救。

李鹭大步跑出来，展眼细看这群如狼似虎的奴婢后，大为光火，逐一叫出他们的名字，令他们住手。

这帮人原本一副凶神恶煞的模样，见李郢发怒，就都气怯了，收手不敢再动。李郢命他们回家，声言自己稍后会和他们算账，随即一脸难堪地跑到鱼玄机身边，搀扶着她，帮她擦拭血污。

鱼玄机明白了：这些人都是李家的奴婢，胆敢打上门来，必有强力人物撑腰。此人一定是李郢夫人。

鱼玄机咬咬牙，劝李郢回家。然而李郢怎么放得下她？鱼玄机凄凉地一笑："呵呵……你若不回家，只怕我和绿翘三天两头都会挨打。我无所畏惧，我敢和他们拼命！纵然杀个白刀子进红刀子出，玉石俱焚也无妨！可是绿翘着实无辜。除了我，她没有别的依靠，我不能不管她，更不能连累她。况且，咸宜观这清静之地，也不该因我之故被人糟蹋！"

"哈哈哈！清静之地？收容你这等荡妇在此栖身，日日邀约男子入室'修行'，哪里还有清静可言？"在院门外督战的李郢夫人见势不妙，亲率几名贴身侍婢冲上火线，刚跨进小院就给了鱼玄机一顿冷嘲热讽。

李郢顿觉颜面无存，上前阻拦夫人："你来做什么？回去！"

"你又是来做什么的？"李夫人反问，"孩子们念了许久的冰屑麻节饮何在？还有之前不翼而飞的那些财帛，今在何处？"

鱼玄机默然不语。她确实接受了李郢不少馈赠，无话可说。

李郢嚷道："我们家又不缺这些财物，你不要锱铢必较！"说着就去捉夫人的手臂，想拉她出去。

李夫人岂肯甘休？一边和李郢抓抓扯扯，一边哭诉。大意是，她早已察知李郢与女冠鱼玄机通奸，为维护家族声誉，一直忍辱负重，想着李郢应该只是贪图一时的新鲜，不久就会回头。不承想，今天李郢连庖厨刚刚为孩子们做好的冰屑麻节饮都搜刮上了。眼看丈夫夺走自家儿女的昂贵饮食，拿来讨好情妇，李夫人紧绷的神经终于断了，于是督率娘家陪嫁奴婢前来教训这对"狗男女"。

鱼玄机能够理解李夫人的心情。人的忍耐是有限度的，何况这个忍受丈夫出轨的女人？李夫人原以为自己能忍，相信"忍一时风平浪静，退一步海阔天空"，幻想丈夫"浪子回头金不换"。直到某一天，心爱的儿女也要遭受父亲婚外不伦恋情的侵犯，母亲的底线被踏破，心上那把刀重重地坠落，砍得鲜血淋漓。于是，李夫人就变身为眼前这位复仇女神——按照封建礼教，说她是"妒妇"当然也可以。

李郢恨不得钻到地缝里去，闷声斥责："娘子住口！你今日委实是失态了！你嫉妒行恶，所作所为失尽高门娘子之闺范，教旁人如何看待我李家？"

李夫人毫不退缩，怒斥丈夫勾搭"不三不四"的女人，辱没高门公子的出身，辜负李家的家教。

李郢气急败坏，责问夫人："这、这、这……岂有此理、岂有此理！为人妻者，怎能如此辱骂夫君？"

鱼玄机居然对李夫人萌生一丝敬意。说起来，她也经历过好几位"李夫人"。李亿夫人玩的是阴谋,李郢夫人玩的是耐力。唯独眼前这位李鹭夫人,不搞阴谋,大搞阳谋,威风凛凛,敢打敢冲,还敢痛骂丈夫。反观李鹭,对自己的行为并无愧悔之意,一味责怪夫人,认为是夫人的举动丢了李家的脸、扫了他的面子。虽然他的想法符合当时社会的主流价值观,但鱼玄机站在女性的角度思考,对他的言行亦觉有些不齿。

李夫人却听不见鱼玄机的心声,迁怒于她,质问丈夫:"这个女道士同我的奴婢打架、骂仗,更是无话不说,无事不做,你为何不教训她?"

李鹭回嘴:"那不是你先教唆奴婢动手打人、出口骂人?!"

李夫人倒也伶牙俐齿,立即反击,叽里呱啦骂得李鹭下不来台。

李鹭似乎气昏了头,脱口斥责道:"你是何等身份,岂能同女冠相比?再者,士人蓄养三妻四妾也稀松平常,我与女冠往来,又何足挂齿?"

他未曾预料,自己这一席话给了鱼玄机深重尖利的一击。

鱼玄机骤然对李鹭完全失望,惊悟李鹭从来不曾真心尊重她。他轻贱她的女儿身,认为她没有议论国事的资格。而且,在李鹭的心目中,鱼玄机比夫人低贱,理应比夫人缺乏教养,这竟然是他认定夫人不该"撒泼"的理由!

李夫人对鱼玄机的心理活动毫无知觉。她已被丈夫气疯,飞身扑向鱼玄机,抬手就打,同时对李鹭喊话:"我就是不讲体面,你要如何?我偏要打她,你心疼不?"

鱼玄机一把扣住她的手腕,凛凛回应:"娘子停手!请你举目四顾,你家郎君一出声,哪个奴婢还肯助你一臂之力?他是你家的天,这便是你的真实处境。你和我不同。我可以没有他,而你不能没有他;我可以随时与他决裂,而你还指望与他生同衾、死同穴。因此,你终究不能忤逆他的心意。你还不明白吗?"

李夫人一怔,手臂先是变得僵直,继而软软地耷拉下去。俄顷,她跌坐在地,灰心地大哭。

李郢挥挥手,众奴婢一拥而上,搀扶夫人回府。

鱼玄机叹口气,转身背对李郢,也不理睬他。李郢挪步过来,讪讪地说:"今日之事,你切勿介怀⋯⋯"

"请学士归府。"鱼玄机冷淡地打断他的话。

李郢原本已十分焦躁,一看鱼玄机的态度,心情越发烦闷,生气地说:"你也不讲道理,与我置起气来!方才,我是如何全心全意地保护你啊!"

鱼玄机紧咬银牙,心想:不错,如同你全心全意爱护你的爱马,你只是将我当作喜爱的宠物罢了!

李郢烦躁地问她为什么不说话?

"无趣!"鱼玄机铁齿铜牙似的吐出两个字,旋身拉着绿翘回房,严严实实地关上了房门。

"你不必冲我使小性子,我还不耐烦呢!"李郢赌气拂袖而去。

他不知道，鱼玄机的心门也已对他锁闭。

造化弄人。爱情来得重如泰山，去得轻如鸿毛。而在旁人看来，鱼玄机嫌弃李郢的原因简直不可理喻：你鱼玄机的确低李夫人一等——实际差距不止一等，也确乎是"一介女流"啊！李郢言辞不够婉转，但并没有犯不可饶恕的大错。

绿翘也觉得鱼玄机脾气太古怪了，私下劝解道："炼师不要钻牛角尖。倘若换作我，似李郎这般人物，我给他做妾做婢也心甘情愿，绝不放他走开。"

鱼玄机惊讶地瞪她一眼："咦，绿翘，这还是你吗？竟已变得如此老练，我几乎认不出！"

绿翘还想说什么，鱼玄机打住话头，让她回小屋休息。

绿翘不懂她，多言无益。事实上，就连亲生父母也不懂她，何况从未读过书、两眼一抹黑的绿翘。

鱼玄机平生所结交过的朋友中，称得上"懂她"的人屈指可数。温庭筠算一个，可惜已做了古人。其实最懂她的要属刘潼，李郢也还不错，然而，这两个男人一个在天涯，一个在海角，后会无期，覆水难收。人海茫茫，鱼玄机是一只孤鸿，何处寻觅知音？

和李郢闹别扭之后，两人的关系进入冷冻期，鱼玄机约朋友们游曲江解闷。

那一日，天气酷热，长安有闲的市民一窝蜂地涌向曲江吹风，搞得曲江边人山人海，反倒不太凉快。鱼玄机挤得汗流浃背不说，还和同伴们失散了。

"纳凉不成,反入火炉,失算、失算……"鱼玄机勉强挤到水边的一棵柳树边,倚在树干上喘气,与自己映在水面上的影子对话。

俄而,另一个影子靠近,与她的影子贴在一起。几瓣荷花漾过来,在两张面影上画出粉红色的花钿。什么人?

鱼玄机吃了一惊,轻轻跳开一小步,抬头探看,认得是一张熟面孔,一颗乱跳的心才落回原处。

咸通八年夏末,鱼玄机与祠部员外郎李近仁在曲江畔重逢。他们也算老相识,但自从鱼玄机因为李郢谢绝李近仁以来,这还是二人第一次相见。

不羡牵牛织女家

李近仁问她为什么挤成这般模样?李学士在哪里?不能照顾她吗?

鱼玄机淡定回应,说李学士之于她,已变成陌路人。

一时间,李近仁又惊又疑,还禁不住阵阵窃喜。他关切地问:"怎会如此?听闻炼师与李学士亲密无间,大有连枝共冢之态。"

鱼玄机哑然失笑,说散播这种传言的人未免太糊涂了吧?她和李学士并非夫妻,谈什么"连枝共冢"?

"他嫌我身份微贱,此即是决裂的原因。"鱼玄机对李近仁说。

"什么?岂有此理!炼师卓尔不群,才高识远,只是为罗裙所困,不得尽展长才。我素来仰慕炼师,万万想不到,李学士竟如此庸俗!"李近仁为她鸣不平,顺便痛打情敌落水狗。

赞美的话谁都爱听。何况这些话也正是鱼玄机本人的想法。

之后便顺理成章地，鱼玄机同意李近仁护送她回咸宜观，但她没有贸然邀请李近仁入室做客，只吩咐绿翘捧茶汤、方床子和围棋出来，请李近仁坐在后院大槐树下与她对弈品茗，躲避日晒。

李近仁叹道，在槐树荫下品茗下棋固然风雅，但在夏日终究凉意不足。鱼玄机笑问："莫非员外郎怪我怠慢了？"

"岂敢。"李近仁慌忙辩白，"我皮糙肉厚，并不在意冷热，所思所虑者，全系于炼师一尊。炼师金相玉质，在此耐受酷暑。每思及此，我就……寸心如割……"

李近仁说得很真诚，但鱼玄机明白其中必然有夸大之处。不过，堂堂祠部员外郎，挖空心思只为讨她欢心，让她的虚荣心得到小小的满足。况且，"讨好"终归是一种善意，总比不理不睬强得多吧！

鱼玄机的问题在于，即使写再多首《愁思》《寓言》之类的诗，以看破红尘自况，灵魂深处依然蠢动着对恋爱的热望。

"忍一忍，挨到秋凉，也便过去了。"鱼玄机回应道，"不然还能如何呢？"

李近仁没有作声，只默默饮茶。鱼玄机也不多说，吩咐绿翘提来红泥小火炉和铜铫。

李近仁谑笑道："这大热的天，炼师还要给我加一把火。"

鱼玄机也顺口跟他开玩笑："不错，我要把员外郎烤化了。"

她又指挥绿翘去庖厨取来一只瓷勺、一碗毕罗和凝结成固体状的马酪。用铜铫装盛马酪，坐在小火炉上熬到半融化，再把半固态的酪浆浇在毕罗上，奉与贵客。

"今日幸蒙相助，无以为报，请员外郎将就用些毕罗。"鱼玄机对李近仁说。

李近仁看到了希望。他有所耳闻，假如鱼玄机招待客人用餐，命侍婢绿翘服侍，即表明她对客人有一定程度的好感，愿意以诗友身份继续交往。当然，假如她亲手做饭，亲自照顾客人进餐，就更进一步，必定是对客人颇感兴趣，有更亲近的可能。李近仁目前属于前者，不过，总是有机会升格为后者的。

李近仁以近乎虔诚的态度，把酪浇毕罗吃得一干二净。鱼玄机示意绿翘拿扇子来给他扇风。他听到鱼玄机对绿翘说："毕罗吃冷伤胃，吃热又增添暑气。少不得要难为你辛苦一会儿。"淡淡的一句话蕴含着对客人的体贴，对侍婢的怜惜。

李近仁没有多说。告辞的时候，他突然告诉鱼玄机："炼师这碗毕罗真将我的心暖化了。"

言毕，他不肯再看鱼玄机的眼睛，猛地旋身上马离去。

俄而，鱼玄机听见他遥远的话音，说他明天离京，赴京畿各县公干，短期内不能来咸宜观拜访了。那声音被夏日的热风撕得有些残破，鱼玄机听着很缥缈，不知为什么，心中荡起一点惆怅之情。

"他何时再来？"此后的数日，这个问题仿佛一株野草，不时在鱼玄机脑海里冒出头,野火烧不尽,春风吹又生,顽劣地扰乱着她的思绪。

李近仁的心腹家奴和仆妇,是一对夫妻。几天后,他们禀告鱼玄机,李近仁离京之前给他们布置了一件差事,此事现已办结,遵照李近仁的指示,他们来接鱼玄机去看看事办得如何。

鱼玄机十分纳闷,一直追问是什么差事?

仆妇只好据实以告:李近仁为鱼玄机在灞水之滨建了一座"雨亭子",请鱼玄机携绿翘去那里消夏。

鱼玄机大为震惊。"雨亭子"是唐玄宗时期大奸臣王鉷的发明,据说是取法西海之上拂菻国(东罗马帝国)的做法,以水车引水至高处,向下喷射到亭檐上,激得亭子"飞流四注",人坐在亭中,凉爽如金秋。李近仁纵然富得堆金积玉,也是要下血本的。鱼玄机起初不愿前往,仆妇请求鱼玄机务必赏光,不然他们夫妻无法向"阿郎"复命,要被罚扣钱粮的。

于是,鱼玄机只能应邀前往。

李近仁家在京郊灞水畔建有一座小别墅,小巧的后花园直通河岸。鱼玄机到那里一瞧,发现"雨亭子"之说是言过其实了。李近仁在后花园最接近灞水的位置搭建了一间半地下室,剖开竹子,一节一节相连,构成人工水管,将灞水引入后花园。灞水经由竹管滴落到半地下室的屋檐上,水花乱溅,达到降温解暑的效果。这是白居易用过的方法,见于《庐山草堂记》,不算十分新奇,比王鉷的"雨亭子"简陋多了,但也足见李近仁的用心。

鱼玄机观察到，半地下室新铺砖地，砖地上再满铺簇新的江南蔺草席，家具均为竹制，可谓煞费苦心。

鱼玄机携绿翘在这里暂时住下。仆妇奉上一只锦盒，禀报说是李近仁临走时留下的，吩咐在"雨亭子"完工、鱼玄机莅临的情况下呈给她过目，假如鱼玄机谢绝前来，就让锦盒内的秘密永远尘封。

鱼玄机遣退众人，独自打开锦盒。里面叠放着一摞李近仁手写的情诗和情书，情词兼美，都是献给她的。

优渥的物质条件与丰富的精神世界兼备，迷人的外貌与过人的才华具备，属于社会精英阶层——老实说，不论古今，这样的男性一旦展开热烈的追求，恐怕大多数女性都难以招架，鱼玄机亦然，她吃不消了。

待了两三天，李近仁回京，径直折到别墅，和鱼玄机见面。他问鱼玄机，对他的心意是否满意？鱼玄机笑答："我自问并无资格提'满意'二字。我主仆二人与员外郎非亲非故，却在此享员外郎的福，深觉羞赧，消受不起。"

李近仁一声叹息，回京的喜气随之一扫而光。

鱼玄机回忆以往有过交集的三位"李夫人"，凄然道："我的确并无资格消受此等福分。此话何错之有？今日，真正的主人已回，我该回咸宜观了。只是我在此叨扰数日，也该有所回礼。财帛，我拿不出，就为员外郎作一首诗吧！"

她双手捧起新作,郑重地递给李近仁。

李近仁不简单,鱼玄机的恋爱技巧也臻于炉火纯青。这首题为《迎李近仁员外》的诗歌,主旋律和她凄婉的表象截然相反:

今日喜时闻喜鹊,昨宵灯下拜灯花。

焚香出户迎潘岳,不羡牵牛织女家。

直白地抒发恋爱中的女子喜迎情郎归来的雀跃心情,并盛赞李近仁貌若潘安,形成先忧后喜的反差,强烈地冲击着李近仁的心房。

鱼玄机举目迎向李近仁眼中欢悦跳动的光,徐徐坦承:此诗是她真实心境的写照,不过,也只反映了她一半的心境。事实上,她在期待与李近仁聚首的同时,也担心双方的关系不能持久。因为她经历的感情磨难太多,也实在是受够了。

她没有说明的是,也正是由于上述原因,对于恋爱,她渐渐不再重视曲折婉转的铺垫,更倾向于直来直去的推进。

李近仁严肃地回答,他认为言语的承诺空泛无力,不如一起走一程:"炼师若不与我同行,怎知我为人如何?讨厌,抑或讨喜?虚伪,抑或诚实?你统统不会知晓。"

就这样,鱼玄机居然应允了。从这一天开始,她和李近仁在灞水畔的这座小别墅里共同生活。

鱼玄机发现,李近仁私下十分欢脱,与一般"正人君子"留在普通人心中的刻板印象有云泥之别。

譬如清晨,鱼玄机还睡得迷迷糊糊,李近仁只套着一身就寝时穿着的贴身绢衣,跳下卧榻,把她兜在怀里,撒腿往外疯跑。鱼玄机被活活地抖醒,惊诧地问他做什么?他喘着气大笑:"呵呵……少安毋躁,须臾即可见分晓。"

他把鱼玄机抱进一间小屋,是鱼玄机尚未踏足的神秘空间。此地和其他房间一样铺着砖地,窗牖帷幕低垂,掩得严严实实,但家具寥寥无几,仅布设有挂衣服用的桁子和坐具——方床子,空空荡荡,显得比实际面积更加宽敞。

"什么?"鱼玄机狐疑地问。

李近仁不应,轻轻将她一抛。她的身体疾速坠落,伴随一声尖叫,整个人掉进一池温水里。水深大约只有半人高,但鱼玄机以横躺姿态入水,难免有呛水危险。她赶紧捂住自己的口鼻。李近仁"咕咚"一声跃入池水,展臂将她捞起,托在水面上,如美人鱼一般漂浮。

鱼玄机气得握起拳头,擂着李近仁的胸口责问:"谁叫你拿我恶作剧?"

"哈哈哈!我帮你开开眼。"李近仁说,这是他泡澡用的浴池,奴婢遵照他的部署,从昨天后半夜就开始烧水准备,为的是让他和鱼玄机一早入浴,既干净又凉爽。

鱼玄机环顾室内,笑他真会享受,泡澡不像一般人使用木制的浴斛,竟造了这么一个下沉式的砖石小浴池,有点微缩版骊山御用温汤的意思。

"这可是太宗、玄宗享用过的物事啊!哈哈!"鱼玄机忽然觉得很好笑，不由得笑出声。

李近仁敛容。鱼玄机以为他生气了，便不冷不热地直视他的眼睛。

"可惜，过去一直没有杨太真那般人物与我共享。"李近仁徐徐解释，"如今可算觅得一位胜似杨太真的佳人，便是你。"

鱼玄机笑说："我并不敢与杨贵妃相提并论。"

"啊……我说错话了。"李近仁佯装自责，"你诗才固然远胜她，却也有一桩不及她。"

"哪一桩？"鱼玄机问。实际上，她性情骄傲，自问除了家庭出身，未必有什么地方逊色于杨贵妃。而家庭出身并不是各人的本事，家族背景过硬只能算投胎运气好，不值得炫耀。因此，对于李近仁刚才的话，她是很不服气的。

"你……"李近仁慢条斯理地回答，"肌体不及她丰肥……"

鱼玄机迅速做出反应，挣脱他的臂弯，一手扶着池沿站稳，一手拍打池水，掀起大大的水花，对李近仁发动水攻，笑骂："祠部员外郎竟是这等油腔滑调之徒，着实令人惊愕！"

浴后，两个人一起更衣梳妆，共进早餐。鱼玄机问李近仁，背着人时是否都如刚才那样疯癫？

李近仁答，应该说，他是一直都"想"如刚才那样疯。但是，可以一起疯的爱侣不好找，好不容易才遇见一个鱼玄机。

李近仁任职祠部，经手的全是祠祀享祭、天文漏刻、国忌庙讳、卜筮医药之类严肃、沉重、压抑的事务，业余时间更需要舒缓放松。鱼玄机动静皆宜,有才有貌,披着女道士圣洁、神秘的外衣,自然是他婚外恋爱的理想对象。

　　鱼玄机略觉酸楚,不为自己在李近仁私生活中扮演的角色,因为她自己也在这种关系中得到快乐,获得精神和物质双重的享受。她是为现在的恋爱已失去初恋的纯真而感到遗憾。尽管她和李亿的爱情未能善始善终,然而,初恋那种朴实、纯净的美,那份不问前程的勇敢,李近仁之辈终究无法给予。

人生苦短须尽欢

在灞水别墅住了一段时间，鱼玄机开始思念长安的朋友们了。她向李近仁提议回城，劝他还是回家看看，一则不要让家人过分担心，以免闹出事来，回城后去咸宜观找她很便利，或者约在其他适当场所会面也行。二则李近仁不至于太辛苦。住在别墅，除了休沐日，他每天都要在皇城和京郊之间奔波。鱼玄机表示，自己心里非常过意不去。况且，万一误了公务，岂不事大？

她说得句句在理，处在热恋状态的李近仁自然是听从的。

他们返回长安城，各自回家，但仍然每天约会。如果时辰晚了，李近仁就留宿咸宜观。

大概在两人回城的第五天，李近仁再次在咸宜观住宿。由于某种不可言表的原因，他们很早就寝。绿翘和李近仁的贴身家奴坐在院中乘凉闲聊，悄悄议论主人的八卦。

天色还不晚，院门没有关闭。未几，卧室的两个人尚未入眠，某位不速之客突然跑来，熟门熟路，一步跨进鱼玄机的院门。

绿翘认出客人，惊得往后一仰，继而跳起身大叫："学士！您怎么来了？"

神秘客人竟是李郢。他说，他来看望鱼玄机，希望冰释前嫌，重拾坠欢。

李郢张望鱼玄机卧室所在的方向，与李近仁家那个不知所措的家奴打了个照面。随后，又看见了李近仁的坐骑，拴在树上，正在吃草料。他立即怒火中烧，骂道："怪道坊间传言鱼玄机和祠部李员外打得火热！我还不信，思忖着我与她恩义深重，她不至于因为一点小纠葛就做出背信弃义之事！不料果有其事！"

李近仁听见李郢的骂声，诧异地问鱼玄机："你们不是已经绝交了吗？"

"确已绝交，毫无疑问。"鱼玄机以坚定的口吻重申事实，要求李近仁跟她一起去见李郢，当面锣，对面鼓，把彼此的关系分说清楚。

"这……"李近仁犹疑不定，嗫嚅着说，恐怕不方便，他和"李学士"毕竟是官场同僚……

鱼玄机大为失望，冷笑道："何不说完？我来替你说，你们同朝为官，抬头不见低头见，岂能为一个女冠当面争吵？"

她摔门而出，对李郢声明，双方业已决裂，连他赠予的马匹也已送到他的家中，今后请他不要不请自来，更不要干涉她的生活。

李郢不依，说他一直以为那只是鱼玄机在赌气，鱼玄机不曾明言分手，他也从未真正动过分手之意，因此并未决裂；在此情况下，鱼玄机又勾引其他男人，就是通奸，是无耻，是荡妇！

"你忘记我曾跃上你的马匹救你！"李郢怒气冲天地嚷道。

应该承认，在李郢的问题上，鱼玄机确实有所失误。她过去曾以默示的方式与别的男友分手，所以对待李郢也一味按自己的脾气处理，忽略了每个人对男女关系的定位标准有可能不同。当然，也不排除李郢明知鱼玄机的意愿，但心有不甘，因妒生恨，以请求复合为名，故意打上门来"捉奸"，拆鱼玄机和李近仁的台。

然而，鱼玄机终究是鱼玄机，绝不肯就此低下高傲的头，回应犹如针尖对麦芒："呵呵呵！我今日才算看清李学士的庐山真面目！人说你忠厚，实为'貌似忠厚'。这'貌似忠厚'之徒一朝露出狐狸尾巴，若论'无耻'，连市井屠狗辈也要望风披靡！"

所谓的"老实人"被激怒，反弹往往非常可怕。其实，这一点从李郢上次当众责骂夫人就已露出端倪。他一时忘记了自己"士大夫"的身份，当场和鱼玄机吵得不可开交。可是拼口齿，他哪里比得上鱼玄机伶俐？不到三个回合就一败涂地，气得直喘粗气,说不出话来。

鱼玄机也不想与他纠缠,吩咐绿翘送他出去,自己旋身回房,合上房门。转身看见李近仁,忽然想起:这个男人在她与李郢争执的过程中始终躲在室内不发一语。现在,鱼玄机觉得自己看见的不是一个恋人,而是一只自私自利的缩头乌龟,即使骂他"像鸵鸟一样把头埋进沙子里",都是抬举他。

她不怒反笑,猛地打开房门,向李近仁下逐客令:"我思量着,员外郎也想走了。"

闲居作赋几年愁，王屋山前是旧游。诗咏东西千嶂乱，马随南北一泉流。曾陪雨夜同欢席，
别后花时独上楼。忽喜扣门传语至，为怜邻巷小房幽。相如琴罢朱弦断，双燕巢分白露秋。
莫倦蓬门时一访，每春忙在曲江头。——《左名场自泽州至京使人传语》·鱼玄机

第六篇

幻灭

意料之外的爱情带给鱼玄机莫大的惊喜。然而，她认为值得相伴一生的这位爱侣，却在无意中将她推向悲怆的终点。死亡是鱼玄机最好的解脱吗？

忽喜扣门传语至

李近仁并不恋战,快步奔出,追上李郢。鱼玄机听见他对李郢解释:"李学士,我也是上了她的当……"

不出所料。当麻烦降临,李近仁念兹在兹的,只有自己的利益。发生今天的变故,他不可能继续与鱼玄机交往。况且,他不能得罪李郢。也许将来在官场上他会有求于李郢。说不定借此契机化敌为友,今后还能互相照拂提携。而"化敌为友"是有前提的,最简单的一条莫过于树立共同的敌人,鱼玄机就是这个活靶子。

鱼玄机对李近仁的离开丝毫也不可惜。或许,从她住腻灞水别墅,想念长安众友人的那一天起,她对于李近仁的新鲜感,对于他那些疯玩招数的兴趣,都渐渐淡了。

她笑着教导绿翘,对男子不可轻易动真心,如李近仁之流,只配陪女子玩玩解闷。

绿翘答，自己不具备鱼玄机的才华和魅力，玩不起，只想找个可以托付终身的男子，给他做妾做婢，混个生活丰足。

鱼玄机听了，只是一笑了之。

她没有把绿翘的话放在心上，觉得那终归是一个孩子所说的话。

鱼玄机孑然一身，走进了咸通八年的秋天。

西风落叶，丹桂飘香。有一天，一封来自山西的书信随南飞的大雁一道飞临长安，传到鱼玄机手中。

信纸熏染了桂花的香味，落款为"泽州左名场"。

左家的家奴跟着信使一同抵达，按照主人的嘱托，向鱼玄机传口信：左名场即将进京备战明年的科考，将寄宿在咸宜观邻巷的一家旅馆内，希望和她见面叙旧。家奴同时带来左名场赠予鱼玄机的礼物——依然是宝贵的"黄精"。

其实，左名场在书信里已经谈及重聚的心意，但他仍然派遣家奴先行进京，当面向鱼玄机提出口头请求，提前献上礼物，看来不是一般性的客套，而是真心、急迫地想要与旧友重聚。

鱼玄机忆起自己在山西和左名场来往的情景：雨夜聚饮畅谈，切磋诗文，一起打马球，一起登王屋山……尤其令鱼玄机难忘的是，在她被李亿夫人逐出家门的时候，左名场多次携新婚妻子到那所陋巷幽居看望，给孤苦的她送去温暖。在她离异、入道之后，左名场还与她通信劝慰，寄赠礼物。单凭这份情义，鱼玄机也不能不和他见面。

重逢当日，鱼玄机淡扫蛾眉，预先掐算着时辰烹煮茶汤。当左名场步入她的小院，茶汤也正好可以饮用了。

鱼玄机迎出房门，看见一个既熟悉又陌生的人影——还是那张俊秀和善的面容，和书信文字勾勒出的模样一般无二；但昔年那个年未弱冠的少年已成长为风华正茂的青年。

"闲居作赋几年愁，王屋山前是旧游。诗咏东西千嶂乱，马随南北一泉流。"鱼玄机随口吟出半首诗，对左名场笑道，"我原想做一首诗，记录自己欣闻你遣使传话、要求见面时的心情，以迎接你这位旧友，谁知，尚未写完，你就来了。还有一半暂未构思成熟呢！"

左名场望着她，不由自主地露出微笑："足矣，足矣。我原本担心你不认识我了。不承望你还记着同游王屋山的故事！"

"关于你，我岂止记得这一件事？近年来，我们还通过几次信，怎会忘记？只是半首诗不足以穷尽往事罢了。"鱼玄机请左名场入室落座。另一层原因，她不想告诉左名场——她不愿重提在太原与李亿夫妇发生的那些恩怨纠葛，那些旧事令她感到屈辱。

鱼玄机手持长柄木勺，把茶汤盛进一只青瓷盏，请左名场品尝。

左名场留意到，鱼玄机为他准备的茶具都是崭新的。他明白这是鱼玄机款待老朋友的诚意，但仍不禁露出欣喜的笑容，如饮甘露一般,一小口、一小口,慢慢饮尽第一盏茶汤。

鱼玄机笑着说,在她这里不必客气,她虽然不算富裕,也还不需要朋友为她省吃俭用。

"非也。品茶原应如此浅斟慢饮。"左名场掩饰着自己的真实想法,双手合握瓷盏,感受着茶汤的余温——那是来自鱼玄机的温度。

左名场曾在来信中提及,他和妻子已生育子女。但在鱼玄机看来,他略带羞涩的眼神,哪里像一个做了父亲的已婚男子?鱼玄机恍惚觉得,自己的年龄也倒退了,似乎比左名场还小,只有十六岁,也不曾认识一个名叫"李亿"的人。几年来,不少人喝过她烹煮的茶汤,但从来没有一个人带给她同样的感触。

鱼玄机为左名场添了一盏茶汤,问他为什么独自进京备考?妻子儿女留在家乡,想必相思甚苦。

"他们……儿女有家严家慈及一众奴婢照料。至于她……"左名场缓缓说明实情,"近日已与我和离。"

鱼玄机大感震惊。唐律确实允许感情不合的夫妻和平离异,各寻新欢,然而,现实生活中采取这种手段结束婚姻关系的人毕竟少之又少。何况左名场与妻子儿女双全,完全没有离异的理由,双方家族及社会舆论也绝不会支持他们离婚。一般人在这种情况下,即使貌合神离也要凑合一辈子的。

但左名场不愿凑合。他告诉鱼玄机,当年,他奉父母之命,不得不娶妻完婚,传承香火。可是,他与妻子一直找不到共同语言，同床异梦，婚姻生活痛苦不堪。此次趁进京赶考的机会，他买通卜者，编造谎言，说如不解除婚姻，他本人科考必败，前妻也会折寿……几经周折，他终于摆脱了不幸的婚姻。

"如今甚好。她也能另嫁如意郎君。"左名场说。较之后世，当时的社会对女性再婚仍然相对包容，所以左名场才能说得这样轻松。

鱼玄机叹道："原来如此！彼时在太原，你常常偕同前夫人来看我，我见你们形影不离，还以为你们感情和美。"

左名场苦笑着说，自己和以前的妻子根本不是一路人，只是在父母之命媒妁之言下才生拉硬拽地凑成一对夫妻。

"我那时带她在身边，只为……"左名场的话音忽然变得有些沙哑，仿佛吐出一块鲠在胸中多年的鱼骨，挤得心都发痛了，"只为……方便自己看望你。"

左名场说，彼时，鱼玄机尚为李亿的妾室，不能单独会见外男。因此，当年他拉着妻子同行，其实是让她做个掩护。后来，他迫于父母压力，携妻同返泽州，也不能同鱼玄机书信往来，备受煎熬。当听说鱼玄机与李亿决裂，回京入道，他就在第一时间寄来了慰问信和黄精。

"我为你难过，却也无耻地窃喜。"左名场说，"因为你重获自由之身，我有资格与你来往……"

鱼玄机惊愕不已，一时不知如何回应。自诩阅尽千帆，竟忽略了那一只最诚朴、最敦厚的小舟。她简直想狠狠地嘲笑自己。

"当年，我唯恐你无人安慰，也许会想不开。我太想看见你，也只想看见你，与你说说话，别无他求……"左名场沉浸在回忆中，言语喃喃，"因此，我也算利用了前妻，对她深感抱歉……"

出于愧疚，离异时，左名场除了归还全部嫁妆、支付合理的赡养费，还额外赠予前妻一大注财帛。

鱼玄机为他的善良而感动，更钦佩他挣脱枷锁、追求幸福的勇气和智慧。有左名场作为参照物，鱼玄机不由得想起李亿。

假设李亿使出和左名场相同的计策，骗得家人相信他不宜婚配，他与"鱼幼微"就能一生一世一双人了吧？不，不会。李亿不是左名场。由本质来看，李亿不仅是封建婚姻制度的服从者，还是忠实的拥护者，他和他的妻子是一路人。而鱼玄机和左名场，则是封建婚姻的叛逆者。

鱼玄机问左名场，今后准备怎么办？科考结束后，还是要回泽州议婚的吧？

左名场激动起来，将茶盏往几案上一磕，提高音量答道："不，绝不！"

左名场话音涩涩："你可知，我为何一定要在进京之前与前妻和离？无非是为了以单身男子的身份来见你……"

鱼玄机流出了眼泪。绿翘也听得哭了。可是，鱼玄机依然不肯明确表态，只是款款起身，对左名场说："你来一趟不容易，不可饿着肚子回馆。你之前赠我的黄精，我分了一部分给赵炼师，余者也尚未吃完。赵炼师又回赠我青粳饭，均已经过九蒸九曝。

我把两样都做给你尝一尝。"

绿翘跟着鱼玄机进庖厨,一面打下手,一面劝她接受左名场,不要这样冷淡。

"我若对他冷淡,就不下庖厨了。"鱼玄机回答,"实在是……从男子口中说出的漂亮话,我听得太多了。"

少时,饭菜上桌。黄精饭、青粳饭、肉脯、水煮芦菔、蜜煎姜、芥醋腌马齿苋,还有不可或缺的酒。

鱼玄机为左名场斟酒,告诉他:"这并非名酿,实为道家常饮的松花酒。但口味醇正,我很喜欢。换作别的客人,我反而不爱给他们喝自己钟爱的松花酒。"

左名场毫不含糊,仰首一饮而尽:"你喜欢的,自然是最好的。"

吃这顿饭用了他们很长时间。因为他们总是忍不住要和对方说话。餐后,两人谈兴犹浓,仿佛明天即将分别,心中藏有千言万语,必须把握今朝,一口气谈完。

聊到薄暮暝暝,鱼玄机狠下心,劝左名场回住所,不要犯了夜禁。其实这是借口。且不说近年来,长安城宵禁日渐松弛,夜间居民出门消遣及小商小贩做买卖的现象越来越普遍,单凭左名场所居旅馆的地理位置,也不用忌惮宵禁制度。因为那座旅馆就在咸宜观邻巷,两地同属亲仁坊,夜间相互走动不受限制。只不过鱼玄机不想给左名场过高的期待,并且不想掩饰这一点。

左名场当然依依不舍,但他不想惹鱼玄机反感,于是礼貌地起身告辞。

鱼玄机陪他步出咸宜观大门，凝视他良久，忽然吟诵道：

"'曾陪雨夜同欢席，别后花时独上楼。忽喜扣门传语至，为怜邻巷小房幽。相如琴罢朱弦断，双燕巢分白露秋。莫倦蓬门时一访，每春忙在曲江头。'我那首为迎接你而作的诗，总算作完了。"（《左名场自泽州至京使人传语》）

她用这首诗告诉对方，自己还不能许下什么诺言，但欢迎他经常来访。对于别的男子，鱼玄机也曾表达过类似的态度。有一点有所区别："曾陪雨夜同欢席"的男主角是李亿，但鱼玄机刻意将他抹去。由此可以看出，正因为她特别重视左名场，才更需要控制感情的进度。

莫倦蓬门时一访

左名场住在旅馆温书备考，不时以请教为名，跑到咸宜观找鱼玄机说话。第一天跑两趟，第二天跑三趟。鱼玄机觉得此风断不可长，会影响左名场的科考大业，便与他约定：他安安心心待在旅馆读书，不许乱跑，如有疑问就做好记录，鱼玄机每天早起去一次旅馆，一并帮他解答。

鱼玄机规定的这种节奏维持了三天。第四天，她离开旅馆，随朋友们外出游玩，午饭前返回咸宜观。刚煮好一铫茶，准备用午餐，院门响了。绿翘出去询问，竟是左名场到访。

鱼玄机嘴上责备他不该违反约定，内心却是一暖，亲自打开院门，引他进入书房，问他读书遇到什么紧迫问题，非得当天解决不可吗？

左名场盯着铺地砖的缝，沉声回答："目前并无疑问。"

"那么，你不该来啊！应当留在旅馆用功读书才是。"话虽如此，鱼玄机依然煮茶给他喝。

两人默默品茶，都不言语，但一个舍不得离开，另一个也舍不得劝对方离开。闷坐片刻，左名场忽然对鱼玄机说："我只是无法克制想要看见你的那份渴望。我竭力自控，却以失败告终。若不见你，书，我必定是读不进去的。"

"唉！"鱼玄机叹口气，"可我不愿耽误你的前程。万一错失功名，你会后悔的。"

左名场没有立刻回答，只埋头翻阅鱼玄机的诗稿。过了许久，他抬起头，向鱼玄机粲然一笑："我当真不在乎功名。"他强调，自己不是一时冲动，实则自幼就向往闲云野鹤般的隐逸生活。

鱼玄机无可奈何地笑了，问他："既然如此，你何苦进京赶考呢？"

"一是为了给家父家母一个交代，二是……"左名场凝神看她，"为了与你重逢。"言毕，他飞快地低下头，认真整理翻乱的诗稿，似乎害怕遭到拒绝。

鱼玄机请他安坐饮茶，诗稿原本就放置得有些凌乱，而且这些杂事自有绿翘去做。

左名场不肯停手，真诚地说："你且容我为你做一些事。"

鱼玄机轻轻地摇了摇头："左郎，你为我做的，已然不少。"

"这些事，不仅仅是为你做的。"左名场暂时停止劳作，注视着鱼玄机，铿锵有力地说，"也是为我自己做的。帮你整理诗稿,如同听你谈诗、看你煮茶一样令我欢喜……"

结果,鱼玄机修改规则。每天早晨,她去旅馆为左名场答疑解惑;傍晚,左名场到咸宜观,请鱼玄机抽查他全天的功课,随后共进晚餐,对弈聊天,把白天来不及说的话都说给对方听。

他们话语投机,一谈话就觉得刻漏滴得太快。有时,鱼玄机有了灵感,会毫无预兆地中断交谈或棋局,扑向书案提笔作诗。在左名场面前,她完全不考虑是否失礼。

左名场也不动气,总是站在她身边耐心等待,欣赏她潜心创作的模样,帮忙收捡诗稿。

之后,话题自然而然地转移到诗歌上,两人共同品评鱼玄机的新作,不知不觉谈到就寝时间。每次都是鱼玄机起身看看天色,提醒左名场回旅馆。

"啊,居然到这个时辰了。仿佛只与你谈了两句话而已。"左名场讶异地说。

"左郎,我何尝不是如此?然而,"鱼玄机强忍内心的缱绻不舍,"眼下须以科考为重。你可以说自己无心功名,却不能不考虑父母尊长的感受。"她认为,左名场还年轻,心性未定,现在对名利仕途无可无不可,将来眼看着昔日同窗解巾释褐、扶摇直上,自己仍为白丁,就未必还能如此淡泊。

"届时,我可不想落埋怨,让你说什么'炼师误我'。"鱼玄机以玩笑的口吻说。

左名场却很较真,敛容道:"我不称呼你为'炼师'——

你听我几时这般称呼你？再者，我虽较你年少几岁，却也明辨事理，不会无理取闹，怨天尤人。你如师长一般督促、指导我读书应考，倘若我落第，也全怪自己不求上进，绝不怪你。"

鱼玄机不知如何回答。她郁闷地发现，面对这个貌似单纯的弟弟，自己的口才失去了效用，最后只能以最简单的方式表达自己的立场——做出淡漠的神情，撇下左名场，独自折回卧室，关紧房门，吩咐绿翘送客。

"你无须戒备。我并未打歪主意。你不留我，我就不会赖着不走。"左名场退到院子里，对着窗纸上鱼玄机的侧影说完这句话，跟着绿翘出去了。

他们仿佛在用绵软的玉露团进行一场黏黏糊糊的拉锯战。鱼玄机希望左名场专注于科考，要把他推远一点，却不能舍弃每天两次的例行会面，在见面、交谈的过程中，又将双方的距离拉近。

左名场从来不提非分要求，但每次会面，他都没有时间概念，必须由鱼玄机采取行动，会面才会结束。鱼玄机曾经对他说过："为何总是让我做恶人？我早间去旅馆，你可以提示我离开；你晚间来咸宜观，有时应该主动告辞，不要一坐下就不想走似的。"

左名场并不反驳，可是第二天依然如故。鱼玄机也不会过分拒绝。因为，和左名场相处时，她分明是幸福、快乐的。于是，在推推拉拉之间，双方感情越来越紧，无法分离，也不愿分离。

重阳节前夕，家住京畿某县的一位朋友邀请鱼玄机去他家做客，出席当地文友举办的诗会。换在以往，鱼玄机接到此类请帖，必定期盼日子过得快些，好早日赴会。然而，这一次，她却喜忧参半。喜，是因为她爱诗；忧，则是因为她爱左名场，不忍离别。

左名场对她更是难舍难离，闻讯后的第一反应是找理由阻止她出行："你不在，无人监督我读书，如何是好？重阳节将至，届时帝京城中也有赏菊诗会，有必要舍近求远吗？再者，现今秋凉，看这天气只怕会下雨。一旦有雨，土路泥泞，交通不便，倘或有个闪失……不可，我不放心！"

鱼玄机一时迟疑不决，既放不下左名场，又放不下诗会，也不忍拒绝朋友的美意，只与左名场默然对视。各种情绪交织在两人的目光里。

未几，左名场吁出一口气，颓然道："你去赴会吧。"

鱼玄机有些吃惊，问他为什么突然又想通了？

"因为诗会是你所向往的盛事，假如不去，你会失望。而拒绝友人的诚意邀请也会使你难过。二者都不是我所乐见的。"左名场穆然回答，"当然，与你分别，虽则时日不长，我也很难过。我不想伪装大度，也不愿违心说谎。"

鱼玄机险些缴械投降，最后好歹凭借自身的人生阅历按捺下来。离别对于爱情是一个考验，也是一个机会，两者都不可放弃。

"京畿不算远，我去几日即返。我不在时，你须好生读书，待我回城验看，若无进益，再不许你踏入咸宜观一步。"鱼玄机颔首应答，稍后，又硬着心肠补充道，"我启程之时，你正该温书，千万不能跑来送别。"

然而，鱼玄机的心情万分纠结。动身那天，从卧室到咸宜观大门，短短的一路，她连续做了三四个白日梦，不断幻想左名场赫然出现在某道门外，不顾劝阻前来为她送行。可是左名场并没有现身。

鱼玄机忍不住嘲笑自己："你为何心生惆怅？他听你的话，闭门苦读，你应当高兴才是。唉，你这口是心非的怪物啊！"

行至某处城门，出城在即，她的心情益加沉郁。之前还与左名场活动在同一座城池内，现在，只要穿过这个城门洞，两人之间的牵绊似乎就会被割裂。

鱼玄机骑在骡背上，低头俯视着土路，使劲地看，好像要用锐利的目光掘地三尺，将左名场从沙尘里钻探出来。

终于，一位驻马在城门旁等候的青年男子看不下去，策马靠近她，轻声提醒："小心。"

这是一个熟悉到无以复加的声音，直接穿透鱼玄机的心房。她打了一个激灵，猝然抬头，果然是他——左名场。

"我并非为你送行，只是在路旁等你。"左名场淡淡地说，"不算违背你的意愿吧？"

他吩咐随行家奴递给绿翘一个小包袱，内装几个荷叶包。

他告诉鱼玄机,这是他请旅馆庖人做的青粳饭,用荷叶包扎好,给鱼玄机主仆路上吃。在当时,便于袋装储存的青粳饭是常用的旅途食品。只是鱼玄机觉得此行路程不远,沿途可以将就解决一日三餐,因此没有做太多准备。

左名场说,他准备的是上好的青粳饭,女子身体娇贵,不比男子可以随意打发,万一鱼玄机吃坏了肚子,玉体抱恙,他也不能静心读书。

两人执手握别。左名场倒是一副胸有成竹的模样,似乎已做好什么打算,鱼玄机猜不透,也没有开口询问。

后来,她一直留着一片左名场用来给她包青粳饭的荷叶,亲手洗濯、晾晒,保存在身边。

在此次诗会上,鱼玄机的情绪比以往饱满,状态极好。她暗想,浮萍可以洒脱坚韧,终究不如有根的荷花安稳恬然。如果说她曾经是前者,如今已成为后者。这种变化正是左名场带来的。

诗会期间,鱼玄机下榻在朋友家。住了两三天,朋友家的侍娘跑到鱼玄机的住处,向她通报一个突发情况:外面来了一个别人家的奴婢,山西口音,自称奉"泽州左郎"之命前来,给"鱼炼师"送泽州土贡,同时也赠送一些给这家的主人。

"呵呵!奴婢明白,我们家阿郎、娘子都是沾了炼师的光。"侍娘笑得颇为暧昧。

鱼玄机居然感到一丝羞涩。她已经很长时间不会害羞了。

来人是跟随左名场进京的心腹家奴，送来泽州土贡野鸡做的肉脯及左名场写给鱼玄机的几首诗。他禀告鱼玄机，这是老家新派遣的奴婢奉左名场父母之命带进京的。左名场谎称要孝敬京畿某县一位对自己有教导之恩的长辈，骗过老家的人，命心腹家奴给鱼玄机送来，顺便让他看看鱼玄机气色如何，在外饮食起居是否习惯。等诗会结束，左名场将出城迎接鱼玄机。

"我又不是三岁孩童。你家郎君可好，竟比我娘还操心。"鱼玄机的心变得软绵绵的，被左名场带来的暖流烘得快要融化了。难怪分别之际左名场气定神闲，原来已计算好后话。

鱼玄机写了一封信托左家奴婢带回，承诺重阳节前返回，在半路与左名场聚首，两人一同回城，共赴赏菊诗会；她还将为他的新作作了一首和诗，见面时一并交给他。

诗会结束后，鱼玄机婉谢朋友的挽留，马不停蹄地踏上归途。她体贴左名场热盼团聚的心情，而她本人想要与左名场相见的心，也是同样的热切。

然而，天公不作美，鱼玄机动身不久，一场秋雨破坏了交通。她坚持跋涉到与左名场约定的会合地点，实在挣扎不动了，只得携绿翘入住一家客舍。左名场自然也未能如期抵达。

女为悦己者容

鱼玄机和绿翘在乡间滞留了一天一夜，秋雨无休止地下着，客舍附近的一眼泉水、村里的池塘都涨了水。听说"长安八水"均发生不大不小的秋汛，通往长安城的官道泥泞得寸步难行。

鱼玄机不禁埋怨左名场，非要在她接到请帖时说什么"看这天气只怕会下雨。一旦有雨，土路泥泞，交通不便"，结果不幸言中，真是个乌鸦嘴。

鱼玄机估摸着，自己将会错过重阳节的赏菊诗会，懊恼之下，一气写出一首《重阳阻雨》，发泄心中的闷气：

满庭黄菊篱边折，两朵芙蓉镜里开。

落帽台前风雨阻，不知何处醉金杯。

可是，她又忍不住翻出左名场写给她的诗，重三遍四地诵读，或者取出那片荷叶，轻柔地摩挲，仿佛那是左名场的手。这些是她旅途受困期间仅有的慰藉。

何事能销旅馆愁，红笺开处见银钩。
蓬山雨洒千峰小，嶰谷风吹万叶秋。
字字朝看轻碧玉，篇篇夜诵在衾裯。
欲将香匣收藏却，且惜时吟在手头。

她把自己的心情作成一首《和友人次韵》，作为给左名场的和诗。只是，和诗做好了，几时能交到"友人"手中呢？

绿翘问她，左名场还能来吗？鱼玄机苦笑道："他想来，奈何天不助他——'雁鱼空有信，鸡黍恨无期。闭户方笼月，褰帘已散丝。近泉鸣砌畔，远浪涨江湄。乡思悲秋客，愁吟五字诗。'……唉！"

她在笺纸上写下刚才这首新作的标题——"期友人阻雨不至"，忽然觉得又好气又好笑。她期盼左名场的到来，左名场不能来，而"诗"却三三两两不请自来。世间还有比"诗"更淘气的东西吗？

次日一早，鱼玄机比绿翘先起床，趿拉着一双蒲草履，挪步到客舍门口观察天象。雨势已明显减弱，不过，店主娘子告诉她，前方道路尚在疏通中，不要说两个女子，即便男子行路也极为艰难，劝她多住两天。

"两天、两天……"鱼玄机哭笑不得地望向官道，多想把这恼人、无用的破路砸个稀烂！她自己可以冒险赶路，但绿翘不行；如果让绿翘单独留在客舍，又怕不安全。绿翘名义上是她的侍婢,其实被她当作妹妹。她不能不为绿翘考虑。

"炼师若不信,请看那两位郎君,在泥路上都滚成了什么样子?"店主娘子指着大门外新来的两名住店旅客,悄声劝告。

的确,新客人与其说是两位男子,不如说是两只泥猴。连发髻和眉毛都糊满泥浆,衣服颜色也完全看不出,仿佛没有穿衣,滚一身泥就出了门。

店主家的女儿被两位新客人的狼狈模样逗乐了,捂嘴偷笑。鱼玄机却笑不出来。

她认出其中一只"泥猴"的身形——左名场。一定是他。别人当然识别不出,但鱼玄机相信自己的眼睛,更相信自己与左名场之间的默契。

她撑起雨伞迎出去,院中的污泥旋即把她的双足埋没了一半。她全然不顾肮脏,深一脚浅一脚地挣扎到那只"泥猴"的背后,颤声说:"你来了。"

左名场听见她的话音,迅即转身,咧嘴一笑,满脸黄泥中露出两排洁白的牙齿:"啊!你!果真如约在此地等候!抱歉,路太难走,我来晚了。"

鱼玄机摇摇头,抬手掩住口鼻,当众抽泣起来。她不在乎世人如何议论,她只知道她爱着左名场,而左名场也真心真意地爱着她……

他们在这家乡间客舍住了几天,出双入对,俨然一对夫妻。有爱人相守,羁旅就变成了蜜月。连绿翘都暗暗艳羡。鱼玄机简直不想回城，左名场也说："你我长住于此，做一对村夫村妇，倒也不错。"

当然这是不可能的。交通恢复后，他们返回长安城。左名场仍回旅馆居住。老家派来的家奴办完差事还会回城监督他一阵子。假如左名场搬进咸宜观，公开与鱼玄机同居，必然惊动父母，后果不堪设想。父母有可能怀疑左名场离异、保持独身的真实动机。因此，鱼玄机同左名场商量，在老家的人离京之前，他们继续分开居住，以免因小失大。

有左家父母派来的"大灯泡"在侧，鱼玄机与左名场的交往俨然变成一场游击战。约会方式主要包括下列三种：

一、鱼玄机女扮男装，贴上假胡须，冒充左名场在京城结交的"师长"，到旅馆指点左名场的功课。左名场以读书需要安静为由，支开奴婢，单独接受"师长"的教诲。

二、左名场借口登门请教"师长"，吩咐心腹家奴携带礼物，陪同他外出，实际是与鱼玄机幽会。而老家来人则被留在旅馆料理杂务。

三、读书需要劳逸结合，结交京城士人更是铺设青云之梯的必要手段——左名场以此为借口，与鱼玄机出席同一社交活动，公开见面。当时，女道士参与士人聚会，说笑交谈都是正常现象。只要控制在合理的限度内，自然不会引起左名场老家来人的怀疑。

然而，以上三种手段都不可能经常实施，在整个咸通八年的秋冬季，两人见面的机会较之过去大减。赵炼师等朋友不明就里，以为鱼玄机和左名场的关系已疏远，虽然并未分手，但已从志在长久退回露水情缘。

鱼玄机懒得澄清。她想过，双方感情有可能因此由浓转淡。可是，如果连一时的困难也承受不起，这段感情也不值得珍视。且将眼前的困难作为爱情的试金石，大浪淘沙，去伪存真，未尝不是一件好事。何况，这种"偷偷摸摸"的恋爱方式带给她偷情式的别样快感，又是另一种不足为外人道的私密享受。

万幸，两人的感情有增无已。进入腊月，鱼玄机和绿翘一起筹备节庆事宜。左名场期待与她共度"腊日"——即腊月初八，俗称"腊八节"。按照双方商定的计划，腊日当天，左名场将告诉老家来人，他要去"师长"家赠送节礼，预计中午抵达咸宜观。

腊日上午，鱼玄机去赵炼师院中玩耍。恋人将至未至，如同放假前最后一个工作日，鱼玄机眼前的世界分外明亮，内心充实，满载着希望。

不过，左名场那天迟到了。鱼玄机在赵炼师家吃罢午饭，绿翘才欢天喜地地跑来通报："客人来了！"在赵炼师等人面前，绿翘从不提及"客人"的姓名，所以朋友们时常分不清是哪位"客人"来找鱼玄机。

在出来请鱼玄机回家之前，绿翘已经为左名场煮好了茶汤。鱼玄机跨进家门，左名场捧着瓷盏立起身，夸奖她把婢女调教得甚好，煮茶技艺快赶上她本人了。

"我的妹妹，自然比别人强。"鱼玄机笑道。她没有问左名场迟到的原因。按照如今的形势，他能来就不错了。鱼玄机待人并不苛刻。倒是左名场问她："咦，你不问我做什么去了？"

鱼玄机笑道："左郎惯常神出鬼没，何须多此一问。"

左名场当即背诵杜甫诗作《腊日》："'纵酒欲谋良夜醉，还家初散紫宸朝。口脂面药随恩泽，翠管银罂下九霄。'——我不及杜工部，没有御赐口脂、面药可受领，好在东、西两市的大药肆都能调制上等的脂粉，堪堪配得上给你做腊日节礼。"

那时的药肆不止售卖药材，还售卖香料、护肤品和化妆品。所出售的护肤品、化妆品都是药肆手工制作，各有独家秘方。刚才，左名场先跑西市，再奔东市，为鱼玄机购置了不少护肤品和化妆品，只为在腊日这一天送给她。

"你瞧瞧，这些脂粉好不好用？"左名场说。鱼玄机一早就已化好妆，所以他只能请她目测脂粉的品质。

"这个嘛，须得试过方知优劣……"鱼玄机却不怕麻烦，三下五除二洗净原有的妆容，用左名场新送的礼物重新上妆：抹面药润肤，敷"迎蝶粉"增白，晕"石榴娇"胭脂，扫斜红、点"杏靥"、贴花钿。面妆定型，再搽唇脂润唇，点"嫩吴香"口脂着色，用"螺子黛"画出倒八字黛眉。

左名场全神贯注地观赏鱼玄机施妆的过程，一步也不肯错过。鱼玄机问他，不嫌无聊吗？他笑答，比读书有趣多了，看多少遍也不会厌烦。

鱼玄机拈花一笑,分出部分脂粉,转赠给绿翘使用。

"女为悦己者容"——往日,鱼玄机并不喜欢这句话。女子为什么要为"悦己者"精心维护自己的容颜?女子爱美,首先应该是为了取悦自己!可是,鱼玄机如今觉得,这句话也并不那么可憎可恶,还是有些意思的。

用过晚饭,下了一局棋,鱼玄机劝左名场及早返回旅馆。他不从,四仰八叉地往卧榻上一躺,如孩童一般耍赖:"我不走、我不走!你拿门闩打也轰不走我!"

鱼玄机拧起愁眉,问他想干什么?不怕老家的人起疑心吗?

左名场嚷嚷,今天过节,他要守着鱼玄机。反正老家的人不知他去往何处,明天只说喝节酒醉了,蒙长辈收容住了一晚。

这个说辞倒也入情入理。于是,鱼玄机同意左名场留宿。

是夜,鸳鸯锦衾中,两人紧紧相拥,谈一些庸常琐碎的家常话。左名场问鱼玄机,他不在时,她可曾思念他?

鱼玄机笑骂他净说废话,故意不给他想要的答案,只说有绿翘和朋友们做伴,她并不孤单。

左名场让她不要提绿翘,今后但凡他来访的日子,她最好不要外出,不要留绿翘一人等门。

鱼玄机问他为什么?

"因为……我想一进门就看见你……"左名场附耳低语。

鱼玄机几乎要醉了。情话未必能字字当真,但必定多多益善。

而后，两人一同计议未来。鱼玄机明确表示自己不愿再做姬妾，宁愿永远做一名来去自由的女冠。左名场表态，自己一定尊重她的意愿。

鱼玄机笑道："那么，左郎科考务须及第。否则，令尊、令堂必会怀疑你在京城未曾狠下苦功，要捉你回家闭关苦读的。倘若走到这一步，叫我如何处之？"

左名场回答，假如春闱落第，他就说是长年在泽州读书，眼界不够开阔所致，必须留在京城，求教名师大儒，学业方能精进。他叫鱼玄机不要操心这些事。退一万步说，纵然他必须返回泽州，那里也有宫观，不愁没有地方供鱼玄机安身。在泽州，他自有办法——只要鱼玄机舍得帝都的繁华。

"你舍得吗？"左名场审视着鱼玄机的杏目，一字一顿地问。

"假如……"鱼玄机含笑回答，"假如我遇见值得的人，便没有什么是舍不得的。我只舍不得那个人就是了……"

鱼玄机暗自欢喜：照此发展，自己不排除彻底挥别那段"放浪形骸"的过往，余生只与左名场相知相守，互敬互爱，没有正妻掣肘，没有婢妾插足，不是夫妻，胜似夫妻。爱情、自由、尊严——即使是皇后、公主也不能兼得的三种幸福，鱼玄机将同时拥有。

幻灭：留不住，去不悲

命运的诡谲之处在于，在你不抱希望的时候，它神谋魔道地为你铺开一条通往幸福彼岸的红毯，继而在你满怀憧憬的时刻，又心狠手辣地把红毯化为刀山。

咸通九年春雨初霁的一天，左名场和鱼玄机相约，他将以"向师长请益"为名义，骗过泽州老家奴婢，来咸宜观幽会。由于约好的见面时间还早，鱼玄机决定先去邻院朋友处叙谈。临走，她把绿翘留在自家小院里看门。待左名场抵达，绿翘照例会去请鱼玄机回家。

看似一切如常。只是与左名场约定的时间已过，鱼玄机仍未等到绿翘报信。其实这也不奇怪，左名场或许有事耽误了，来得晚些。之前也发生过类似的情况。鱼玄机并不着急，笑着辞别朋友，自行回家。

进门后，鱼玄机随口问绿翘："左郎还没有到吗？"不等绿翘回答，她端起青盐水漱口。她本来就不需要答复，她更在意的是及时清除口中残留的酒气——方才和朋友一起小酌了几杯，她不想让酒气搅乱稍后与左名场见面的气氛。

假如绿翘顺着鱼玄机的话风敷衍一句，后面的事将不会发生。可是，绿翘的回答却是："他来过，因炼师不在，他先回去了。"

鱼玄机感到有些奇怪。根据她对左名场的了解，正常情况下，他不可能这样做，必定要求绿翘速去邻院催请鱼玄机回家。

"他有什么突发的急事吧？"鱼玄机擦干唇边的水渍，抬头问绿翘，随即发现她有多处反常：鬓发蓬乱、眼神涣散、脸颊潮红……鱼玄机在男女情事方面经验丰富，心中疑云顿起。偏偏绿翘再次做出拙劣的回答："嗯嗯，他说有什么事忘记了——我听不太懂。总之他改日再来。"

鱼玄机立刻断定：左名场的确来过，早于约定时间抵达，并且与绿翘做了不该做的事。霎时间，命运发生断崖式转折，令人猝不及防。

"你今后不要抛下这婢子一个人等我……我想一进门就看见你。"左名场曾经如是说。当时，鱼玄机看不到他的神情。原来竟是别有深意！

"我只想找个可以托付终身的男子，给他做妾做婢，混个生活丰足。"绿翘曾经如是说，被鱼玄机当作孩子话。殊不知，这个孩子不哼不哈，却一直在稳扎稳打，播种、耕耘，力争早日收割自己的理想。这并没有错,但她怎能把目标瞄准救命恩人——鱼玄机所深爱的情郎?

不仅如此,绿翘只有小聪明,缺少大智慧,加之第一次出轨,心理还比较脆弱,经受不起鱼玄机的询问,应对失措,以致奸情暴露——单凭这一点,鱼玄机也深恨绿翘。这个愚蠢的婢女,为什么要让她察知隐情?假如她不知情,她还能继续与左名场相爱啊!这种愚蠢,难道不是一种恶毒?

鱼玄机觉得自己又一次遭到了背叛。她所救的人,与她最爱的人联手,掷给她一个最意外、最无情、最可耻的背叛!当年,鱼玄机从牙人的皮鞭下搭救了绿翘,自以为扶危济困、行侠仗义,颇有几分豪气干云,结果却换得绿翘恩将仇报、以怨报德。

鱼玄机悲哀地想,原来自己只是一个东郭先生,可怜可叹,而绿翘就是那只忘恩负义的白眼狼!

鱼玄机心头火起,性情中固有的暴躁因子与血脉中未消的酒意一起肆虐,将这团怒火助燃为噬人的毒焰!

她把绿翘捆起来,一面鞭打,一面审问。绿翘挨不过疼痛,很快承认了事实,并交代了左名场折返旅馆的真实原因——两人兴云布雨时,绿翘不慎抓伤了他的脊背,他害怕被鱼玄机看出破绽,托故离开,准备待伤口痊愈再来看望鱼玄机。

绿翘不能理解鱼玄机的盛怒,哀哭道:"炼师,你好比左郎的妻,我只求做个通房的婢,这都不行吗?我确实引诱左郎,但他毕竟接受了,并非受我强迫。别的贵家子弟可以贪嘴偷腥、收婢纳妾，你自己结交过多少男子，凭什么奢求左郎独树一帜？你可知左郎之言？他说，他既然已与我有私，便不会始乱终弃，只是今日你毫无准备，恐怕难以承受，以后他慢慢开导你，你会懂的……"

一番话把鱼玄机推进了绝望的深渊。不错，"愚蠢""幼稚"，这两个标签应该贴在鱼玄机的身上。

"你非要这般理解，我也无计可施。你可知，我为何一定要在进京之前与前妻和离？无非是为了以单身男子的身份来见你。"当初，面对鱼玄机"单身男子也可收婢纳妾"的质疑，左名场做此回应。鱼玄机错误地把左名场的这段话理解为：他愿意为爱情放弃贵族男子左拥右抱的特权，对爱人绝对忠诚。她以为左名场与其他男子完全不同。然而，实质却并无不同。

"一生一世一双人"是鱼玄机一厢情愿的理想，是她的幻觉；左名场爱她，但没有义务只爱她一人，也没有义务为她抵制其他女子的诱惑。相反，在爱一个女人的同时，一并占有她的婢女，是这个世道赋予男子的权利、加诸女子的枷锁。不论她是"鱼幼微"还是"鱼玄机"，终归无法挣脱命运的摆布，无法逃脱这个世道施于女子的侮辱……

鱼玄机几近疯狂。悲剧终究不可挽回。绿翘一命呜呼，鱼玄机沦为杀人犯。

等清醒过来，鱼玄机追悔莫及。绿翘，这个由她延续的生命，竟又被她亲手扼杀。鱼玄机跌坐在绿翘的遗体旁，眼泪如同断线的珠子，流了很久很久。

之后，她开始本能地实施自我保护：连夜清理命案现场，把绿翘的遗体埋在后院大槐树下，并烧毁死者的衣物以及与左名场有关的物品——包括那片已经风干的荷叶，制造死者私逃假象，磨灭自己与左名场深交的痕迹。

翌日，鱼玄机假装既惊慌又伤心，告诉邻院的朋友，绿翘无故逃跑，自己担心绿翘的安全，要去找她，为了绿翘的名誉，请朋友暂时保守这个秘密。朋友仗义，陪同她出城寻找。她带着朋友在京郊乱转了两天，放弃寻人，返回咸宜观。

从此，她不再主动提及"绿翘"这个名字。这个世界，也的确没有人会特别关注一个贱奴的行踪。偶尔有人问起，鱼玄机只说绿翘可能与人私奔，自己不想追究，也就混过去了。

在鱼玄机出城"寻人"期间，左名场在养伤，没有去找过她。她也不可能再见左名场。回城次日，她找到旧友十三郎——任处士，声言住在咸宜观邻巷某旅馆的左姓男子与她纠缠，她写了一封绝交信，请求十三郎以她情郎的身份，派遣得力家奴给那姓左的无赖男子送去，并收留她在任家别宅寄宿几天，以躲避左姓男子的追踪。

十三郎乐得一蹦三尺高，以为自己捡到了大便宜。

鱼玄机并没有在绝交信中说明分手原因。但左名场怎会不知？他对鱼玄机毕竟一往情深，立即奔出旅馆，要去找鱼玄机解释。任家派来的信使叫住他，劝他不必去了，十三郎已将鱼玄机安置在任家别宅……

左名场不甘心，跑到咸宜观打听。赵炼师等人答复，鱼玄机确实去任家暂住了，十三郎是她的老朋友，估计两人关系有所进展，不足为怪。

"左郎，我们早看出你和鱼炼师已经生分，也曾问过她，她未曾否认。大约你尚未熟谙她的脾气，她如今应该是厌烦你至极，才会改投任十三郎怀抱，绝不会回头的。"赵炼师告诉他。

左名场依然不死心，托了很多人情，找到任家的别宅。在鱼玄机的指使下，十三郎放他入内。

十三郎只穿贴身绢衣，立在卧室门口，以嘲弄的眼神迎接左名场。鱼玄机在室内靠窗燕坐，故意让他看见自己披头散发、衣冠不整的剪影。

"呵呵呵！任郎，你快进来，吩咐奴婢打发他走吧。"鱼玄机笑着说。

她的心在流血。可是，左名场永远也看不到了。

类似手段重复使用多次，终于，从某一天开始，左名场的身影从鱼玄机的世界里消失了。

他一直没有过问绿翘的近况。对于他而言，绿翘只是兴之所至的玩物。假如与鱼玄机长相厮守，他愿意养着那个玩物，作为感情生活的调味品；一旦与鱼玄机情变，他一颗痛楚焦灼的心就再也顾不上那个卑微的玩物。这是绿翘最大的悲剧，也可以说是鱼玄机的幸运。因为，如果左名场追问绿翘的下落，鱼玄机的罪行就有可能败露。

然而,鱼玄机认为,左名场对绿翘的态度也是自己的悲剧,或者说,是所有女子共同的悲哀。

与左名场决裂后,鱼玄机暂时安全了。她搬回咸宜观居住。在彼此厌倦之前,她将与十三郎保持交往。

她不确定自己的罪行能隐藏多久,于是逐步变卖财物,包括童年时代客人惠赠她的那副琉璃围棋,将所得分批孝敬父母。

至于她本人,魂魄已死,残存的躯壳只需及时行乐,醉生梦死,直至牢狱之灾降临。

鱼玄机不知该哭还是该笑。她曾慨叹,世间没有比诗歌更淘气的东西。其实怎会没有?命运才是世界上最难捉摸的东西啊!譬如,曾经在不知情的情况下帮助她掩盖案情的任十三郎,又在无意中葬送了她;她为了维护国香而得罪过的"贵人"不曾寻衅报复她,而她所鄙视的街卒,微不足道如同一只蚂蚁,却在她已放松警惕的时候,轻轻一跳,把她压垮。

念及旧情,她没有在供述中披露左名场的名字,并刻意淡化自己与左名场的关系。左名场是她爱过的人。尽管她自身难保,仍想保全昔日恋人的声誉。毕竟左名场还年轻,即将参加科考,有远大的前程。

案发后,很多官员为鱼玄机求情。这是京兆尹温璋权限范围内的案子,他却将此案具表奏闻天子。

关于温璋的异常举动,人们有各种推测。有人说,鱼玄机不知何故得罪过温璋，温璋伺机报复；也有人猜测，温璋对女冠与士人"淫乱"的风气十分反感，想借此契机加以整饬。但他顾忌众官员的人情，不愿犯众怒，便将皮球踢给天子，想假天子之手达到目的。显然，温璋很了解咸通天子，对于他的反应，温璋有相当的把握。小小女冠鱼玄机能够让众多官员为其奔走，这显然触动了天子敏感的神经。

最初听见死刑判决，鱼玄机的反应也是震栗、恐惧。然而，一次次申诉无效后，她的心又渐渐恢复了冷寂。鱼玄机在入狱前已变成一具行尸走肉。

"云情自郁争同梦，仙貌长芳又胜花。"——鱼玄机写下最后两句诗，用骄傲与嘲讽给自己的一生画上了血色的句号。

至死，她都是一位优秀的诗人，大唐也是诗的国度。但有许多问题，是诗歌无法解决的。

关于鱼玄机的结局，还有另一种猜测，认为她并没有被处死，而是得到赦免，刑满出狱，改名"鱼又玄"或"虞有贤"，并作《送卧云道士》一首：

卧云道士来相辞，相辞倏忽何所之。
紫阁春深烟霭霭，东风吹岸花枝枝。
药成酒熟有时节，寒食恐失松间期。
冥鸿一见伤弓翼，高飞展转心无疑。
满酌数杯酒，狂吟几首诗。
留不住，去不悲，醯鸡蜉蝣安得知。

无论这种猜测是否成立，"鱼玄机"的人生都已终结。短暂的二十六年，最终以惨败告终。

在鱼玄机身后，将她置于死地的温璋也逃不脱命运的怪圈。咸通十一年（870），天子爱女同昌公主病故，痛极欲狂的天子怒杀医官及其家属，另有三百人受到株连，无辜入狱。温璋上表进谏，建议天子量刑不宜过重，被贬为振州司马。温璋哀叹："生不逢时，死何足惜？"饮鸩自尽。据说，天子对温璋之死拍手称快。

但天子也没有什么可喜的。早在鱼玄机赴死的当年，镇守桂林长达六年仍无望回乡的徐州籍戍卒在庞勋、许佶的率领下举兵叛乱。兵变的根源正是鱼玄机曾经忧心的安南防务问题。庞勋等人虽然举义失败，却成为唐朝的第一批掘墓人。

约四十年后，大唐灭亡。假设鱼玄机健在，业已年过花甲，能否熬过战乱之世，也存在很大的悬念。从这个角度来说，她沐浴着大唐绚烂如血的夕阳归去，避免承受日落后的无尽暗夜，或许也算一种幸运！